KB210528

대중문화와 영웅신화

대중문화와 영웅신화

문학수첩

머리말

자신의 분야에서 한 시대의 정점에 이른 인물에게는 많은 부가(附加) 설명이 필요하지 않다. 만일 그가 왜 최고인가를 공들여 증명해야 한다면 그는 이미 최고가 아닌 셈이다. 이름 석 자로 당대 대중의 사랑을 받고 그 권위를 인정받으며 운집하는 시선 위에 군림한 우리 시대의 문화인물 7인-. 이 책은 그러한 명성과 자격을 갖춘 대중문화 걸물들의 이야기이다.

우리 삶의 여러 부면에서 대중적 민주주의가 강화되면서 위대한 것과 평범한 것, 특별한 것과 일상적인 것 사이의 경계는 날이 갈수록 약화되고 있다. 동시에 과거 집단적 삶의 선두에서 시대정신을 이끌던 영웅의 출현은 더 이상 기대하기 어렵게 되어 간다. 이 영웅 부재의 시대에 대중들의 열망을 감당할 새로운 영웅신화의 주인공이 있다면, 바로 여기 이 자리에 초치한 7인의 문화인물과 같이 대중과 함께 호흡하며 자기 영역의 천정을 치는 '별'들일 것이다.

문화의 이어령, 만화의 이현세, 가요의 조용필, 영화의 임권택, 연극의 이윤택, 소설의 이문열, 시의 류시화는 각기의 장르를 일신하는 파괴력을 갖고 우리 사회의 전면에 등장했으며, 지금도 그 '이름값'이 쟁쟁하기는 마찬가지이다. 이들이 특히 소중하게 받아들여지는 이유는, 대중들의 경의를 요구하는 한편 대중과 더불어 동시대의 문화적 향유를 함께 나눌 수 있는 세계를 보유하고 있기 때문이다.

각 문화인물과 직접 대화하면서 그 의미 있고 웅숭깊은 내면세계를 이끌어내는 인터뷰 또는 좌담은, 일찍이 계간 《문학수첩》의 지면에 연재되었고 류시화의 경우만 《시와시학》에 실렸었다. 여기에 각 인물마다의 약력과 인물론, 그리고 그 삶과 작품세계를 새로이 작성하여 덧붙였다. 이는 모두 저자의 글이며, 류시화 좌담 부분만 시인 한명희 교수의 글을 빌렸다. 원래의 계획은 이에 뒤이어 세계적으로 활동하면서 높은 지명도를 가진 문화예술인들을 계속해서 조명해 나가는 것이었으나, 이는 시간이 부족했고 여력이 미치지 못하여 앞으로의 과제로 남겨두었다.

기실은 이들 한 사람 한 사람을 만나는 자리를 만들고 인물과 작품에 대한 논의의 주제와 자료를 마련하는 일이 결코 쉽지 않았다. 그러나 해당 분야 대중문화의 가장 전방 지점을 확인하고 그 의미를 진중하게 짚어보는 일은, 다시 또 다른 영웅 신화를 추동(推動)하는 전초기지가 될 수도 있다는 생각이었다.

그러기에 이 '별'들과의 대화에서는, 무엇이 어떻게 이들을 그 자리로 이끌었으며 그 과정 속에 담긴 발자취가 어떤 것이었는가를 적출하는 데 애를 썼다. 미상불 그저 자란 나무는 없는 법이어서, 이들은 모두 저마다의 눈물겨운 노력과 인내, 말할 수 없는 아픔과 희생을 딛고 지나온 역전의 투사들이었다. 그 가운데 잠복한 불퇴전의 의지가 빛나는 재능의 발굴에 이르는 기간은 길고도 어려웠다.

따라서 이들의 이야기 한편 한편은 우리들 인생역정의 교범(敎範)과도 같아 보인다. 그러나 우리가 거기서 단순히 인간승리에 이른 교훈의 열매만 보는 것이 아니라, 우리에게 공감의 기쁨을 선사하는 대중성의 꽃송이를 찾아낼 수 있을 때, 그들과 우리가 함께 영웅신화의 향유자가 될 수 있을 것이다. 등불은 제 스스로 빛을 발하는 사명을 가진 터이나, 그 빛으로 널리 사람들을 이롭게 하지 않고서는 쓸모 있는 존재일 수가 없다.

저자의 입지점이 작용하여 7편의 글들은 대체로 문학적 관점을 앞세운 경향이 많고, 그런 점에서 한정적인 측면도 없지 않아 보인다. 하지만 그렇게 각기 다른 장르의 대중문화와 그 대표 주자들을 하나의 일관된 꿰미로 엮어보는 일은, 그 나름의 의미를 갖는 것으로 여겨진다. 이 곤고하면서도 즐거운 작업에 동참해 주신 분들과, 이처럼 보기 좋은 책으로 출간해 주신 문학수첩에 진심으로 감사드린다.

2010년 가을, 고황산 자락 경희대 본관에서
김 종 회

차례

이어령

문화의 세기와 우리 문학의
새로운 패러다임

1934년 충남 아산에서 출생하여, 서울대 국문과 졸업 및 동대학원 석사, 단국대 대학원 박사학위를 취득했다. 1956년 《한국일보》에 평론 〈우상의 파괴〉로 등단하였으며, 서울신문·한국일보·경향신문·중앙일보 논설위원과 이화여대 문리대 교수를 지냈다. 1972년 문학사상을 창간하였고, 초대 문화부장관을 지냈다. 지은 책으로는 평론집 《저항의 문학》《전후문학의 새 물결》《한국작가전기연구》와 소설 《환각의 다리》《둥지 속의 날개》《무익조》, 에세이 《흙 속에 저 바람 속에》《축소지향의 일본인》《신한국인》《디지로그》 등이 있다.

시대를 앞선 문명 비평가

왜 이어령인가

　대중문화는 보편적인 사람들이 누리는 정신적 · 물질적 가치에 기반을 둔다. 이는 그 이름처럼 현대 대중사회를 기반으로 성립된 문화다. 많은 사람들이 좋아하는 문화인만큼 많은 사람들, 곧 대중에 의해 만들어지며 쉽게 사람들의 호의를 끌고, 때로는 저속한 수준으로 침윤하는 것을 두려워하지 않는다. 다시 말해 동시대 사회의 부정적 가치를 전파할 위험이 상존한다.

　이러한 대중문화의 한국적 면모를 예리하게 분석하고 비판하며, 그 가운데 잠복한 구조적 특성을 설득력 있게, 또는 감동적으로 드러내 보이는 당대의 논객이 이어령이다. 그러나 이러한 언표는 그가 가진 문필가로서의 여러 얼굴 가운데 겨우 하나만을 언급한 것일 따름이다. 일찍이 셰익스피어는 백만인의 성격을 지녔다는 서구의 수사가 있었지만, 그는 그야말로 천개의 얼굴을 가진 인물이다.

　누군가가 재미삼아 세어 보니, 이어령의 직함이 무려 십수 개였다고 한다. 문학평론가, 대학 교수, 신문 칼럼니스트, 문화부 장관, 문명비평가, 에세이스트, 시인···. 어느 호칭을 사용해 그를 불러야할지 난감할 지경이 허다하겠으되, 궁극적으로 그는 '글을 쓰는 사람'이다. 1956년 5월 6일 《한국일보》에 평론 〈우상의 파괴〉를 발표하며 문단에 나온 지 반세기를 넘긴 지금, 그의 이름을 달고 세상에 나온 저술이 벌써 200권을 넘었다.

그런데 그 저술들이 그냥의 책이 아니다. 그의 책들은 그때마다 살아 있는 시대의 화두가 되었다. 천재성의 필자, 비범한 상상력의 소유자, 겹시각의 황제 등 현란한 수식어들이 그다지 무리해 보이지 않는다. 그는 언제나 닫혀 있는 인식과 세계관의 창을 활짝 열어 주는 선각자다. 기존 문학의 우상을 파괴하고 창의적 시각의 새 길을 열자고 주창했던 그는, 어느 결에 그 자신이 하나의 새로운 우상이 되어 있다. 그로부터 혹독한 비판을 받았던 백철·조연현·서정주·김동리 등은 이미 세상에 있지 않지만, 어쩌면 그도 후세의 사필史筆을 두려워해야 할지도 모른다.

그에게 글쓰기란, 그리고 글쓰기를 통해 사고의 전복을 감행하는 까닭은 과연 무엇이었을까? 다음의 인용문이 참고가 될지 모르겠다. "우리의 꿈은, 뒤에 오는 사람들이 우리를 딛고 우리 위에서 이루게 하는 것입니다. 나는 평생을 창조적인 작업을 위해 살아왔습니다. 누가 하라고 해서 한 것이 아니라 그것이 나의 삶 그 자체의 즐거움이었기 때문입니다."(김윤식 외, 《상상력의 거미줄 — 이어령 문학의 길 찾기》 중)

"세태를 앞서 읽는 눈과 시대적 선언이야말로 이어령의 전매특허"라는 안내의 말과 더불어, 그가 "매 10년마다 문명비평가로서 세태의 흐름을 정확히 꿰뚫어 보고 그에 걸맞은 시대적 선언을 내놓았다"는 설명이 인터넷 공간 곳곳에 떠 있다. 그 '시대를 바꾼 키워드'들은, 일부 지나치게 강조된 부면이 있는 채로 다음과 같이 정리되어 있다.

1960년대, '흙 속에 저 바람 속에' 가난의 극복이 유일의 명제였던 시절에 이 책을 통해 우리 사회가 농업사회에서 산업사회로 옮겨가야 함을 역설하여, 당대 최대의 베스트셀러를 기록하고 어둡던 시대 분위기를 일신했다.

1970년대, '신바람 문화' 군사독재에 눌려 암울과 좌절에 빠져 있던 우리 민족의 열정을 깨워 신바람을 불러일으켜 우리 스스로도 몰랐던 한국인의 자긍심을 높였다.

1980년대, '벽을 넘어서' 올림픽 개 · 폐회식 및 초대형 국가 이벤트를 기획하여, 향후의 세계야말로 남북 분단과 동서 냉전의 벽을 넘어 진정한 용서와 화합이 이루어져야 함을 역설, 지구촌의 공감을 불러일으켰다.

1990년대, '산업화는 늦었지만 정보화는 앞서 가자' 정보화시대를 맞아 IT강국을 기반으로 한국이 글로벌 정보사회의 리더가 되어야 함을 역설했다. 세계와 경쟁하는 '문화의 힘과 비전'을 강조, 소프트 파워를 결집하는 원동력이 되었다. "새천년의 꿈! 두 손으로 잡으면 현실이 됩니다" 역시 시대를 리드하는 슬로건이었다.

2000년대, '디지로그 선언!' 세계가 놀라는 파워코리아의 힘, 아날로그와 디지털의 문명 융합을 외치는 사자후가 2006년 벽두부터 세상을 놀라게 하고 있다. 석학의 생애를 결산하는 이 선언 속에 나라와 국민을 사랑하는 놀라운 시대정신이 담겨 있다.

그렇다. 아무래도 그는 옛 세대의 가치관이 무너지고 새 세대의 그것
은 아직 세워지지 못한 시대적 상황 속에서, 이 양자를 함께 바라보며
우리가 선 지점의 좌표를 깨우치고 가야 할 길의 방향을 인도하도록 예
정된 예인 등대의 불빛임에 틀림없다. 누가 있어, 이 겨레의 정체성이
어떠하며 왜 어떤 각오로 무엇을 향해 살아가야 할지를, 그와 같이 적
시할 수 있겠는가. 그러기에 이어령인 것이다.

:: 화려한 언어 잔치 뒤에 숨은
   날카로운 문제의식

삶과 작품세계

이어령은 1934년 충남 아산 출생이며, 1956년 《한국일보》에 〈우상의 파괴〉를 발표하면서 문단에 나왔다. 그는 이 글에서 당시 문단의 중심에 있던 김동리, 조향, 이무영, 최일수 등을 맹렬하게 비판하며 새로운 시대를 여는 이론적 기수로 주목을 받았다. 그 이후 '작품의 실존성'에 관해 김동리와, 그리고 '전통론'에 관해 조연현과 논쟁을 벌이는 등 '저항의 문학'을 기치로 전후세대의 중심에 선 비평가로 떠올랐다.

1960년부터 약관의 나이에 《서울신문》《한국일보》《경향신문》《중앙일보》의 논설위원을 지내고, 1966년 이화여대 교수가 되었다. 1972년 《문학사상》을 창간하여 주간으로서 이를 운영하였으며, 1981년부터 2년간 일본 동경대 비교문화연구소 객원연구원으로 다녀왔다. 1990년 초대 문화부 장관을 시작으로 올림픽기념사업추진위원회 위원, 2002월드컵조직위원회 공동의장, 새천년준비위원회 위원장 등 시대와 사회의 흐름을 선도하는 직위를 맡아 때마다 참신한 아이디어와 추진력을 보여주었다.

1959년 《저항의 문학》 이후 거의 해마다 지속적으로 발간된 그의 저서들은, 일반적 상식으로서는 계량이 힘든 분량과 내용을 자랑한다. 《흙 속에 저 바람 속에》나 《축소지향의 일본인》 등의 문명비평적 에세이는 이미 국내외에서 하나의 고전이 되었고, 저자 자신이 최고의 작품으로 소개한 《공간의 기호학》과 《말》은 '문학적 언어와 사고의 결정체'란 저자의 언급을 동반하고 있다. 그는 자신이 만들어 온 언어의 성격에 대해 시대별 기능별로 다음과 같이 분류하였다.

> 자신의 내부에 있는 신화의 도시는 신기루가 아니라 낙타의 혹이며 선인장 안에서 솟는 샘이다. 그런데 이 신화의 도시에서 내가 발견한 것은 세 가지의 언어다.
>
> 첫째의 언어는 프로메테우스다. …프로메테우스의 언어들은 신과 인간을 갈라놓는, 그리고 자연의 질서와 기술의 질서를 갈라놓는 '불'의 언어, 반항의 언어다.
>
> 둘째의 언어는 헤르메스다. …헤르메스는 대립되어 있는 세계의 담을 뛰어넘고 모순의 강을 건너뛰는 '다리'의 언어다.
>
> 마지막 언어는 오르페우스의 언어다. …그것은 상충하는 것을 하나로 융합케 하는 결합의 언어다.
>
> 신화의 도시 속에 있는 이 세 가지 언어야말로 지금까지 지니고 있던 내 모든 언어의 뿌리였다.

그에게 언어의 마술사, 언어의 연금술사 등 현란한 호명을 부여할지라도, 그것이 결코 무리해 보이지 않을 것이다. 그런데 그러한 화려한 언어들의 잔치는 그 배면에 숨은 날카로운 문제의식이 없이는 별반 값 없는 허장성세에 그쳤을지도 모른다. 그의 날선 칼날은 시대 및 사회적 문제의 정곡을 찌르는가 하면, 우리 삶의 일상성을 부양하고 있는 내밀한 의식의 구조를 정교하게 적출摘出하기도 했다.

문학으로 돌아와 보면 그는 일종의 이단자였다. 문학의 울타리 안에 거주하며 작가와 작품의 세계를 들여다보기에 그는 너무 큰 호흡을 가졌던 터다. 그러기에 탕자처럼 문학의 집을 벗어났고, 모든 방랑자가 그러하듯이 원래의 집으로 돌아오기도 했으며, 그 경계에 대한 인식 자체를 무의미한 것으로 만들기도 했다. 이를테면 그는 한 시대의 한국문학이, 동종교배로 일관해 온 그 오랜 관성의 각질을 부수기 위해 공들여 준비한 비장의 무기인지도 모른다.

경우에 따라 그의 문필이 지나치게 현상적 해석을 앞세우거나 재능의 속도에 밀려 숙독熟讀의 깊이를 간과하는 사례가 있을 수 있고, 더러 이를 지적한 논자들도 출현했다. 그러나 이어령이 아니면 짚어 낼 수 없는 그 많은 시각, 논점, 해석, 추론을 어떻게 감당할 수 있을 것인가. 만약에 그가 없었더라면 우리 문화와 문명에 대한 여러 차원의 성찰과 감응력을 어디서 빌려와야 할 것인가.

염상섭의 〈표본실의 청개구리〉를 두고 그것이 자연주의 소설이라는 논거는, 개구리를 실험실에서 꺼낸 장면에서 김이 모락모락 난다는 묘사가 하나의 보기였다. 그런데 개구리가 냉혈동물이어서 실제 실험에서는 김이 나지 않는다는 것이다. 이효석의 〈메밀꽃 필 무렵〉에서 허생원이 동이가 자기 아들임을 짐작하는 대목은, 왼손잡이라는 공통된 신체적 반응에 연계되어 있다. 그런데 왼손잡이는 유전적 사실이 아니라는 것이다. 이어령이 거둬들인 이와 같은 증빙들이 단순히 호사가적 취향이 아니라, 언제나 부정적 성찰의 정신을 예민하게 가동해 온 결과임을 납득할 수 있다.

　그에게도 문학 창작이 있다. 창작집과 장편소설이 여러 권 있어《환각의 다리》《무익조無翼鳥》《장군의 수염》《의상과 나신》 등의 제목을 들어 본 바 있다. 그는 자신의 시를 두고, 서정주가 〈시론〉이라는 시에서 제주 해녀가 님 오시는 날 따려고 물속 바위에 붙은 그대로 전복을 남겨둔다고 한 그 숨김의 발화법을 빌어서 설명했다. 실제로 그는 2006년에 계간《시인세계》겨울호에 시 2편을 발표할 만큼 일생을 두고 시에 대한 집념을 버리지 못했다. 그러나 그는 역시 미련을 내던지지 못한 시인이라기보다는 불세출의 문명비평가다.《중앙일보》칼럼(2006.10.30)에 실린 그의 말을 빌려 보자.

　88올림픽 개막식 때 굴렁쇠를 굴리자고 제안했던 것도 나에겐 똑같은 의미였다. 내가 올림픽 개막식에 관여한 건 공연에까지 손을 뻗친 게 아니었다. 그것 또한 문학적 행위였다. 김영태 시인이 올림픽 개막식을 보고 쓴 시가 있다. 굴렁쇠 굴리는 걸 본 시인은, 풀밭에 쓴 가장 긴장되고 아름다운 일행시라고 노래했다. 내 의도가 바로 그러했다. 잠실의 광장, 그 초록색 원고지에 일행시를 쓴 것이었다. 88올림픽 개막식은 나에게 몇 십 억 원짜리의 호사스러운 글쓰기였다.

아직도 쉬지 않고 글쓰기를 계속하고 있는 그의 생각과 눈과 손길이 어디를 향해 얼마나 더 나아갈지 우리는 알 수가 없다. 분명한 것은, 지금껏 그래왔듯이 그가 앞으로의 시간을 어느 한 순간도 의미 없이 보내지 않으리라는 점이다. 그리고 그것은 우리의 민족적 삶에 대한 새로운 해석과 방향성의 제시를 보여주리라는 믿음과 기대를 불러온다.

새로운 21세기에 있어서 문화의 의미

한국 문단의 원로 문학평론가이자 대표적 문화이론가인 이어령 선생을 대담에 모셨다. 1950년대 '저항의 문학'이란 선명한 기치를 내걸고 문단에서 가장 독창적인 목소리를 내었던, 그리고 《흙 속에 저 바람 속에》를 비롯한 다수의 문명비평 또는 우리 문화비평으로 낙양의 지가를 올렸던 선생은, 앞으로도 그간의 저술에 필적하는 분량의 새로운 집필 계획을 수립하는 등 활발한 의욕으로 가득 차 있다. 문학과 문화의 의미 또는 성격이 세기의 분별을 달리하는 지점에, 선생을 모시고 문학과 문화를 바라보는 새로운 시각, 우리 문화계의 지향점과 외연의 확산 등 주요한 쟁점들에 대한 고견을 청취했다. 과연 무엇이 과거로부터 온 것이고 무엇이 새롭게 추구해야 할 것인가? 그리고 우리가 갈 길은 어떤 모습으로 펼쳐질 것인가? 여기 한 세기적 석학이 우리 문학과 독자들에게 선사한, 현란한 인식과 언어의 잔치를 펼쳐 본다.

김종회(이하 김) 오랫동안 못 뵈었습니다. 건강은 어떠신지요?

이어령(이하 이) 그런대로 괜찮습니다.

김 오늘 대담은, 21세기에 있어서 우리 문화 또는 문학의 성격과 그 의미에 관한 것입니다. 선생님께서는 20세기 중후반에 있어서 우리 문화 및 문학에 새로운 의미 개념을 제시하면서, 그것을 해석하는 달변의 논객으로 일세를 풍미하신 바 있습니다. 새로운 세기의 시대적 특성과 문예 장르, 그리고 그 수용 양상을 어떻게 보시는지요?

이 하늘 아래 저 혼자 새로운 것은 없는 법이어서, 20세기는 19세기의 연장이었고 21세기 또한 20세기의 연장이 아니겠습니까? 다만 오늘날 우리가 목도하는 21세기는 상호성이나 관계론에 있어 과거와 다른 패러다임을 보여주고 있고 우리는 그러한 변별적 사회구조를 새롭다고 말하는 것이겠지요.
오늘날의 문학이론을 두고 보면 과거의 상식에서 크게 벗어난 것이 없습니다. 심리학적, 언어학적, 기호학적 접근의 여러 방식이 이미 19세기에 논의되었던 수준을 크게 넘어서지 않습니다. 그러나 그 문학 내부의 사회적 성격은 분명 과거와 큰 폭의 낙차를 보이는 대목이 있고, 그것은 동시대 삶의 질적 변화를 반영하는 것이라고 할 수 있습니다.
예컨대 누구나 가지고 있는 휴대폰의 경우를 보면, 지하철과 같은 공적 공간에서 통화를 하는 것이 그 자리에 하나의 사적 공간을 설치하는 셈이 되지요. 이를테면 여자들의 화장대를 지하철 객차에 설치하는 형국이 된다는 말입니다. 통신수단 하나가 쉽사리 이원론적 사회구조를 형성하는 방식은, 과거에 없던 것, 곧 상호성과 관계론에 있어 새로운 차원을 드러내는 방식이라고 할 수 있겠습니다.

김 선생님은 어느 글에서 21세기를 여러 가지 경계가 무화되는 시대라고 쓰신 적이 있습니다. 그것을 문화의 영역에 적용하면 어떻게 될까요.

이 사이버 세계를 잘 관찰해 보면, 그 질문에 대한 답변이 쉽습니다. 20세기의 아웃사이더였던 사이버 세계 또는 사이버 문학이, 지금은 인사이더의 유력한 장르가 되었습니다. 사이버 문학은 21세기의 삶과 그 인식 형태를 가늠하게 하는 또 하나의 몸짓이 되었습니다.

사이버 세계가 문학의 아웃사이더로 있었을 때, '문학은 현실의 반영'이라는 완강한 명제가 세력을 확장하고 있었지요. 그것은 허구적 이야기, 곧 '거짓말'의 쇠퇴를 가져왔습니다. 그런데 그러한 의식이 문학을 리얼리즘의 울타리 안에 차폐하는 결과를 초래했었다면, 사이버 세계나 사이버 문학은 그 울타리가 구획한 경계를 무너뜨린 것입니다.

왜 '해리포터' 이야기가 불티나게 팔리는지 생각해 보세요. 그것은 상상력의 세계가 어떻게 현실 속에 살아 숨쉴 수 있는가에 대한 존재증명입니다. 지하철 내 벽 하나를 격하여 마법의 세계로 가는 통로가 매설될 수 있다면, 과거 리얼리즘 문학이 전가보도처럼 휘둘렀던 의고적 사실성은 이미 그 경계를 지킬 기력을 상실한 것 아니겠어요? 중요한 사실은 그것이 결코 어린 아이들만의 영역이 아니라는 점입니다.

21세기의 새로운 창조력을 가진 문학은 20세기 안에 있었던 것이면서 동시에 그때의 문학적 자양분을 새로운 패러다임으로 발양하는 것, 21세기적 삶의 여러 부면을 복합적으로 발현하는 것이라고 봅니다. 정치나 경제와 같은 실제적인 삶의 형태가 그 새로운 창의적 시각을 뒤쫓아오기 전에, 언제나 문학이 여러 걸음 앞서 가는 까닭으로 '문학은 미래의 입법자'라는 표현이 있는 것 아니겠어요?

문학을 미래의 입법자로 호명하는 까닭

김 21세기를 예언하는 여러 징표들이 없지 않았지요. 1960년대 이후 후기 구조주의의 여러 표현 양상을 비롯하여, 당대의 문학 현실과는 궤가 다른 형식이 출현하면, 애써 문학과 현실성을 연관짓는 리얼리스트들이 이를 하나의 실체를 가진 흐름으로 이해하는 일을 외면하거나 그것을 인정하는 데 인색했던 것이 사실입니다. 새로운 세기의 문화에 도달하기까지 앞선 시대의 문화 속에 있던 예언적 기능을 어떻게 보시는지요?

이 예언은 단순히 미래를 말하는 것이 아닙니다. 예언할 수 있는 미래는 이미 현실의 복합성 가운데 존재하는 것이지요. 작가는 자기 시대의 언어를 사적으로 사용하는 존재이며, 그 개체적인 것이 공동체적인 것에 앞선 해석을 내놓을 수 있을 때 문학적 예언이 생성되리라고 봅니다.
과거에는 문제도 되지 않았던 것이 실체적 현실로 눈앞에 벌어지는 상황을 보십시오. 뉴턴의 물리학으로 우주를 바라보던 시대에 아인슈타인의 상대성원리가 납득되기 어려웠지만, 오늘날과 같은 우주여행의 시대에는 상대성원리가 현실적으로 적용되는 상황을 맞았습니다. 지구 안의 환경은 뉴턴만으로도 설명할 수 있었지만, 지구 밖의 환경은 아인슈타인이 아니면 설명할 수 없게 된 터인데, 말하자면 뉴턴 시대의 아인슈타인은 하나의 예언이었던 셈이지요.
이 문제를 문학으로 치환해 본다면, 문학의 예언적 기능을 폄하해 온 지금까지의 리얼리스트들은 결국 자기 우물 안에 갇혀 있었던 것이 아닐까요? 앞서 언급한 휴대폰의 경우와 같이 공간환경을 자유롭게 조절할 수 있는 문화적 기능은, 이미 '육체적 알리바이'를 현저히 넘어서 있습니다. 과거에 꿈꾸었던 것이 실제적 현실로 나타났다고 할 때, 그 '꿈'은 '예언'의 다른 이름이 되겠지요.

그러기에 매우 과감하게 말하자면 21세기는 태초 또는 석기시대에도 있었던 것입니다. 다만 그것을 볼 수 있는 이와 볼 수 없는 이의 차이가 있을 뿐이지요. 예술가들의 언어에 있어 과거에 감동적인 것이 미래에도 감동적일 수 있습니다. 아인슈타인의 이론이 지구 안에서 소통 가능한 것처럼 지구 밖에서도 소통가능합니다.

예술에 있어서 진정한 자유란 이처럼 뉴턴의 시대에 아인슈타인을 말할 수 있는 자유, 소수의 예지적 시각이 일방통행적으로 무시당하지 아니하는 자유를 말하는 것입니다. 그러나 많은 예술가들이 이 자유를 자신의 것으로 누리기보다는, 이 자유를 억압적으로 덧씌우는 굴레에 구속되어 있는 경우가 허다하다고 봅니다.

문화의 내부구조에 주목한 복합성의 원리

김 선생님은 1950년대 문학을 화두로 문학활동을 시작하신 이래 오늘까지, 언제나 그 시기의 문화 또는 문학의 성격적 특성을 말하는 가장 전방지점에 서 계셨습니다. 지금도 연로한 많은 독자들이 선생님의 함자를 귀한 명호로 기억하고 있습니다. 일상적인 인식으로 세계를 바라보는 사람들과 달리 기발하고 참신한 아이디어를 창출하셨던 비결이라고 할까, 아니면 그 오랜 세월의 갈피에 묻어둔 비밀이라고 할까, 남모르는 그런 것이 있을 법한데요?

이 내 시각이 새롭다는 것은 사람들이 내게 붙여 준 평가이지만, 때로는 나 자신도 '너무 새롭다'는 느낌이 들 때가 있습니다. 내가 존중하는 사고는 그 사고의 외형보다 구조적 내용을 분석하는 것이지요. 그러니까, 오는 봄은 봄이기는 하나, 지난번과 같은 봄이 아니라는 것을 밝히는 것이 중요합니다. 21세기 복합성의 사회를 바라보는 눈에 있어서도 마찬가지입니다. 나의 이러한 '비선형적 사고'는 그러나 그 연원이 따로 없는 나 혼자만의 것이 결코 아닙니다.

서양 사람들의 언어, 그중에서도 영어를 보면 'M'과 'W'만이 뒤집어도 그 모양이 같을 뿐 어떤 글자도 생김새가 다릅니다. 한국적 사유는 이와 판이합니다. '곰'과 '문'처럼 글자 전체를 뒤집어서 같은 것이 있는가 하면, 'ㅏ' 'ㅓ' 'ㅗ' 'ㅜ' 경우처럼 선과 점을 두기에 따라 얼마든지 변용될 수 있는 글자들이 있습니다. 물 위에 나무를 띄우면 배가 되고 나무를 물속에 두면 두레박이 되는 복합성의 사고가 우리 언어의 뿌리에 잠복해 있습니다. 구성요소가 동일하면 그것의 운용에 변함이 없는 서구적 사고가 유일신을 신봉하게 된 것은 문명비평학적으로도 설명이 가능합니다.

그 복합성은 사물 및 사람과의 관계성을 말합니다. 그 관계성은 많은 부분을 우연성에 기대고 있습니다. 21세기적 사고방식은 이 강화된 우연성을 주목해야 합니다. 상황과 형편이 달라졌는데 과거의 방식을 고집하고 있다면 그것은 시대적 적응력을 상실한 것입니다.

생각해 봅시다. 축구의 페널티킥에서 골키퍼는 미리 한쪽 공간을 포기하고 나머지 공간만 막는 것이 정석으로 되어 있습니다. 그런데 골키퍼의 손이 골포스트에 닿을 만큼 길어졌다고 해 봅시다. 왜 한쪽을 포기해야 하겠어요? 이처럼 서구적 실체론과 과학적 인식이 무너지고 질서 파괴 속의 새로운 질서를 발견하는 것이 21세기적 사고의 성격이라고 할 수 있습니다.

우리 인간의 외모와 내부를 살펴봅시다. 밖은 대칭적으로 되어 있습니다. 그러나 안은 전혀 대칭적이지 않습니다. 심장은 왼쪽에만 있지 않아요? 서양에서는 이것을 외면했지요. 십자가가 대칭적인 것은 다시 문명비평적으로 말하자면 그러한 기층적 사고와 무관하지 않아 보입니다. 그런데 태극기는 비대칭적이지요. 이와 같은 새로운 질서와 가치의 발견, 이것은 이미 우리 곁에 주어진 것 가운데서 시각의 새로움으로 가능한 것이지요.

왜 해리포터인가?

김 그러한 시각으로 새로운 세기의 동서 문명과 문화를 비교해 보자면, 일상적인 사고의 표피 아래 숨어 있는 많은 새로운 인식들을 추수할 수 있으리라 여겨지는군요.

이 그럴 테지요. 우리가 21세기의 문화를 새롭게 하자면, 그렇게 21세기를 기획해야 한다고 봅니다. '해리포터' 시리즈가 대표적인 사례가 아니겠습니까? 이제까지의 문학은 현실과 환상을 명확하게 분리하는 것이지 않았어요? 그러나 '해리포터'에서는 그 구분과 경계의 벽이 무너졌습니다. 만약 그러한 방식의 시를, 그리고 소설을 만들면 어떻게 될까요?

장 콕토가 글씨가 예술인 줄 몰랐던 것은 그로서는 당연한 일이었습니다. 한문문화권의 서예는 시작과 끝이 분명한 그림이지요. 그중에서도 초서는 음악과 건축이 함께 있는 것이 아닌가요? 폴 발레리가 교회의 예배공간을 두고 청각예술이라고 호칭했던 것은, 예술 장르의 경계를 넘어서는 새로운 인식과 더불어 가능했던 거지요.

시금치를 먹고 기운을 내는 만화의 주인공은, 우연한 계기를 신화적 상상력 또는 창의력으로 발전시킨 사례입니다. 사실의 굴절, 일상적 합리성의 부정이 없이는 독창적 시각이 확보되지 않습니다. 영화 〈세렌디피티〉의 우연성을 천박하다고 간주하는 빈곤한 상상력으로는, 현란한 허구의 직조물로 예술을 짜 나갈 수 없습니다.

문학적 상상력이라는 문제와 관련하여 정녕 문학을 망친 이는 안데르센입니다. 그의 〈벌거벗은 임금님〉을 마무리 짓는 그 어린아이는 현자가 아닙니다. 그는 오갈 데 없는 실리적 인식의 대변자입니다. 거기서 권력을 응대하는 시인의 날카로운 견식이 멸실되고 있습니다. 그래 가지고 문학이 되겠어요? 임금님을 벌거벗겨 놓고 거기에 온갖 상상력의 옷을 입힐 수 있는 그 기회를 무산시킨 안데르센의 허약한 예술성은, 리얼리즘을 꿈처럼 가장한 이율배반적 구조 위에 있습니다. 〈성냥팔이 소녀〉나 〈미운 오리새끼〉도 그렇지요. 리얼리즘이 동화의 마음을 떠올릴 수는 없습니다. 아버지가 땜장이었고 어머니가 거지였던 안데르센의 태생적 한계를 말하는 것인지도 모르겠으되, 〈벌거벗은 임금님〉의 어린아이는 언어의 약속과 언어의 구조를 모르는 사람, 곧 짐승의 언어 수준에 머문 사람이 되는 것입니다.

김　선생님께서 여러 자리에서 표방하신 바 있는 문학의 언어, 상상력

의 언어는 그것 자체로서도 하나의 언어학 강의에 이를 만하다고들 합
니다. 문학 언어에 관한 생각을 좀 더 말씀해 주시지요.

이 자연과학적 리얼리티로 말하자면, 돈이 무소불위의 힘을 가졌다고
할 때 일시에 돈을 태워 뭔가를 일으킬 수 있지 않겠습니까? 그러나 그
것은 불가능한 일이며, 이는 돈이 '가짜'임을 증명하는 일과 다르지 않
습니다. 마치 임금님의 훌륭한 옷이 권위의 치장이지 본질이 아니듯이
말이지요.
그런데 문학의 언어는 바로 그 '가짜'를 소중히 아는 것입니다. 동전 한

닢의 이미지는 가혹한 경제상태를 상징합니다. '가짜' 돈은 문학의 언어에서는 태환지폐가 됩니다. 보십시오. 지금은 그 지폐도 쓰지 않습니다. 플라스틱 카드가 그 기능을 대신하고 있지 않아요?

오스카 와일드는 "이제 문학은 끝난다. 거짓말이 끝나기 때문"이라는 말을 남겼습니다. 그 '거짓말'의 언어가 문학의 언어라면, 우리는 그러한 언어를 현실로 선택한 숙명론자일 수밖에 없습니다. 보이지 않는 언어의 실로 텍스트를 짜는, 장거리 경주의 숙명론자 말이지요.

'문학을 망친 안데르센' 또는 상상력의 힘

김 그러나 현실을 벗어난 상상력만으로 문학이 되는 것은 아니지 않겠습니까?

이 물론 그렇지요. 완벽하게 순수한 금으로는 반지를 만들 수 없듯이, 현실과 상상력이 알맞은 비율로 혼합되어야 문학이라는 외면적 형틀이 만들어지겠지요. 언어에 아무런 불순물이 없다면, 다시 말해 상상력을 끌어안는 현실적 이야기 구조가 없다면, 그 문학적 상상력은 휘발되고 남는 것이 없겠지요.

문제는 그 성분의 포함 비율입니다. 금과 구리를 섞어 반지를 만들되, 반드시 금이 위주이고 구리가 마이너의 비율을 가져야 합니다. 단선적 리얼리즘을 절대적 종교처럼 신봉하는 이들은 이 비율 문제에 다른 생각을 가지고 있을 터이지만, 문학에는 끝까지 양보할 수 없는 문학 본래의 성분이 있는 것입니다.

김 바로 그러한 생각으로 인하여 많은 이들이 선생님의 현실도피적 태도를 지적하고 있는 것이 아닌가 싶습니다만…….

이 왜 내가 현실도피자일까요? 20년을 두고 여러 칼럼을 쓰면서, 또 신문사의 논설위원으로 글을 쓰면서, 현실문제에 대한 발언 때문에 과거의 '중정'에 여러 번 불려 다닌 전력도 있는데……. 그러나 문인으로서 나의 문학적 태도는 내게 강력한 질의를 보낸 분들과 그 입지점이 다른 것은 사실입니다.

하나의 예를 들어 보지요. 유태인 수용소에서 죽은 이가 있고 살아서 히틀러를 고발한 이도 있지만, 극악한 압제와 살인의 현장을 가장 창조적으로 해결한 이는, 수용소에 비치는 햇빛을 바라보면서 "왜 세상은 이토록 아름답게 만들어졌나"라고 감탄한 한 사람의 수용인이었던 것입니다. 짐승 같은 학대와 죽음의 현실을 넘어, 끝까지 히틀러가 빼앗지 못한 것을 붙들고 있었던 그는 현실 생활 속에서 예술가의 존재양식을 웅변으로 증언하고 있습니다.

내게 가해진 심미주의자요 현실도피주의자요 가스실을 외면한 자라는 비난에는, 기실 할 말이 없습니다. 그러나 그 한 수용인의 인식 유형을 귀한 것이라고 생각한다면, 그것이 마지막 희망인 현실 극복의 힘이라면, 또 그것이 사회 현실에 대해 예술가의 언어가 가져야 할 책임이라면, 나는 다른 사람들이 나를 알아주기를 기대하지 않아도 좋습니다.

나는 각자의 예술가들이 다른 사람들로부터 이해받지 못하는 면모를 한 부분씩 가지고 있어야 진정한 예술가라고 생각합니다. 모두 이해되는 예술가는 진짜 예술가가 아닙니다. 내 글은 백 년 천 년 후에도 읽히지 않고 이해되지 않을 것이라는 예술가의 탄식 속에 진짜 예술혼이 감쳐져 있을 수도 있습니다.

21세기의 예술가는 과거 흑백 논리의 원색사고 시대와는 달라야 합니다. 친체제와 반체제가 아닌 비체제의 언어도 있는 법인데, 모두 친 · 반체제로만 몰아가서는 안 됩니다. 우리의 언어가 더 이상 유아 언어여서는 안 되지 않겠어요?

더욱이 21세기는 IT기술이 획기적으로 발달되고 그것이 창작에도 활용되는 시기 아닙니까? 이제는 과거의 고루한 문학적 인식에서 탈피해야 할 때입니다. 인터넷이 일상화되면서 집안일과 직장일의 구분도 없어지고, 사람들은 마치 일생을 볼모로 잡힌 무기징역수처럼 24시간 모두를 '노동시간'으로 써야 합니다. 그러한 때의 창작은 망치를 들고 노동을 하듯 '창작작업'을 하는 것이 아니라 너와 나의 관계와 공동체적 전망을 바라보며 '창작활동'을 하는 것이어야 합니다. 이 '창작활동'이 다양다기한 각자의 개성으로 형성되는 만큼, 타자의 문학에 대해 보다 확장된 이해가 필요할 것입니다. 물론 그것은 창작자가 아닌 독자의 소임이겠지요.

문학적 자유와 문학의 게릴라 정신

김 선생님이 문학 활동을 시작했던 시점으로부터 거의 반세기의 세월이 흘렀습니다. 그 반세기 동안 언제나 국민적 주목을 받으셨지요. 그간의 한국 문학 또는 문화계의 변화에 대해 어떤 생각을 갖고 계신지요?

이 마음 아픈 얘기지만, 이제 나는 과거의 사람입니다. 이제 나는 오늘날의 대중에게 과거와 같은 화려한(?) 기능을 가진 전달자가 아닙니다. 근자에 우리 집에 컴퓨터를 고치러 온 청년이 내가 누구인지를 전혀 모르고 "이 집에 책 많네"라는 어투로 말하는 거예요. 시험적으로 그에게 나를 설명해 봤더니, 계속 모를 뿐 아니라 전혀 관심도 없었어요. 전에는 그런 상황이 벌어지면 내가 잘못한 줄, 내가 대중에게 더 가까이 다가가지 못한 소치인 줄 알았어요. 그런데 그게 아니라 세상이 변한 것이었습니다.

나는 젊은 시절에 닷새를 굶은 적이 있습니다. 쌀이 없어서가 아니었어요. 문학적 인간으로서의 자존심, 내가 배가 고파졌을 때 짐승처럼 되는 것에 대한 억울함 때문에 굶었어요. 도스토옙스키가 될 수도 있는 인간이 개가 될 수도 있다는, 배고픈 슬픔보다 짐승이 되는 슬픔을 이겨 보려는 시도였다고 할까요?

그렇게 굶는 가운데 내게 남은 하나의 상징, 그것은 언어였습니다. 4·19 이후의 그 처절한 순간에도 내게는 찾아가 보아야 할 고향의 대천 바다가 있었고 그것을 언어로 표현할 책임이 있었습니다. 내게 있어 문학과 언어는 그렇게 절체절명의 것이었습니다.

그런데 지금은 이제 그런 시대가 아니지요. 그렇게 글 쓰는 사람이 통용되는 시대도 아닙니다. 오늘날 새로운 대중 앞에서 다원적 가치를 열어 가는 시대에는, 공적인 공간의 메시지가 과거와는 아주 다릅니다. 20세기와 같이 문학적 엘리트주의가 현실 속의 체험을 교시하던 시대는 이미 지나갔습니다. '붉은 악마'의 작동 코드를 보십시오. 그들 스스로 직접적으로 참여하면서 얻는 감동은, 간접적 체험으로는 획득 불가능한 것이었어요.

김 《문학사상》을 창간하고 운영하신 지 오래되셨지요? 그 《문학사상》
이 지금은 30수 년을 넘겼습니다.

이 오늘날 《문학사상》을 과거와 같이 운영했다가는 성공할 수 없겠지
요. 이미 문화의 코드가 달라졌고 문자문화가 영상문화로 그 세력을 빼
앗겼으니, 어쩌면 만화책을 만드는 방식으로 시작해야 할지도 모르는
일입니다.

엄밀한 의미의 전쟁은 제2차 세계대전으로 모두 끝났다고 할 수 있습니
다. 법치적 방식으로 선전포고를 앞세우는 정규전이 끝나고 개별전쟁,
비정규전, 테러전이 그 자리를 대신했지요. 이라크 전쟁에서 보듯이 목
표한 지점을 정확하게 골라 가격하는 형태의 전쟁은, 과거의 전면전과
이미 그 양상이 다릅니다.

《문학사상》은 우리 문단에서 그와 같은 문학의 게릴라전, 아웃사이더의
문학적 전쟁 방식을 고집했던 것입니다. 그러나 그것은 20세기의 방식
이었고, 모든 여건이 변화한 오늘날에도 과거와 같은 방식으로 문학을
답습하는 일이 답답해 보입니다. 오늘날의 문학인들이 과감하게 문학
의 사망진단을 내고, 문학의 죽음에 대해 쓰고, 그런 연후에 그것의 새
로운 부활을 도모해 보았으면 합니다. 그러니까 21세기 속에서 문학의
새로운 반란을 기획해 보면 어떨까 하는 말입니다.

근자의 작가들이 쓰는 작품은 예전의 내 경우와는 그 전제가 벌써 다릅
니다. 그것은 새로운 세대의 발성을 의미하는 것이며 내가 낡은 세대임
을 선언하는 것과도 같습니다. 문학의 장르가 무너지고 문학을 생산하
고 소비하는 언어영역의 국경이 무너지며 기존의 가치관이 붕괴하는
시대에 있어서, 21세기의 문학 또는 문예지는 분명 과거와는 다른 색깔

과 목소리를 가져야 마땅할 것입니다.

장르의 경계 허무는 새로운 시대정신

김 오늘날의 문학이 실제로 그와 같은 다른 색깔과 목소리를 갖고 있지 않습니까? 그리고 우리 사회가 전체적으로 그것을 하나의 흐름으로 이해하는 과정 중에 있다고 생각되는데요?

이 그렇습니다. 문제는 그것이 주류화되어 가고 있음을 인정하고 그 구체적 세부를 올곧게 살피는 일이라 하겠지요. '반세계화'를 주창하는 이들이 주장을 펴는 데 있어서는 세계화 조직으로 운동하는 모순과 같은, 자기중심적이며 근시안적인 시각으로는 그러한 변화의 코드가 포착되기 어려울 것입니다.

문학의 장르를 엄격하게 갈래짓는 시각과 그것이 무너진 형상을 인정하는 시각, 문학의 기승전결에 집착하는 시각과 데리다적 전개방식을 납득하는 시각, 창작주체와 수용자의 구분을 당연하게 받아들이는 시각과 그것의 경계무력화 또는 상호소통성을 중시하는 시각 등, 근본적인 태도의 차이에 따라 문학을 보는 관점이 큰 변화를 나타내고 있는 시대입니다.

21세기 멀티미디어 시대에 있어서 백남준의 하드미디어 비디오아트는, 낡은 TV 여러 개로 연출하는 초창기의 옛날 얘기일 뿐입니다. 문화와 예술의 생산자와 소비자가 그 영역과 역할을 공유하여 교통하며 프로그래피와 프리즘의 벽이 무너지는 시대, 곧 아마추어리즘과 프로의 분별도 선험적일 수 없는 시대의 한가운데 우리가 들어서 있습니다.

왜 보지 않았어요? 정치의 아마추어 '노사모'가 기존의 정치 집단보다 훨씬 더 강력한 힘을 발휘하고 놀라운 결과를 불러오며, 경제에 있어서 소비자가 생산자보다 훨씬 더 생산성에 밝고 또 소비자에게서 기업이 창출되는 상황들을 말이지요. 이제는 예술이 정치와 기업 활동에 영향을 주는 시대입니다. 문화예술의 프로의식이 정치 및 경제에 침투하고 그러한 현상이 벤처 기업을 만들며, 또 역으로 벤처 예술가가 탄생하기도 하는 시대, 역사를 지배해 온 확정적 코드에 예술감각이 직접적으로 침입하고 소통하는 그런 시대 말입니다.

예술적 감각에 있어서도 심미성을 따지는 시대가 아니지요. 21세기 복합성의 시대에는, 과거 예술의 기반과 구조가 근본적으로 변화하고 예상치 않았던 문화참여가 발생하는 등 실질적 변화가 일어나는 상황이 벌어집니다. 일찍이 사르트르가 생각지도 못했던 새로운 앙가쥬망의 시대가 열리고 있어요. 그렇게 볼 때 서예가 예술임을 몰랐던 장 콕토처럼, 《반지의 제왕》이 예술이 될 수 있음을 몰랐던 전시대의 리얼리스트들처럼, 나는 '과거의 사람'이라는 것입니다.

문화정책과 남북한 문화통합의 방향성

김 선생님은 개방적 사고를 가진 예술적 자유인이기도 하시지만 한때는 이 나라의 문화정책을 총괄한 문화부장관이기도 하셨습니다. 오늘날 관심을 집중시키고 있는 남북문제 또는 남북한 간의 문화교류와 문화통합의 전망에 관해서는 어떤 생각을 갖고 계신지요?

이 북한은 분명 우리의 동포사회입니다. 그러나 나는 대북 문화교류의 입안과 추진에 있어서는, '피'를 강조하는 민족주의나 민족 우월성을 앞세운 민족지상주의, 그리고 우생학적 한민족공동체 이론을 벗어나야 한다고 봅니다. 남북한 간에도 문화적 보편주의의 원리를 적용하여 무리 없는 교류의 접점을 찾아보아야 하지 않을까 싶어요.

인간의 피는 'RH'형을 빼고는 서로 수혈 가능하지 않습니까? 짐승의 피를 인간에게 수혈할 수는 없습니다. 이처럼 상호 수혈 가능한 문화, 그 문화의 교류를 문화적 보편주의의 과실이라고 한다면 그러한 과실이 우리의 실체적 목표가 되어야 한다고 여겨집니다.

이는 또한 남북간의 서로 다를 수 있는 문화적 형질을 인정하고 이해하려 노력하는 것이며, 동시에 우리 남한 내부에서도 각기의 개인이 서로 다른 문화 형질의 주인일 수 있음을 인정하는 것입니다. 그리하여 4천만이 각기 다른 4천만인 채 하나로 합쳐지면 엄청난 힘을 발휘하게 된다는 말이지요. 그것이 전체주의적 강압에 의한 하나가 아니라, 그야말로 하나의 건강한 민족공동체를 이루는 길이 된다고 생각합니다.

우리 민족이 미국이나 구소련과 같은 열강에 의해 물리적으로 분단이 되었건, 민족 내부의 자기체계 안에서 자의적으로 분단이 되었건, 분단 현실은 엄연한 사실입니다. 눈앞의 과제는 이 분단된 나라와 민족을 어떻게 통합하고 진정한 '민족문화'를 꽃피울 수 있는가 하는 점이지요. 적어도 문화적 방안이란 이정표를 세웠다면, 이 길의 서막은 서로 다른 다양성의 체제, 또 서로 다른 다기한 개체들을 인정하는 데서부터 열어야 할 터입니다.

과거와 같은 '땅'의 개념, 영토를 중심에 둔 조국의 개념은 이제 수정되어야 할 때입니다. '땅'은 이미 절대적 의미와 가치를 상실했습니다. 유

태인은 땅 없이 사는 동안에도 35퍼센트의 노벨상을 받았습니다. 문학적으로 말하면 이제 《토지》 같은 작품은 그만 나와도 된다는 것입니다. 두 개의 의미 영역으로 분할된 토지는, 그리고 그것의 시대사를 따지는 일은, 구시대의 유물일 뿐 새로운 시대의 비전을 형성하지 못합니다. 오늘날 우리 민족 구성원이 가진 형형색색의 다양성이 어떻게 조화롭게 어울리는가가 목표가 되어야 할 것입니다. 그것은 결코 히틀러식 개념의 민족공동체가 아닙니다. 민족의 분단을 극복할 내포적 원리를 그와 같은 방법적 접근으로부터 구현해 나가는 것이 원론적 주장의 조정 과정에 기대는 것보다 훨씬 더 효율적이라 할 터입니다.

남북 문화교류, 사이버 공간에서부터

김 남북 문화교류 문제를 좀 더 확대된 인식의 지평 위에 놓고 보면 어떨까요? 예컨대 남북 양자만 대결구도로 만나는 방안이 아니라 재중국 조선인, 재러시아 고려인, 재일본 조선인, 그리고 미주와 구주의 한인들이 작성해 온 문화적 생산품을 한 테이블에 함께 초빙하는 방안 같은 것 말이지요. 다양한 해외 동포문학 전체가 함께 모여 악수하는 자리라면 북한에도 부담이 덜하고, 또 자연스럽게 한민족문화권의 실질교류가 이루어지는 장이 서지 않을까요?

이 백만의 동포가 살고 있는 일본에서, 아쿠타카와 문학상에 유미리와 같은 한인 계열의 작가들이 진출하는 것은, 우리의 대일본 관계 또는 식민지의 과거가 결코 실패만이 아니라는 반증입니다. 전 세계에서 인구당

해외 교민이 가장 많은 민족이 바로 우리 한국 민족입니다. 희망 없는 정치·경제의 소용돌이를 벗어나 희망을 찾아서 살 수 있는 땅으로 간 사람들이 지구 곳곳에서 이른바 '망명자 문화'를 만들어 보였습니다. 그것은 자기 민족 DNA의 특성을 그 현지에서 살려 낸, 추상적 민족공동체의 개념을 해외 공간에서 구체적으로 일구어 낸 사례들입니다.

내 생각은 그런 모델을 북한과의 관계에서도 한번 생성시켜 볼 수 없겠느냐는 것입니다. 만약 남북이 실제로 용이하게 오갈 수 없는 형편이 지속된다면, 양자간의 문화 개방과 교류, 특히 인터넷의 상호 소통이 가능한 문을 열어 보자는 것입니다. 양자의 네트워크 상황이 매우 다르긴 하지만, 이것이 성사되면 가히 혁명적 변화가 태동될 수 있는 파괴력이 있지 않겠어요? 물론 초기 단계에 북한이 확보해야 할 체제문제에 관한 안전장치들을 양해해 주어야 하겠지만요.

지금도 중국은 국가비하죄에 대해서는 법정 최고형인 사형을 구형하며, 이슬람에서는 인터넷을 전면적으로 금지하고 있습니다. 이처럼 하나밖에 못 믿는 종교, 하나의 목소리밖에 못 내는 전체주의의 형상으로 북한이 남아 있는 한, 남북한 통합의 길은 여전히 아득하다는 뜻입니다. 정치·경제·군사 등 일차적 결정구조를 유보해 둔 채, 네트워크를 통해 먼저 평양의 박물관과 김일성대학의 인문학 강의를 공유하는 문화적 자유를 먼저 구축해 나가자는 말입니다. 물리적 부자유는 그 길을 따라 자연스럽게 해소되어 가리라고 봅니다.

꼭 몸이 북한 땅에 들어가는 것만이 남북 교류가 아닌 것이며, 자유 민주주의의 생동하는 문화 코드를 활용한 네트워크 교류를 선행함으로써 마침내는 북한 사람들이 평화롭게 서울의 남산을 구경하는 날을 재촉할 수 있지 않을까 싶습니다. 그것이 남북한 문화통합의 전망이 되어야 하리라고 생각합니다. 문화가 정치·경제를 앞서는 구조는, 충격을 최소화하고 남북 화해협력의 연착륙을 견인하는 올바른 접근 방식이 될 것입니다.

한민족문화권의 인식 확대와 그 가능성

김 이를 한반도를 넘어 전 세계의 한민족문화권으로 확대하는 데는 어떤 방안이 있을까요?

이 동시대의 인류사회가 퓨전의 문화, 무이념과 무원리주의를 바탕에 깔고 있음을 먼저 수긍해야 할 것입니다. 공과 사의 구별이 명확하지 않고 자리행自利行과 이타행利他行이 혼합되어 있는 시대 아닙니까? 자리행이 자본주의의, 이타행이 사회주의의 기본 정신이라면 이 두 정신이 혼재되어 있는 시대라는 말입니다. 그러기에 우리는, 우리가 변하지 않는 채로 상대방을 변하라고 요구해서는 안 됩니다. 나와 남이 함께할 수 있는 공동 협력으로서의 문화, 이것을 염두에 두어야 합니다.

북한의 대학생이나 일부 계층이라도 인터넷에 접속시키고, 봉함편지가 아닌 공개엽서의 일부라도 서로 교환할 수 있도록 하는 데 이러한 정신이 유효할 것으로 판단됩니다. 그리고 세계 각국에 퍼져 있는 해외동포 문학의 경우도 이를 네트워크로 연결하여 문화유산을 공유한다든지 텍스트로 번역한다든지 하는 사업을 추진해 볼 만할 것입니다. 《삼국유사》나《춘향전》등 10대 고전을 선정하여 이 작품들을 각국 언어 버전으로 번역하여 소통시키는 일 같은 것 말입니다.

그러한 다각적 사업의 추진에 표 나지 않도록 북한을 동참시킬 수도 있지 않겠어요?

김 문화부를 맡고 계실 때 특히 중점을 두었거나, 지내 놓고 보니 아쉬웠던 정책적 사안은 없었나요?

이 내가 재직 시에 유통 시효가 지난 책들의 콘텐츠를 정부 지원으로 전산화해서 이를 거점 서점에 비치해 두고 독자들에게 공급하는 방안을 생각하고 일을 추진했던 적이 있습니다. 요즈음의 온라인 전자도서관 같은 형태입니다. 만약 그때 그것을 모두 마쳤더라면, 독서 유통의 현장에 매머드급 변화가 일어나지 않았을까 생각하고 있습니다. 그런데 그것을 완결하지 못하고 말았지요.

근자에 가끔씩 등장하는 저작권 침해나 표절 시비 같은 것도, 그러한 유통구조가 매설되었더라면 이미 해결되었을 일이지요. 정부가 국민에 대한 서비스로서 초동단계의 상당 부분을 직접 담당하는 시스템이 되었을 터이니까요.

'30권의 저서' 기약하며 다시 초발심으로

김 문학사상사에서 발간한 '이어령 라이브러리'가 모두 30권으로 나왔지요? 앞으로의 집필 계획에 대해서도 좀 말씀해 주시지요.

이 '이어령 라이브러리'는 지금까지 내가 쓴 글과 책의 결산입니다. 앞으로 건강과 시간이 허락한다면, 추가로 30권 정도의 책을 더 써 보고 싶습니다. 그런데 그 30권은 지금까지와는 전혀 다른 30권이 되었으면 해요. 우리 문화나 문학의 심층적 깊이를 짚어 보는 그런 글말입니다.

김소월의 〈엄마야 누나야〉를 잘 살펴보면 집과 산과 강의 3항대립으로 되어 있습니다. 김소월은 본능적 감각으로 우리 민족성의 깊은 층위를 알아차리고 있었던 시인이지요. 이는 서구적 2항대립으로서는 전혀 풀어낼 수 없는 인식구조를 보유했다는 뜻입니다.

우리의 민속 악기 가운데 장구를 한번 보십시오. 한쪽은 소가죽으로,

다른 한쪽은 말가죽으로 되어 있습니다. 그 양면의 크기도 서로 다릅니다. 한쪽은 나무로 만든 채로 치고 다른 한쪽은 손으로 칩니다. 그런데 그 가운데 공명의 공간이 있어서 양쪽을 서로 소통시키는 3항대립의 구조를 가지고 있습니다.

이처럼 장구와 같은 악기를 만들어 일상 속에서 사용해 온 우리 민족이 남북관계를 2항대립의 대결구조로 가져가서야 되겠습니까? 서로 다른 입장과 가치관을 가진 두 당사자가 대화한다는 것은, 그 차별성과 다양한 가치의 존재를 이해하고 인정하는 것을 말합니다.

앞으로 이처럼 문화와 문학의 전체적 모형에 관한 것, 그리고 작품의 세부에 있어서 세월의 풍상을 지나온 숙성된 시각으로 볼 수 있는 새로운 구조적 해석 등에 주력하여 글을 써 볼까 생각하고 있습니다.

김 우리 문학이 그러한 큰 그림의 계획과 더불어 수행해야 한다고 생각하시는 점은 없으신가요?

이 시대의 변화가 지시하는 새로운 유형과 장르의 작품들, 예를 들어 하이퍼텍스트 문학과 같은 새로운 창작모델에 관심을 가져 주었으면 합니다. 《춘향전》을, 그리고 〈소나기〉를 새로운 버전으로 다시 써 보도록 하는 등, 후세들을 위한 노력의 투자에도 신경을 써야 할 것입니다. 왜 영화 〈엽기적인 그녀〉에서는 〈소나기〉 말미를 변형하여, 소년을 함께 묻어 달라고 하겠다는 도전적 버전이 있지 않습니까?

많은 게임소설들이나 인터넷 상의 창작 방식들이, 단순한 문학적 시류를 탄 장난이 아니라 그것이 새로운 시대의 주류로 부상하고 있다는 사실을 수긍하는, 열린 사고구조와 깨어 있는 경각심이 필요하지 않을까 싶어요.

여섯 살 때부터 동화를 읽고 짓기 시작하면서 출발했던 내 문학 인생도 어느덧 40수개의 성상을 헤아리고 있습니다. 남은 날들을 보다 문학적으로 보람 있게 보낼 수 있는 길을 연구해 보겠습니다. 오늘 대담은 그런 생각들을 다시 일깨워 준 유익한 것이었습니다.

김 긴 시간, 좋은 말씀 감사합니다. 우리 문학의 반세기에 걸쳐 휘황했던 선생님의 능력이 더욱 노익장하시고 역부강하셔서, 우리들로 하여금 더 많은 좋은 생각과 말과 글을 만나는, 그 드문 행복을 누리게 해 주시기를 바랍니다.

이어령 문학평론가, 이화여대 명예교수, 중앙일보 고문 | **김종회** 문학평론가, 경희대 국문과 교수

이현세

민족주의와 가족사,
우리 시대의 새 영웅신화

1954년 경북 흥해에서 출생하여, 경주고를 졸업했다. 1979년 《저 강은 알고 있다》로 만화계 데뷔한 뒤, 1982년 《공포의 외인구단》으로 만화 붐을 일으키며 만화의 보급과 판매에 새 기록을 세웠다. 작품으로는 《아마게돈》《지옥의 링》《사자여 새벽을 노래하라》《남벌》《블루엔젤》《활》《며느리밥풀꽃에 대한 보고서》《천국의 신화》등이 있다. 현재 세종대 교수로 역임하고 있다. 〈아시아만화인대회 특별상〉〈서울국제만화애니메이션 특별상〉〈고바우만화상〉〈대한민국문화예술상〉등을 수상했다.

한국만화 중흥기 이끈 대표 작가

왜 이현세인가

이현세의 출세작이자 대표작이기도 한 《공포의 외인구단》에서, 까치 오혜성은 영원한 사랑의 표적 엄지에게 다음과 같은 명대사를 '날린 다'.

난 네가 좋아하는 일이라면 뭐든지 할 수 있어.

한 시대의 유행어로 떠 오른 이 편집증적인 수사는, 이현세 만화의 영웅주의 또는 남성우월주의의 속성과 더불어 그의 만화가 얼마나 격렬하고 파괴력 있는 성격을 가지고 있는가를 잘 말해준다. 독자들이 처음에는 너무 현실과 동떨어져 있다는 느낌에서 출발하여, 이들 주인공두 사람과 까치의 연적 마동탁이나 친구 백두산 등 정형화된 인물들과 스토리 가운데서 휘말리다 보면, 어느덧 그의 세계가 매설한 흡인력의 늪으로 기꺼이 침몰하는 자신을 발견하게 된다.

그와 같은 강력한 개성을 바탕으로, 이현세는 1980년대 한국 만화의 중흥기를 이끈 대표적인 작가이다. 오혜성이라는 강렬한 캐릭터로 대변되는 이현세 식 영웅주의, 남북한의 상관관계를 넘나들며 일본과 주변국들을 대적하는 이현세 식 민족주의가, 선명한 깃발을 올린 곳이 이 작가의 세계다. 동시에 척박했던 작가 개인의 성장사와, 그가 이름을 얻은 1980년대 초반 무소불위의 독재권력에 의한 억압의 시대사가 그 세계를 가꾸어낸 토양이자 자양분에 해당한다.

이현세는 시대의 어둠과 삶의 동통痛痛을 돌파하는 길을, 이와 같은 영웅주의와 민족주의를 성립시키는 강한 힘이나 강한 남자를 통해 내다보았다. 그리고 그 배경에는, '난 네가 좋아하는 일이라면 뭐든지 할 수 있어'라고 선언하는 타협 없는 사랑의 진정성이 깔려 있다. 이러한 주제의 모티프는 그의 거의 모든 작품에 지속적으로 드러나는 양상을 보인다. 그의 만화를 두고 '만화의 힘'이나 '힘의 만화'라는 표현법이 함께 등장하는 연유는 거기에 있다.

이현세 만화가 가장 화려하게 대중적 수용의 꽃을 피웠던 곳은, 1980년대에서 1990년대 초반에 걸친 대본소용 만화에서였다. 그의 초기 작품은 대개 고교 야구 등 학원 스포츠를 다룬 것이었으나, 점차 그 영역이 확대되면서 재미있고 그림 잘 그리는 작가로 입소문도 함께 퍼져 갔다. 1982년에 창간된《보물섬》에 연재된〈스카라무슈〉이후 그의 작품 활동은 단행본에서 잡지로 무대를 넓혔고, 일간지와 영화 등 다방면으로 펼쳐지게 된다.

1982년《국경의 갈가마귀》이후 이 작가는 독특한 역사관을 보여주는 시대극에 관심을 두기 시작하고, 이는 종내 과격한 국수주의나 극단적인 힘의 미학으로 치닫기도 하지만, 만화라는 장르를 통해 동시대의 거대담론에 정면으로 맞서는 사례를 새롭게 개척한 공로는 오로지 그의 몫이 아닐 수 없다. 물론 그것이 가능했던 것은, 이현세 만화가 누리고 있던 대중적 인기를 동반했기 때문이었다.

이현세 만화의 중심인물 까치는, 《시모노세키의 까치머리》에 처음으로 등장한다. 작가는 아마도 이 인물에 자신의 자화상을 투사한 듯하다. 어렸을 때 술 취한 아버지에게 맞던 어머니를 보면서 자란 기억과 어려운 가정환경으로 인한 내성적인 성격 등이, 때로는 반항의식이 되고 또 때로는 콤플렉스가 되는 복합적 캐릭터의 생산을 불러왔을 터다. 그리하여 까치는 강한 남자를 추구하면서도 이미 다른 사람의 부인이 된 여자를 끝까지 사랑하는 그 주박呪縛에서 벗어나지 못한다.

이러한 작가의 창작 성향이 순방향으로 작동하고 거기에 구속력 있는 주제가 결합하면, 마침내 이현세 식 장인정신의 개가凱歌를 볼 수 있다. 그가 어린 날을 경주에서 보내면서 역사 속 위인들의 흔적을 보고 역사에 대한 호기심의 끈을 놓지 않았던 것, 그리고 광개토대왕의 환상을 붙들고 역사를 거슬러 올라가다가 한민족의 천지창조 신화를 추론했던 것, 그 뒤 끝에 1980년대 초반부터 시작된 오랜 자료 조사와 더불어 《천국의 신화》가 탄생했다. 이를테면 그는, 그의 주인공 까치가 그러하듯이, 끈질기고 강한 집중력의 소유자다.

그런 만큼 그의 여성관은 그 반대의 경향을 드러낸다. 남성우월주의가 노골적으로 표방되는 자리에 놓인 여성상이, 연약하고 보호를 필요로 하는 존재로 그려지는 것은 당연한 일이다. 까치의 수십 년에 걸친 상대역 엄지는 그러한 전통적 여인상의 대표격이다. 그는 여자에 대한 자신의 생각을, 《신화가 된 만화가》에서 다음과 같이 밝혔다.

> 역사를 통틀어 언제나 시대적으로 희생을 강요당하고 전쟁이 나
> 면 가장 불쌍한 게 여자와 아이들이라는 식의 굳어진 사고방식이 나
> 를 지배하던 여성의 아이콘이었다. 그래서 여성 하면 곧바로 희생,
> 피해자, 한恨, 나약함이나 인내, 이런 모습들이 겹쳐졌다.

그는 아홉 살 어린 나이에 집안의 소년 가장이었고, 아들 셋을 저세
상으로 먼저 보낸 할머니에겐 마지막 남은 희망인 장손이었다. 무조건
적인 인내와 내향적 삶의 방식을 보일 수밖에 없었던 집안의 여자들이
그의 세계를 구성하고 있었다면, 그는 여러 유형의 여자, 다층적 뉘앙
스의 여자를 모르는 것이 당연했을 것이다. 그런데 참으로 재미있게도
《블루엔젤》이나 《엔젤딕》에 이르러, 엄지와는 전혀 다른 여자 하지란이
등장한다.

'까치의 여자 버전'이라는 평설도 있거니와, 여자 형사 하지란은 남
성보다 더 강인하고 엽기적인 행동조차 서슴지 않는다. 작가는 생머리
에 줄담배, 통음, 독신을 고집하며 미친 듯이 일하는 여기자를 만난 것
이 하지란을 그린 계기였다고 토로했다. 엄지에서 하지란에 이르는 길
은, 만화가 이현세의 자기 계발과 인식의 확장을 여실히 보여주는 대목
이다. 그는 그렇게 자신과 자신의 작품세계를 능동적으로 가꾸어 온 작
가이며, 한국의 만화 독자들은 이를 수납하고 이현세에게 정점의 자리
를 내주었다.

웅숭깊은 상상력과 도전적 목소리

삶과 작품세계

  이현세는 1954년 경북 흥해에서 태어났다. 포항 부근, 지근거리에 맑고 푸른 동해 바다가 출렁거리는 곳이다. 어린 시절부터 만화애니메이션학과의 교수로 있는 오늘에 이르기까지 오직 만화에 대한 열정으로 살아왔고, 그 집념이 디딤돌이 되어 한국 만화는 주요한 대중문화의 한 장르가 되었다. 요컨대 그는 만화를 문화의 반열로 밀어 올린 작가다.

  1982년에 간행된 출세작《공포의 외인구단》은 초판 30여만 부가 팔리고 모방작 30여 편이 뒤따를 정도로 폭발적 인기를 모았다. 작가 이현세는 물론 그의 만화가 그 자체로서 주목 받고 대접 받는 미증유의 사태가 발생했다. 만화는 대본소를 넘어 각 가정의 거실로, 아이들의 세계를 넘어 어른들의 문화소비 영역으로 진입해 갔다.

  처음에는 가족만화로 기획되었던 이 작품은, 편집증적 사랑의 치열성과 프로야구를 둘러싼 음모 및 타협의 스토리 라인을 형성하면서 단박에 성인 오락으로 성장했다. 야구를 소재로 아이들을 포괄하는 수준의 언어표현을 사용하고 있으되, 그 핵심은 하층민 패배자들이 영웅이 되어 귀환하는 이야기에서 더도 덜도 아니다. 이처럼 진폭이 큰 서사구조 덕분에, 이현세는 모든 연령대의 독자를 함께 끌어안을 수 있었다.

'한민족의 위대성' 이란 메시지가 구체적인 형용을 입고 드러나는 작품이 《남벌》이다. 1994년에 총 9권이 완간되고 2005년에는 청소년 용개정판이 발간되었다. 1990년대 초반, 일본의 교과서 왜곡과 종군위안부 문제가 부각되고 일본과의 과거사에 대한 비판적 여론이 대두되면서 그 작품 구상이 시작된 것으로 알려져 있다. 일본과 대항하는 이현세의 한민족 구상은, 남북연합이라는 매우 진취적인 구도의 설정에서 출발한다.

한국인도 일본인도 아닌 어정쩡한 학생 깡패 오혜성을 제외하고 국정원 요원 백두산, 일본 자위대의 꽃 카오루, 북한산 터미네이터 최경철 등은 모두 자신이 속한 조직과 집단을 대표한다. 오혜성만이 소속없는 단독자로 출발한다. 그는 사랑하는 여자 엄지를 위해 전쟁에 뛰어들지만, 점진적으로 민족적인 자기 정체성을 찾아간다. 그 흐름의 종착점은 남벌南伐, 곧 일본 정벌이다. 그 강렬한 민족주의 국수주의의 색채는, 당대 일본의 몰역사적 태도에 잇대어져 있다.

이현세의 작품세계를 추동해 온 물굽이가 가장 높은 파고를 형성하는 지점은, 우리 민족의 상고사를 다룬 최초의 만화 《천국의 신화》에 이른 곳이다. 기실 단군신화 이전은 그 존재조차 모호한 것인데, 이 작가의 탐구심과 상상력이 새 하늘을 열어간 형국이다. 천지개벽, 환인과 환웅의 등장, 치우천왕, 배달국, 단군조선의 건국 등이 그의 붓끝에서 생명력을 얻어 한민족의 창세 신화를 재구성한다. 작가 스스로 '20년 만화인생을 건다' 고 공언할 만큼 열정을 쏟고 공을 들였다.

이 작품은 폭력성과 외설성 문제로 6년여의 법정 공방을 거쳐 다시 그려지게 되는데, 이현세는 전체적인 의도와 맥락을 중시하지 않고 부분적인 컷들을 두고 평가하는 것에 저항했다. '보인다고 다 야한가?' 라는 그의 항변은, 한국 만화의 역사가 곧 검열의 역사라는 표현의 자유 문제, 그 억압의 제도에 대한 일축이다. 무분별하게 충동을 유발하는 표현과 장대한 스케일의 세부를 충족시키는 표현의 구분은, 곧 옥석의 구분처럼 신중히 다루어져야 옳겠다.

그의 많은 다른 작품들도 웅숭깊은 상상력과 생동하는 창의력, 그리고 만화를 통해 세상에 도전적인 목소리를 던지는 강렬한 작가의식의 소산이다. 남성적인 힘과 불세출 영웅의 출현, 국수주의로의 경도를 마다하지 않는 남북을 망라한 민족주의의 표방이 그의 세계인가 하면, 생명마저 던질 수 있는 맹목적 사랑의 진정성과, 어떤 환경의 변화에도 요동하지 않는 신뢰 및 우정을 그리는 것이 그의 세계이기도 하다.

이처럼 선이 굵고 개념이 명료한 그의 작품들은, 오늘날과 같이 왜소한 외형의 미시담론 시대에 잃어버린 웅혼과 활달의 기개를 복원하는 통로로 기능할 수 있다. 시대적 삶의 조건에 좌절하고 패배한 자, 동시대 사회의 흐름에 낙오하고 소외된 자가 새로운 생명력을 얻고 칠칠하게 살아나는 통쾌함이 그 가운데 있다. 그러기에 이현세다. 거기에 부수되는 여러 가지 부정적 현상이 없지 않겠으되, 기존 만화의 지경을 넘어 새로운 만화세상을 보편적 담론의 자리로 이끌어 내는 세력의 중심에 그가 서 있다.

이현세와 출세작 《공포의 외인구단》

김종회(이하 김) 선생님, 안녕하십니까? 오늘 이렇게 시간을 내어 주셔서 참으로 감사합니다. 이 자리가 한국에서 성인만화가 본격적으로 전개되는 데 견인차의 역할을 한 선생님의 만화가 어떤 환경을 바탕으로 하고 있으며, 그것이 우리의 문화 풍토 위에서 갖는 의미가 무엇인지 논의하는 뜻깊은 시간이 될 수 있을 것으로 기대합니다.

한 때 낙양의 지가를 올린 것으로 유명했던 《공포의 외인구단》은 선생님을 일약 유명한 만화가의 대열로 밀어 올렸고, 거기에 등장하는 인물들도 모두 독특한 개성을 자랑하고 있습니다. 우선 그 등장인물들과 관련된 말씀부터 좀 해 주시지요.

이현세(이하 이) 만화가로서 인물을 그리는 사람마다 각자 다른 스타일이 있겠지만, 공통점이 하나 있습니다. 그것은 주력하는 인물의 그림이 그리는 사람 자신과 무척 닮게 된다는 사실입니다. 그 이유는 미간하고 인중 때문입니다. 미간이 좁은 사람은 아무리 큼지막한 얼굴을 그려도 미간을 좁게 그립니다. 인중 또한 마찬가지입니다.

사람은 태어나서 자기 얼굴을 가장 많이 보게 되니까, 은연중에 자기 얼굴을 하나의 기본으로 생각하게 됩니다. 그래서 추남인 그림 그리는 이가 미남을 그려 놓아도 그린 이와 그림이 어딘지 모르게 닮은 데가 보이는 것입니다. 제 만화의 등장인물들과 제가 닮았다는 논의가 더러 있는데, 이는 아마 그런 이유 때문이 아닐까 싶습니다.

김 그건 저희처럼 문학하는 사람들은 알 수 없는 얘기로군요.
그래서 오늘 이 자리는 선생님의 만화를 접하면서 얻게 되는 느낌 또는 감동 같은 것을 좀 부드럽게 짚어 보면서, 《공포의 외인구단》이나 《남벌》《천국의 신화》 같은 작품이 가지고 있는 의미와 가치에 대해 자연스럽게 대화하는 방향으로 진행했으면 좋겠습니다. 작품 자체의 이야기, 만화라는 장르가 갖는 특별한 성격, 독자들과의 관계 등을 순서에 구애받지 않고 자연스럽게 말씀하도록 하시지요.

이 저는 만화가로서, 또는 대학에 적을 두고 있는 사람으로서 그에 걸맞는 학력의 길을 걷지 못했습니다. 특히 만화의 저변이 되는 '이야기' 부분과 관련해서 문학은 늘 하나의 꿈과 같은 것이었지요. 프루스트가 지은 〈가지 않은 길〉이란 시가 있지 않습니까? 하려고 했다가 못 해 본 것에 대한 동경 같은 것이 제가 문학에 대해 갖고 있는 감정입니다.
제 만화의 이야기들은 제가 만든 것도 있고 이야기 작가가 따로 있기도 한데요. '외인구단' 같은 경우에는 따로 있었습니다.

악명 높은 사전 심의제도

김 저도 이 만화를 읽던 기억이 지금도 새롭습니다. 그림이 가진 개성적 측면도 그렇거니와, 전체적인 스토리 구조가 탄탄하고 주제의식이 분명한 점은 잘 짜인 소설에 필적한다 싶었어요. 대개의 만화들이 재미 일변도로 흐르거나, 앞부분에서 잘 나가다가도 뒤에 가서 앞의 얘기를 감당하지 못하고 급박한 마무리에 그치는 형편인데 비하면, 이 만화는 매우 돋보였습니다.

이 만화를 그리기 시작할 무렵에 어떤 생각을 가지고 계셨는지요?

이 이 문제에 관해서는 저의 개인사나 가족사보다 앞서서, 만화가 그려지던 당대의 상황을 먼저 말씀드리는 것이 좋을 것 같습니다.

기억하시겠지만, 1980년대 초반에는 저작물에 대한 '사전 심의'가 있었습니다. 만화에 대한 사전 심의의 기본 틀이 뭐냐 하면, 대한민국의 모든 만화는 아동물에 준한다는 것이었어요. 이는 달리 말하면 성인 만화는 언젠가는 없어져야 할 존재로 인식하고 있다는 말과 다르지 않습니다.

만화 작가들은 남녀노소가 다 읽는 만화를 그리지 않으면 만화로서의 정체성은커녕, 직업도 갖고 살 수가 없을 것이라는 강박관념에 시달렸습니다. 그래서 저의 경우도 '외인구단'을 가족만화로 그리려고 생각을 했습니다.

'독고탁'의 이상무 씨가 주로 가족에게 초점을 두고 만화를 그렸는데, 그런 작품이 심의에서 통과가 잘 되었던 것입니다. 그러나 가족 얘기라도 자식이 부모에게 대들거나 형제간에 멱살 잡고 싸우는 장면이 있으면 심의에 걸렸어요.

갈등의 진폭을 확대하기 위해 일본을 공간 환경으로 차입하는 경우도 많았습니다. 이상무 씨 만화를 보면 일본에서 야구하는 얘기가 많고, 저도 일본을 무대로 많이 활용했습니다. 그러한 만화에 드러난 사회 문제나 갈등은, 심의하는 사람이 보기에 일본 사회의 것이지 한국 사회의 것이 아니라고 판단하는 경향이었습니다. 참 웃지 못할 코미디지요. '외인구단'은 가족 얘기에다 당시 새롭게 대두된 프로 야구, 돈과 음모와 모든 것이 가능한 프로 스포츠 얘기를 결부시킨 것이었습니다.

김 그런데 그 악명 높은 심의 제도가 만화가들의 창작 경향을 건실하게 유도한 측면은 없을까요? 이를테면 하나의 사회적 시스템으로서 디자인 된 순기능 같은 것 말이지요.

이 개인에게는 그럴 수 있겠지요. 그러나 한국 만화 전체를 두고 보면 '표현의 자유'를 압박하는 부작용이 훨씬 더 크다고 생각합니다.
제 개인적으로는 심의에 대한 압박감이 가끔 표현에 새로운 탈출구를 열게 하기도 합니다. 예를 들어 턱을 강하게 쳐야 하는데 심의 때문에 주먹이 너무 크게 나오면 안 된다는 강박감이 있습니다. 표현을 살리기가 어렵지 않습니까? 그러할 때 중간 컷에 깨어지는 수박을 그려 넣습니다. 사람이 깨어지는 것이 아니라 수박이 깨어지는 것이니까, 심의 통과를 위해 표현 기교가 늘어나는 셈이지요.

김 '외인구단'이 만화 보기를 부끄러워하는 성인들을 만화방으로 끌어들인 흡인력을 보인 것이, 만화산업의 성장을 촉발시킨 기폭제의 역할을 했다고 알려져 있습니다. 알려지기로는 이 책의 초판이 30만 부가 팔린 것으로 되어 있는데, 전체 발간 부수는 어떤가요?

이 그동안 화승, 고려원, 세주 등 출판사가 바뀌면서 모두 1백만 부 정도는 나갔을 겁니다.

까치, 엄지 그리고 마동탁

김 자, 이제 '외인구단'의 캐릭터 까치, 엄지, 마동탁에 대해서 얘기해 볼까요? 특히 까치 오혜성은 선생님 자신과 닮은 부분이 많은 것으로 여겨지는데요?

이 그렇게 보일 수 있겠지요. 저 자신이 아주 어려운 환경에서 자랐습니다. 저녁 무렵 아버지가 술 드시고 노래 부르며 오시는 소리를 들으면, 대다수의 어머니들처럼 어머니는 맞을 준비를 하시고 있고 아이들은 어디 도망가서 숨고……. 거기다가 제 성격이 굉장히 내성적이어서, 아무리 집안에 불만이 많아도 가출하겠다는 생각을 한 번도 해 본 적이 없었습니다.

왜 학교 다닐 때 그런 애들 있잖아요? 뒷줄에 앉아 공부는 하지 않지만 애들 몰고 다니면서 나쁜 짓 하는 쪽도 아닌, 고독하지만 추하지 않은, 외로운 늑대 같은 애들 말입니다. 그런 친구들의 존재양식에 대한 부러움과 내 성장 환경에 대한 불만이 까치라는 캐릭터에 함께 복합적으로 작용했을 수 있을 것입니다.

의도적인 건 아니지만, 아마도 저의 기층적 인식이나 욕망과 관련이 있을 것입니다.

김 엄지의 경우는 어떨까요? 일견 한국적인 평범한 여성으로 치부할 수 있겠지만, 저는 그것이 그냥 평범은 아니라고 생각됩니다. 아주 순종적이고 헌신적인 부분이 있으나 어떤 사태의 극단까지 밀고 나가는, 주어진 상황에 대한 반응방식 같은 것이 있지 않아요? 이것은 보통 사람이 갖고 있지 않은 것인데, 이 부분에 대해서는 어떻게 생각하시나요?

이 엄지라는 인물은 가족 관계의 너울을 둘러쓴, '가식'에 해당하는 인물로 출발합니다. 어릴 때 엄지가 좋아했던 인물은 까치가 아니라 마동탁이었습니다. 까치에 대해서는 애정이 아니라 동정심을 가지고 있었죠. 생전 처음으로 따뜻한 동정을 받아 본 까치는, 엄지에게 모든 것을 거는 걸로 자신의 사랑을 확대하는 거죠.
마동탁 또한 까치가 나타나면서, 과거에는 없던 집요한 승부욕을 드러내지 않습니까? 마동탁이 승부를 위해 자기도 희생시킬 수 있는 인물이란 것을 안 다음에, 엄지는 조금씩 까치에게로 기울어집니다. 이 과정에 야구라는 게임이 개입되고 한국 사회가 새로 접하던 프로 야구의 속성이 이야기의 배경을 장식합니다. 엄지가 마지막 순간에 가족을 선택하면서 까치가 무너지지만, 까치는 엄지를 풀어 주는 대신에 자신의 사랑을 완성합니다.
여기에 관련된 엄지는 포괄적으로는 흔히 볼 수 있는 인물이지만, 만화를 통해 그 내면적 고통과 반응 방식이 매우 격렬하게 드러나는 캐릭터일 것입니다.

김 마동탁을 오늘 같은 현실에서 누가 비난할 수 있을까요?

이 옛날에도 지금도 남학생들은 아무도 마동탁을 좋아하지 않아요. 주로 '야비한 놈'이라고 생각하죠. 그러나 여학생들은 반반입니다. 잘생기고 공부 잘하는 부잣집 아들 아닙니까? 까치와 마동탁을 현실로 두고 선택하라면, 어린 여학생들도 절반은 마동탁 편이라는 것을 남자들은 이해 못하는 듯합니다.

그런데 마동탁이 넘지 못하는 선이 까치라는 캐릭터거든요. 까치가 나타나기 전까지 마동탁은 항상 최고였기 때문에 여유가 있다고요. 그 절대적인 자부심에 항상 까치가 와서 걸리니까 그걸 뛰어넘기 위해서 모든 것을 파괴해 버리는 인물로 나오는 거예요.

이 파괴적 인물의 형상과 이상무 씨의 '독고탁'을 비교해 보면, 독고탁은 궁극적으로 행복을 노래하는, 언제나 귀결이 가정으로 돌아가는 얘기거든요. 청소년 여러분, 이제 가정으로……. (웃음) 여기에는 감동과 희망의 메시지가 많은데 마동탁이나 까치는 그와는 거리가 멉니다.

만화 입문과 도제 시스템

김 이상무 씨의 만화에 대해 상당히 애정이 많으신 것 같은데…….

이 그럼요. 제가 만화에 입문했을 때 최고의 스타가 이상무 씨였거든요. 그렇게 감동적이고 착한 얘기가 없어요. 연구를 좀 해 봤어요. 왜 그럴까? 그 답은 주인공이 내성적이라는 점이었습니다. 기뻐도 웃고 슬퍼도 웃고…… 어떤 조직이나 가족으로부터 소외되어 자신을 감추고 사는 외로운 주인공이, 마침내 자신이 얼마나 괜찮은 인물인지를 주변 사람들로 하여금 알게 하는, 그래서 결국 공동체의 소중함을 깨우치는 그런 거잖아요. 마지막 순간에 탁, 그런 반전을 선사하면서 독자들을 울립니다. 저도 코끝이 시큰할 때가 많았습니다. 그렇게 독자를 감동시키는 테크닉, 그것을 배우기도 했습니다.

제가 처음 만화를 그릴 때까지만 해도 그처럼 부드럽고 감동적인 만화가 대한민국 만화의 주류였어요. 청소년이 어떤 경우에도 가출하면 안 되는 거죠.

그런데 까치의 경우는 그와는 다른 인물 아닙니까? 카리스마도 강하지만 그만큼 독소도 강해요. 학생들이 자기 자신에 대해 왜 나는 한번 가출해 보고 싶지도 않은 거냐는 불만이 생길 수 있습니다. 이런 점은 제 만화가 남긴 데미지라고 할 수도 있습니다.

김 그렇게 이현세 만화는 일종의 우상이 되었지요. 그런데 만화방에 가 보면 '이현세 만화'와 '이현세 기획실 만화'가 같이 꽂혀 있고, 그 내용과 수준이 현저히 다르다는 점에 놀라곤 합니다. 이 문제가 오늘날의 만화 창작 현실에서 어쩔 수 없는 측면이 있다 할지라도 작품의 성취도와 관련된 문제가 있지 않겠습니까?

이 참 난감하고 미묘한 문제를 말씀하시는군요. 이런 질문에 제가 늘 거짓말을 못해 그야말로 문제입니다. 저는 만화와 애니메이션을 함께 해 왔고 그 양자가 여러 면모에서 매우 근접해 있다고 생각하는데, 애니메이션의 경우는 그러한 도제적 측면이 훨씬 더 강합니다.

특히 그 문제와 관련해서는 만화와 애니메이션이 좀 다르다는 말씀부터 드려야 할 것 같습니다. 만화는 그 작업 자체가 크든 적든 만화 작가 혼자 또는 두세 명 정도의 조력자를 두고 일을 하죠. 그런데 애니메이션은 절대 다수의 사람이 필요합니다. 혼자 하면 빨라도 몇 년이 걸리니까, 시작한 작품의 주제를 따라 완성된 작품이 시대의 변화를 담아낼 수가 없어요. 내가 지금 보고 있는 이 세상의 이야기를 5년 뒤에나 애니메이션 영화로 보게 된다고 생각해 보십시오.

그런 점에서 만화는 자유롭습니다. 반면에 애니메이터들은 주문된 그대로 그림을 그려야 하고 자신의 개성을 죽여야 하는데, 여기에 창작적 의식이 개입되면 전체적인 균형에 문제가 생깁니다. 애니메이션의 조력자는 철저하게 기술만 제공하는 것이어야 합니다. 이 점에 있어서도 만화는 독창적 자부심을 가질 수 있습니다.

'이현세 기획실'이라는 것은 문하생들에게 길을 열어 주고자 생각해 낸 고육지책입니다. 만화 작가로서의 길, 그리고 생계를 유지해야 하는 생활인으로서의 길 말입니다. 그러다 보니, 우리가 만화와 애니메이션 사이에서 고민하는 그러한 현상이 발생했을 것입니다.

이현세 만화, 민족주의와 가족사

김 '기획실'의 이름을 달고 나온 것으로 괜찮은 작품도 있어요. 그러나 스토리를 구성하는 플롯의 수준은 매우 달라 보입니다.

이제는 화제를 좀 바꾸어서 이 선생님 작품에 등장하는 강력한 주제의식, 예를 들어 《남벌》과 같은 작품의 민족주의라든지 남성 우월주의라든지 등속의 얘기를 좀 해 보도록 하죠.

이   미상불《남벌》의 경우를 민족주의와 결부하여 말씀하신 분들이 많았습니다. 그러나 제가 이 작품을 창작할 때는 민족주의라는 거창한 생각보다 저의 가족사를 통해 제게 입력되어 있는 발상이 더 직접적이었을 것입니다.
할아버지가 만주사변에서 돌아가시고, 할머니가 두 분 계셨는데 한 분은 일제 때, 또 한 분은 6·25 때 돌아가셨습니다. 그 곤고한 역사 과정 속에서 우리 아버지 한 분만 외롭게 남으셨던 거지요. 어렸을 때 이와 관련된 이야기를 수없이 들었어요.
아마 이런 가족사의 신산스러운 과거가 제 작품에서 반응을 나타낼 것입니다. 제가 중국 대륙을 가 보기 전에《국경의 갈가마귀》에서 중국 대륙을 그릴 수 있었던 것도, 이 가족사의 아픔이 있는 현장을 늘 마음속으로 그리고 있었기 때문일 것입니다.
제 할아버지는 강변에서 돌아가셨다는데, 저야 무엇을 하시다 총을 맞으셨는지 독립운동을 하시다 총을 맞으셨는지 모르지요. 할머니가 강변에 갔더니 거기 시체가 있었다고만 하셨으니까요. 다만 이러한 이야기가 제게 소재가 되어 작품을 만드는 상상력을 발양할 수 있었다고 생각됩니다.

《남벌》의 창작 배경과 한·일 문제의 인식

김   그러한 것의 개념적 범위를 확대하면 민족주의란 용어가 도출될 수 있겠군요.《남벌》의 창작 동기에 대해 좀 구체적으로 말씀해 주시겠어요?

이 드라마 작가 신봉승 씨의 '조선왕조 오백 년'이 TV로 방영되고 있을 때입니다. '임진왜란' 편이 나왔어요. 일본군은 조총을 가지고 쳐들어오는데 우리 백성들은 곡괭이나 삽 같은 것으로 막으러 나가는 것을 보고 혼자 눈물을 흘리고 있었습니다. 그때 마침 종군위안부 문제, 독도 문제, 일본 교과서의 역사 왜곡 문제 등으로 시끄러울 때였습니다. 제 처가 보고 핀잔을 주더군요. 그러나 저는 심각했습니다. 우리 공수부대의 워커발로 수평선을 긋고 일본에 이르는 그림이 떠오르는 것이었습니다. 그래서 한국과 일본 사이에 전쟁이 일어났을 경우 이길 확률을 탐문해 보았더니, 그 확률이 제로에 가깝다는 것이었습니다. 그래서 북한하고 손을 잡는다는 단순한 발상을 떠올렸습니다.

일반적으로 그동안에는 북한이나 일본이나 구소련의 장교들은 매섭고 독한데, 한국이나 미국이나 영국의 장교들은 부드럽고 신사같이 그리는 게 통례였지요. 이걸 한번 바꿔 보자, 일본에는 영국 젠틀맨 같은 자를, 한국에는 사무라이 같은 재일 교포 하나를 등장시켜 보자고 생각했습니다. 한일 간 전쟁이니까 재일 교포는 '내부의 적'이 되지 않겠어요?

이 이야기의 구도를 대단히 사실성이 강한 이야기 작가에게 주었어요. 그러면서 몇 가지 주문을 했습니다. 아주 작은 일에서 한일 전이 벌어진다, 왜냐하면 한국과 일본은 전쟁할 일이 별로 없는 나라이니까. 또 어떤 경우에도 사건을 키워 나가는 데 있어서 무협 식으로 하지 않는다, 무협 식으로 전쟁의 규모를 확대하지 않는다 등이었어요. 그런데 가장 어려운 부분이 그 전쟁의 당위성이었어요. 그 부분의 리얼리티가 확보되지 않으면, 앞서 지적된 바와 같은 작품 수준의 문제가 발생하게 되어 있거든요. 그런 점에서 이 작품의 후반부는 적지 않은 취약점이 있습니다.

김 이 선생님께서 아주 솔직하게 말씀해 주셔서 오히려 대화하기가 편합니다. 만화라는 장르가 가지고 있는 특수성이 있어서, 아무래도 그것이 소설처럼 서사 영역을 자유롭게 활용할 수 있는 장르와는 다를 것입니다.
그런데 애니메이션 쪽은 어떠신가요? 그동안 그 분야에도 많은 힘을 기울이시지 않으셨나요?

이 애니메이션 했다가 크게 두 번 말아먹었어요(웃음). 첫 번째는 《아마게돈》이라는 제 작품을 애니메이션으로 만들었습니다. 사회적인 규제는 별로 없었지만, 감독 때문에 망했습니다. 만화와 만화영화는 완전히 다른 것인데 그 차이에 대한 인식이 부족했고, 그 차이를 제작 상의 기술로 변용하는 방식에 대해 잘 몰랐습니다. 지내 놓고 보니 잘 안 되는 것이 당연했습니다.

만화와 애니메이션에 대한 체험적 생각

김 감독이 누구였나요?

이 제가 총감독이었습니다. 제작에는 들어갔지만, 《아마게돈》은 기본적으로 시나리오에서부터 문제가 있었습니다. 비록 시나리오를 다른 사람이 쓰긴 했지만, 그것을 수정할 책임은 제게 있었지요. 만화에서는 잘 이해되던 것이 만화영화에서는 잘 이해가 안 되어 관객이 존다고 하면 문제가 심각하지 않습니까? 그 긴 이야기를 한 시간 반으로 축약하는 것 자체가 무리였습니다. 그다음으로는 부천영화제 일이었는데 임창열 씨가 주도해서 시작했지요. 그런데 서로 커뮤니케이션도 잘 안 되고 일도 진행이 잘 안 되어, 결국 투자자들에게 원금 다 돌려주고 크게 손해 보고 말았습니다.

애니메이션은 무엇보다도 완벽한 시나리오가 중요합니다. 만화를 잘 그린다고 해서 시나리오까지 잘 쓴다고 볼 수는 없는 것이지요. 왜 만화에서는 아주 관념적인 대사도 팍팍 먹히잖아요. 그러나 애니메이션에서는 특별한 연출이 필요합니다. 그냥 던져 가지고는 이처럼 현학적인 것은 뭐냐는 반응이 되돌아올 뿐입니다.

우리는 만화 전문가니까 만화에서 대사를 넣을 때와 넣지 말아야 할 때를 잘 압니다. 애니메이션에도 분명 그것이 있을 것입니다. 대사보다는 음악이나 그림이 흘러가면서 암시하는 것같이⋯⋯. 그것을 만화 작가가 속속들이 알기 힘들다는 말입니다.

김 여러 체험적 사실을 솔직하게 말씀해 주셨습니다만, 우리 애니메이션이 일본을 비롯한 외국의 것에 미치지 못하는 이유가 있지 않겠어요?

이 우선 제작비 문제가 있습니다. 투자 환경이 개선되고 충분한 투자가 이루어져야, 그리고 그것이 원활하게 돌아갈 기간이 확보되어야 좋

은 작품을 기대할 수 있다고 봅니다. 그런데 우리의 현실은 여러 가지로 너무 열악합니다. 애니메이션 시나리오 작가들도 그들대로의 담합이 있습니다. 얼마 이하로는 시나리오를 쓰지 말자는 약속 같은 것 말이지요. 투자자들도 제작비가 모두 확보되지 않은 상태에서 초기 작업을 해 놓고, 그다음 단계에서 여기저기 돈을 끌어오고……. 이런 방식으로 좋은 작품을 만들 수 있겠어요?

한국 만화계의 앞날

김 선생님이 보시기에 한국의 만화가, 그리고 만화계의 앞날은 어떠한가요? 또 어떤 점에 집중적인 주의를 기울여야 할까요?

이 지금 만화가들은 사실 일거리가 없어 고민 중입니다. 또 잘 팔리는 작품도 아무리해도 5~6천 부를 넘어가기 어렵습니다. 그런데 만화에서 파생되는 비평이랄까 이론이랄까 그런 것은 매우 호황이거든요. 이 불균형이 해소되자면 만화가 살아나고 활성화되어야 하는데, 아시다시피 오늘날 막강한 영상문화의 위력이 종이책을 압도하고 있는 현실에서 그 어려움이 간단하지 않을 것으로 보입니다.
한국의 만화 작가들은 대체로 그리는 재주밖에 없습니다. 또 지금으로선 전문 작가들이 만화 작품을 발표할 지면도 아주 한정되어 있습니다. 여기에다가 신인이라고 관문을 통과시켜 놓은 후, 그 상금 몇백만 원 주는 것 외엔 키워 나갈 길이 없어요. 이러한 어려움들에 대한 논의의 장이 어디에선가 시작되어야 한다고 봅니다.

김 지금 세종대 교수로 계신데, 어떠세요?

이 네, 그렇습니다. 대학생 아이들과 만화를 매개로 즐겁게 논다는 마음으로 나가고 있습니다. 아이들이 대개 착하고 순수해요. 마음이 통하는 친구로 다가갈 때가 훨씬 더 편합니다.

김 오늘 선생님을 모시고 오래도록 여러 가지 대화를 나누었습니다. 1980년대의 시대적 상황, 그리고 자본주의 스포츠의 한 표징으로서 프로야구의 개막, 이러한 사회사를 바탕으로 우리에게 다가온 《공포의 외인구단》의 까치 오혜성은, 영웅이 부재한 시대의 영웅신화였습니다. "난 네가 기뻐하는 일이라면 뭐든지 해"라는 평범한 까치의 언사가, 동시대 젊은이들의 마음을 훔친 사건이었죠.
나중의 작품으로 오면서, 1980년대 초반의 까치가 보여 준 팽팽한 긴장미가 유실되고 있다는 비판적 지적도 없지 않으나, 여전히 이 선생님은 한국 만화계의 교두보이십니다.
부디 앞으로도 건필하셔서, 한국에 이러한 만화가가 현존하고 있다는 사실이 많은 사람들에게 하나의 감동으로, 또 자랑거리로 받아들여질 수 있도록, 아직도 많은 이 선생님의 애독자들이 그와 같은 행복을 누릴 수 있도록 해 주시기를 바랍니다.

이현세 만화가, 세종대 만화애니메이션학과 교수 | **김종회** 문학평론가, 경희대 국문과 교수

조용필

대중문화의 한 정점,
그 사회문화적 의미

1950년 경기 화성에서 출생하여, 서울 경동고를 졸업했다. 1968년 컨트리 웨스턴 그룹 '애트킨즈' 결성하면서 음악을 시작했다. 1980년 '조용필과 위대한 탄생' 결성하여, 한국 가수 최초로 미국 카네기홀 공연을 했다. 1980년 1집 〈창밖의 여자〉를 시작으로 총 18장의 음반을 발표했다. 〈탄자니아공화국 문화훈장〉〈보관문화훈장〉〈한국대중음악상 공로상〉 등을 수상했다.

:: 영원한 가왕

왜 조용필인가

조용필. 그에게 접근하기 위해 먼저 그를 두고 부르는 별호들을 살펴보았다. 국민가수, 가왕歌王, 작은 거인, 살아 있는 전설, 수퍼 카리스마 아티스트, 민족혼을 부르는 가수 등 한 뮤지션에게 공여할 수 있는 최상의 수식어들이 모두 그의 몫이었다. 다시 그에게 도달하는 길을 살펴보기 위해 자료들을 들추어 보는 동안, 도무지 어디서 어떻게 출발해야 할지 가닥을 잡기가 어려웠다. 그에게는 천 개의 얼굴이 있었고 그 얼굴 저마다가 모두 동시대 대중문화의 한 정점을 이루고 있었던 것이다.

2007년 2월《조선일보》에서 방송 80주년 기념 설문조사의 각 부문별 1위 중 '최고의 최고'를 뽑았다. 가요 부문의 1위는 59.3%로 단연 압도적인 지지를 얻은 조용필이었다. 데뷔 40주년에 이른 '노장'이나 여전히 녹슬지 않은 빛으로, 가요계는 물론 우리 문화계에 큰 영향을 미치고 있다는 존재 증명이다. 이 '영원한 음악황제'이자 '20세기 최고가수'는, 지금도 활발한 현역활동을 하고 있는 가수이자 연주자다. 국내 최초로 음반 발매 통산 1천만 장을 넘기는 대기록의 소유자다.

그는 1980년 미국 카네기홀에서 한국 가수로는 처음으로 공연을 가졌고, 일본에서 가장 인정받는 NHK 음악 프로그램 홍백가합전에 5회나 출연할 만큼 국제적 명성도 얻었다. 여러 창법을 가진 가수, 지적 수준과 세련미를 가진 가사의 노래, 시대의 의표를 찌르는 창의적인 사운드 등은 단순한 경탄의 차원을 넘어 마침내 조용필 연구, '조용필학 Choyongpilogy'의 대두에까지 이르게 되었다.

2008년 1월 《중앙일보》에서 대중음악 이론가, 문화평론가, 방송인, 문인 등 전문가 10인을 동원하여 조용필 노래 베스트 10을 선정한 바 있었다. 그때 리스트에 오른 노래들이 〈돌아와요 부산항에〉 〈창밖의 여자〉 〈단발머리〉 〈고추잠자리〉 〈비련〉 〈못찾겠다 꾀꼬리〉 〈친구여〉 〈킬리만자로의 표범〉 〈그 겨울의 찻집〉 〈꿈〉 등 열 편이었다.

필자와 같이 그의 노래와 함께 청장년 시절을 보낸 세대는 말할 것도 없거니와, 동시대의 젊은 층에게도 그의 노래는 오래 묵은 것이 아니라 여러 모양으로 친숙하다. 이는 그의 노래가 한 시기의 사회적 성격을 대변하는 데 그치지 않고 시대를 뛰어넘는 생명력을 얻어 고전의 반열에 올라섰다는 뜻이 된다. 물론 거기에는 노랫말 의미의 수준, 가창력이나 음악성의 수준이 한 시대의 천정을 때렸을 뿐 아니라, 다음 세대로 전이되는 파급효과와 파괴력을 지녔기에 가능했다는 함의가 숨어 있다.

지난해 2008년으로 자신의 가요 인생 40주년을 맞은 조용필은, 5월 서울 잠실올림픽주경기장을 시작으로 12월 벡스코까지 지방과 미국의 LA 및 뉴욕을 돌며 국내 최대 규모의 콘서트 일정을 소화했다. 모두 20여 회에 달하는, 웅장한 무대와 40여 곡의 히트송을 모두 들을 수 있는 음악 행군이었다. 그러기에 어느 대중음악 평론가는, "조용필은 한국의 현대 대중음악사 그 자체"라는 평가를 내놓았다.

좌담을 위해 그의 자택을 방문하여 만난 조용필은, 말수가 적어 조용하고 품성이 소박하며 체구가 왜소해 보였다. 그러나 무대 위의 그는, 마치 포효하는 '킬리만자로의 표범' 처럼 다이내믹한 카리스마와 박진감의 대명사였다. 무엇이 어느 누구도 알지 못하고 보잘 것 없던 저 무명의 기타리스트를 한국 대중음악의 최정상으로 밀어올린 것일까? 거기에는 아무리 축약해 말해도 다음 두 가지의 답안은 남게 될 것이다.

무엇보다도 먼저 음악에 대한 그의 열정적이고 지속적인 사랑 때문이 아닐 수 없다. 이 경우는 좋아한다의 차원을 넘어 거기에 미친 사람이 아니고서는 발산할 수 없는, 한계상황을 넘는 사랑을 말한다. 그러기에 그는, "단 한 사람이라도 내 노래에 귀를 기울인다면 그 청취자를 위해 최선을 다해 노래할 수 있다"고 고백했을 것이다. 우리가 고색창연한 인류의 예술사를 통해 드물지 않게 목도할 수 있었던 예술적 장인정신이 바로 그 대답 속에 있었다.

다음은 자신의 음악을 각광받는 '현재' 의 자리에 두지 않고 도전적이며 창의적인 열정으로 끊임없이 그 단계 및 수준을 승급시켜 나갔다는 사실이다. 그는 언제나 남다른 눈으로 미래를 보았다. 세상의 모두가 '엔터테이너' 로 만족하는 시대에 끝까지 '아티스트' 로 남기를 고집하는 대중 뮤지션이 바로 조용필이었다. 새 앨범을 낼 때마다 파격적인 면모를 보였던 그는, 대중적 취향을 뒤쫓으려 하지 않았지만 궁극적으로 음악 애호가들은 그의 음악을 당대 대중문화의 아이콘으로 서슴없이 추인했던 것이다.

필자가 진행한 좌담에서 조용필은, '좋은 가수'의 조건으로 가창력, 음악성, 자기관리, 행운의 네 가지 조건을 들었다. 앞의 세 조건은 초인적인 노력을 통해 향상시킬 수 있는 것이지만 마지막의 행운은 사정이 좀 다르다. 그러나 이 상황을 가정하고서 동서고금에는, '하늘은 스스로 돕는 자를 돕는다'를 비롯한 여러 레토릭의 동일한 표현법이 주어져 있다. 조용필의 행운은 단순히 우리 가요사의 행운이 아니라, 그가 없었더라면 새롭게 그 길을 열어 나갈 '문열이'를 발견할 수 없었을 시대사적 당위의 요청이었던 셈이다.

　각기의 시대마다, 힘없이 신산한 삶을 살아야 했던, 그리고 장래를 기약할 수 없는 꿈을 붙들고 살아야 했던 많은 사람들에게, 조용필의 노래는 그 빈 가슴을 채우는 벗이요 위안이요 용기였다. 그것이야말로 우리 삶의 친근한 거울로서 대중문화가 우리에게 반사해 줄 수 있는 살아 있는 조력이었다. 이 글이 그에게 바쳐진 숱한 헌사 가운데 하나를 더 추가하는 것이기를 바라지 않는다. 그러나 한 인간으로서, 또 가수로서 조용필이 발산하는 매혹에는 굳이 의도적인 제어장치가 필요해 보이지 않는다.

:: 쉬지 않는 열정의 국민가수

삶과 작품세계

조용필은 1950년, 산과 바다가 함께 만나는 경기 화성에서 3남 4녀 중 여섯째로 출생했다. 그곳에서 살던 중학교까지의 어린 시절에는 음악과 인연이 없었다. 그러나 경동고에 입학한 직후 비틀스 열풍이 불었고, 호기심이 불붙어 형들의 기타를 연주하면서 그의 내부에 '마성' 처럼 숨어 있던 음악이 깨어나기 시작했다. 보수적인 부모님은 음악활동을 반대했고, 그는 가출을 감행하면서 자기의 길을 갔다.

1968년 경동고를 졸업하기 이전 재학 중에, 베이스 기타를 치던 친구의 소개로 미8군 기지의 클럽에서 컨트리 웨스턴 그룹 '애트킨즈'를 결성하여 음악활동의 조직화에 눈을 떴다. 이 그룹은 지방의 기지촌을 돌면서 공연했다. 프로로 음악생활을 시작한 것은 1969년부터였으며, '파이브 핑거스'란 꽤 유명한 그룹에 스카웃 되어 1년 반 동안 활동했다.

1971년 타악기 연주자로 명성을 얻은 김대환의 주선으로 부산으로 내려갔고, 이 시기에 독집 《조용필 스테레오 힛트 앨범》과 김트리오의 《드림! 드림! 드림! 앰프 기타 고고! 고고! 고고!》를 발매했다. 그는 나중에 시세에 떠밀려 냈던 이 음반들을 부끄러워했다. 그러고 보면, 그는 일생 이처럼 부끄러워하는 마음을 잊지 않았다.

1973년 말을 넘기면서 드디어 '조용필과 그림자' 라는 7인조 그룹이 결성되어 리더싱어로 새로운 얼굴을 보이기 시작했는데, 그는 1980년에 이 그룹의 간판을 스스로 '조용필과 위대한 탄생' 으로 바꾸게 된다. 이때의 부산 시절에 취입한 곡이 그를 대중에게 각인시킨 〈돌아와요 부산항에〉였다. 필자도 그 무렵 부산의 찻집들을 휩쓸던 이 노래를 무슨 감동처럼 만났다. 이 노래는 음반사의 요구에 의해 헐값으로 취입했으며 자신의 음악적 경향이었던 로큰롤과 리듬앤블루스와는 한참 거리가 있었다.

이 노래가 비록 "현대적인 트로트의 선율 구조와 핵심을 상실한 리듬 패턴"으로 이루어져 있었으나, 그 노랫말은 당대 제4공화국 후반기의 시대적 상황, 재일동포들의 부산을 통한 모국 방문을 민감하게 반영하면서 그를 일약 스타덤에 올려놓았다. '자고 나서 깨어 보니 유명해져 있더라' 는 바이런 식 벼락출세는 그에게 영욕을 동시에 안겨주었다. 그 자신도 이를 대중의 기호에 부합하는 수준 낮은 노래로 치부했다. 이듬해 그는 '대마초 가수' 의 멍에를 쓰고 3년간 활동금지라는 극약처방을 받아야 했다.

유신정권 시기, 20대 후반의 1970년대를 어둡고 우울하게 보내면서, 그는 내연하는 음악에의 열망으로 1980년대를 맞았다. 젊은 날의 반쪽짜리 성공과 뒤이은 고난은 그에게 입에 쓴 양약*이었다. 거기서 좌절하고 말았다면, 오늘 우리에게 조용필이란 이름의 행복은 없었을 것이고 그 또한 쓸쓸히 어설픈 음악 역사의 장막 뒤로 퇴장했을 것이다.

그는 마치 영화 〈서편제〉에서처럼 산천을 돌며, 미성으로 남아 있던 자신의 취약점을 보완하기 위해 판소리와 민요의 발성을 익혔고 고유한 우리의 소리를 체득하는 각고의 수련을 마다하지 않았다. 그 혼신의 노력으로 "3옥타브 5음계까지 음폭을 넓히고 진성에 탁성과 가성을 겸비하여 아무도 흉내 낼 수 없는 창법을 개발"하기에 이르렀다.

그렇게 맞은 1980년대는 그야말로 조용필의 전성기였다. 1970년대의 대표곡들과 신곡들을 모은 《조용필 1집》은, 공전의 히트를 기록하여 밀리언셀러 음반 판매의 엄청난 성공을 몰고 왔다. 여기에 수록된 〈창밖의 여자〉와 〈단발머리〉 등의 혁신적인 창법 및 사운드는, 20세기 한국 대중음악의 새로운 영역을 보여주었다. 그로부터 조용필은 발라드와 댄스 뮤직이라는 1980년대 이후 대중음악의 외연을 확고하게 규정했고 독특한 스스로의 음악세계를 축적하기 시작했으며 세칭 음악의 수준을 구별하는 '오빠부대'의 탄생을 유발하게 된다.

1980년 조용필은 한국 가수로서는 최초로 미국 카네기홀에서 공연을 하게 되고 이를 기념하여 2집 《축복(촛불)/외로워 마세요》를 발표한다. 그러나 이는 본인이나 평론가들의 평가가 비교적 낮은 앨범이었다. 1981년의 3집 《미워미워미워/여와 남》은 그가 음악감독으로 참여하고 9곡의 수록곡 중 7곡이 자작곡인, 자신의 음악적 역량을 쏟아 부은 앨범이다. 여기에 그가 처음으로 작곡한 트로트이자 이산가족 찾기가 시작되던 당시 할머니가 보내준 가사로 만들었다는 〈일편단심 민들레야〉와 이 앨범의 대표작인 〈고추잠자리〉가 실렸다.

모두 18집에 달하는 그의 앨범 가운데 많은 사람들이 1982년의 4집 《못찾겠다 꾀꼬리/비련》을 손꼽는다. 이는 그동안의 대중지향적인 경향을 넘어 '광주민주화운동'을 반영한 진중한 메시지, 그리고 보다 깊이 있는 사운드의 세계를 구성한다. 이러한 새로운 탐색 및 실험의 정신은, 서구 대중음악에 길들여져 있던 음악시장의 주도권을 한국의 것으로 되돌려 놓는 데 결정적으로 기여했다.

대중음악 평론가 강헌이 조용필의 음악을 두고, "예술적인 독창성이나 종합적인 완성도, 당대 정신세계의 총체적 반영 및 대중적인 영향력이라는 요소에서 볼 때 가장 이상적"이라고 평가한 것은 바로 이러한 대목 때문이다. 다시 말하자면, 그는 단순히 대중적 성공과 마주친 것이 아니라 그 성공이 자신의 것이 될 수밖에 없도록 정성과 열정을 쏟아 부은 뮤지션이었다.

1980년대로 들어서면서 특히 주목을 받은 앨범은 1985년의 8집 《허공/킬리만자로의 표범》이었다. 이는 실상에 있어서는 "성인을 위한 서비스 앨범이자 음반사의 기대를 충족시켜 주는 징검다리 앨범"이었다. 조용필은 이 앨범에 '한국의 애가'라는 제목을 붙이기를 원했지만 받아들여지지 않았다.

사랑의 노래, 슬픈 노래, 인간의 노래라는 의미를 함축하여 우리 가요의 대명사로 하자는 주장이었으나, 우리 가요가 왜 슬프기만 하고 사랑타령만 하느냐는 이유에서 반박을 받았다. 그는 "8집은 음반사에 맡겨 버렸다"고 술회했다. 그러나 그 노랫말은 압도적 반응을 일으켰고, 지금까지 곳곳에서 노소를 막론하고 애창곡으로 불리어지고 있다.

1980년대 중후반, 1986년과 1987년은 그에게 매우 힘든 해였다. 부인이 음독자살을 기도하고 이혼을 하는 등 매우 힘든 시기를 보내야 했다. 한 특출한 인물의 배면에 어찌 그러한 명암의 엇갈림이 없을까마는, 그의 광영이 휘황한 만큼 상처 또한 더 컸을 것이다. 두 번째 결혼했던 재미교포 안진현 씨도 2003년 그에게 사별의 아픔을 남겼다. 이러한 불우한 가정사가 그의 음악에 어떤 영향을 미쳤는가는 그것대로 또 다른 고찰을 필요로 한다.

1990년대에 들어서도 그는 쉬지 않고 열심히 달렸다. 2003년 제18집 《Over the Rainbow》를 내놓기까지, 이제는 너무 그 범주와 분량이 커져버린 자기 음악세계를 부지런히 가꾸었다. 1991년 13집 《꿈》은 서울의 도회를 향한 꿈을 안고 상경한, 그리고 갈 곳을 몰라 헤매는 젊은 영혼들에게 바친 그의 우의寓意였다.

그가 한때 그 대열에 있었기에, 그는 꿈을 잊지도 잃지도 말자고 말할 수 있었다. 그런 점에서 그는 대중의 우상이기 이전에 '착한 가수'다. 그가 일생을 두고 견지해 온 끝없는 노력과 완벽주의, 그를 '국민가수'로 밀어올린 그 불멸의 열정이, 우리 시대의 대중문화를 읽는 불가결의 코드로 우리 앞에 있다.

성장과 가수로서의 역정

김종회(이하 김) 안녕하세요. 오늘 바쁜 일정 중에서도 시간을 내어주셔서 감사합니다. 선생님의 성장 과정과 가수로서의 인생 역정에 대한 얘기를 나누는 것으로 시작하기로 하죠. 선생님의 생년월일은 1950년 3월 21일로 되어 있고, 경기도 화성 출생으로 알고 있습니다. 음악을 시작하신 지 40년이 가까우시죠? 1968년 2월, 경동고 졸업을 앞두고 친구들과 4인조 컨트리 앤드 웨스트 밴드 '애트킨즈'를 결성했으니까요. 생각나시는 대로 어린 시절 얘기부터 좀 해 주시지요.

조용필(이하 조) 1968년부터 음악을 시작했으니까 햇수로 그렇게 됩니다. 어렸을 때는 시골에서 살았습니다. 가족 중에 누가 특별히 음악적 재능을 보인 경우는 없었고, 특히 어른들께서 고등학교 때부터 음악을 하려 하는 것에 대해 반대를 많이 하셨습니다. 그 반대가 반항심을 일으키기도 하고, 오히려 음악을 향한 열정을 불러일으키는 촉매제가 되기도 했던 것 같습니다.

김 제가 기록을 보니, 별명이 '풀빵' '조방범'으로 되어 있던데요? (웃음)

조 '풀빵'이란 말은 처음 듣는데요? '방범'이란 말은 밤이 새도록 잠자지 않고 일할 때, 곁에서 본 사람들이 붙여 준 별명이었을 것입니다.

오철환(이하 오) 고등학교 때부터 음악을 시작한 특별한 동기 같은 것이 있나요?

조 처음에는 취미활동으로 시작을 했습니다. 마침 집에 형이 치던 기타가 있었고요. 그때는 아마추어가 무엇이며 프로가 무엇인지 모를 때였고, 친구들이 모여서 너는 드럼 하고, 너는 베이스 하고, 나는 기타 치고…… 이런 식으로 각기 역할을 분담하고 시작했던 것이지요.

오 그러나 그렇게 시작한 것은 음악이 좋아서가 아니었겠습니까? 자기가 좋아하는 일을 일생의 직업으로 삼는 것만큼 행복한 일이 있겠습니까?

조 좋아하는 데서 출발했지요. 음악이라는 것, 귀로 듣는 것은 극히 자연스러운 것이었고, 누가 가르쳐 주는 사람도 없었지만 '리드 기타'로서의 책임감을 갖고 열심히 했습니다. 특히 미8군 무대에 서게 되면서, 차츰 아마추어에서 프로로 변신해 갔을 것입니다.

오 한국의 대중음악이 미8군과 어떤 관련이 있으며 어떤 영향을 받았다고 생각하시는지요?

조 많은 영향을 받았지요. 당시 우리가 외국 음악을 접할 수 있는 것은 라디오 채널밖에 없었어요. 그런데 미8군에서 활동하던 사람들이 나와서 일반 무대나 음악 살롱에서 생음악으로 연주하기 시작하면서, 이른바 '라이브'라는 것이 시작되었습니다. 우리 그룹이 그 역할을 할 수 있었던 것이지요.

대중음악사의 전환점, 전통가요의 현대화

김 우리 대중음악 역사에 있어서 중요한 전환점이 되는 계기가 되었을 것입니다. 그것은 비단 연주 형태의 문제만이 아니라, 음악의 내용에 있어서도 그러하지 않았을까요?

조 그렇습니다. 우리 대중가요에는 한정된 틀이 있었습니다. 말하자면 트로트라는 형식도 과거로부터 전해져 오던 틀 속에서 벗어나기 어려운 형편이었습니다. 1960년대 들어 팝송 같은 것이 라디오 채널을 통해 많이 보급되었는데, 시기적으로 1960년대 말에서 1970년대 초에 트로트 계열의 음악이 조금씩 바뀌게 되었습니다. 거기에는 신중현 씨와 키보이스 같은 분들의 기여가 있었지요. 그러면서 젊은 사람들도 가요에 관심을 갖기 시작하는 상황으로 발전해 갔습니다.

오 트로트나 전통가요를 현대화할 수 있는 계기가 마련되었다는 점에서 가요계에서도 그러한 변화는 매우 중요하게 받아들여야 할 것입니다.

조   제가 알기로, 트로트는 원래 프랑스 리듬의 이름입니다. 일본에서는 이를 1960년대 중반에 '연가'라고 이름을 바꾸어서 썼습니다. 1980년대에 저희가 우리가 쓰던 트로트라는 이름, 우리말로는 '전통가요'라고 하는 그 이름을 바꾸어 보자는 운동을 했었습니다. 다시 말하자면 원래 트로트의 리듬은 전통가요라고 불러도 좋을 우리 박자가 아니라는 뜻입니다. 어쨌거나 트로트의 현대화는, 당시로서는 우리 대중가요의 발전을 의미하는 것이기도 했습니다.

김   '조용필과 위대한 탄생'이라고 부르는 그 '위대한 탄생'의 이름은 어떻게 유래한 것인가요?

조   우리 팀 이름이 원래는 '조용필과 그림자'였지만 1979년에 이를 개명했습니다. 그때 한동안 잠시 쉬었다가 다시 활동을 재개하면서 그 이름을 썼습니다. 이름은 제가 지었어요. 무슨 특별한 의도를 가진 것은 아니었지만, 〈단발머리〉나 〈고추잠자리〉 같은 노래에서 볼 수 있듯이 가사와 곡을 지금까지의 일상적 방식에서 탈피하여 전혀 새로운 형태로 가져가 보자는 각오는 있었습니다. 노래의 내용, 표현, 분위기 등이 과거와 전격적으로 달라지면서 젊고 어린 연령층이 가요를 바라보게 되었고, 이른바 그때부터 '오빠부대'도 생겼습니다. 저 나름으로는 그 의미를 크게 두고 싶습니다.

김   지금 팬클럽의 이름도 '위대한 탄생'이죠? 인터넷 사이트에 들어가 보았더니 그 규모와 활동이 어마어마하더군요.

조 저로서는 정말 감사한 일이죠.

오 음악 장르로 말하자면 조 선생님께서 시도했던 록과 가요의 합성은 어떤 의미를 가지며, 또 어떤 악기가 그것을 잘 표현할 수 있었나요?

조 그 당시에 외국의 레코드판을 들으면 우리가 도저히 낼 수 없는 색깔들이 있었어요. 그래서 우리 것과의 조화, 우리의 연주로 바꾸려는 노력을 했습니다. 악기도 도입을 하고 레코딩하는 방법도 많이 바꾸었어요.

김 어떤 기록을 보니까 선생님의 가요 가운데 딱 열 개를 골라 보라는 주문이 있었고, 그 열 개는 〈창밖의 여자〉〈돌아와요 부산항에〉〈한오백년〉〈고추잠자리〉〈친구여〉〈허공〉〈생명〉〈킬리만자로의 표범〉〈꿈〉〈추억 속의 재회〉로 되어 있었습니다. 지금 다시 생각하시면, 이 리스트를 그대로 인정하시나요, 아니면 수정하실 의향이 있으신가요?

조 곡을 뽑으라고 하면 참 힘들어요. (웃음) 어느 방향에서 보느냐 하는 것이 선택의 기준이 되는데, 대중적으로는 이것이다 할 수 있고 또 음악적으로는 이것이다 할 수 있지 않겠습니까?

조용필 가요의 폭발력과 사회문화적 기제

김 네, 무리한 주문을 드렸군요. 그런데 저희와 같은 인문학자들이 조

선생님의 노래를 볼 때, 조금 전 예로 든 그 노래들이 일으킨 '조용필 현상'을 생각할 때는, 음악적 특성보다 그것이 가진 사회문화적 기능을 먼저 떠올리게 됩니다. 1980년대부터 한국 가요계를 가로지른, 그 당시로서는 유일한 슈퍼스타가 어떻게 가능했으며 그것이 어떤 사회심리학적 기제를 반영하느냐는 것이지요.

저는 이렇게 생각을 해 봅니다. 첫째는 노래의 음악성 자체가 훌륭한 것이다. 훌륭한 노래 없이 그와 같은 스타의 탄생은, 일시적이라면 몰라도 그렇게 장기적으로는 불가능한 것 아니겠어요? 둘째는 그 노래가 있도록 한 여러 조건들, 곧 음악이 변화하는 시점에 있어서의 중요한 전환적 역할이라든지 그것을 뒷받침하는 환경적 장치들이 있었을 것이고요. 그리고 셋째는 그 노래가 있었던 시대적 배경의 문제입니다. 1980년대는 참으로 처절하게 힘겨웠던 시절 아닙니까? 많은 사람들이 희생되었고 사람들이 마음을 둘 데가 없던 시점에 조 선생님의 노래와 그 정서가 가슴을 파고들며 사람들의 상처 입은 마음에 위로의 손길을 건넸던 것을 우리는 기억하고 있습니다. 이것이 무슨 사회적 도피의식에 해당하는 것은 아니지만, 노래가 자기 방식으로 사회적 분위기를 민감하게 담아 냈던 것은 사실입니다.

이와 더불어 가요 청중의 수준 향상이라고 하는 측면도 조 선생님 노래의 확산에 크게 기여했을 것으로 봅니다. 1980년대의 문화라고 하는 것이 그 강고한 억압 속에서도 대중문화의 수준을 향상시키면서, 여러 방향의 채널을 확대해 가고 있었습니다. 과거와 같이 수동적으로 듣기만 하는 노래가 아니라, 그 노래들을 자가발전적 의미의 생산과 함께 수용하는 수준 있는 방식을 말하는 것이지요.

그런 점에서 좋은 가수를 가지고 있다는 것은 그 시대 문화 대중의 행복이 되기도 할 것입니다. 조 선생님이 보는 좋은 가수의 조건은 무엇인가요?

조 가수라고 하면 가장 중요한 것이 가창력이겠죠. 그다음으로는 음악성 아닐까요? 예를 들어 악기를 다룬다든지 작곡을 하는 것 말이지요. 또 다음으로는 자기 관리라고 생각합니다. 그리고 이 모든 것과 더불어서 '행운'이 따라야 한다고 봅니다.

1970년대에 제가 발표한 〈돌아와요 부산항에〉를 왜 젊은 사람들이 특히 좋아했느냐 하면, 그것은 그동안 틀 속에 있던 것들이 밖으로 뛰쳐나왔다는 느낌을 주기 때문이었을 것입니다. 그건 리듬이었습니다. '뽕짝 뽕짝' 하던 것이 '쿵쿵딱쿵 쿵쿵딱쿵' 하니까 전달되는 느낌 자체가 전혀 다른 것입니다. 관악과 현악이 메우던 자리를 전자 리듬악기로만 채운 것이었는데, 그래도 섭섭하니까 바이올린 솔로를 하나 썼습니다. 멜로디가 다르고 그것을 치장하는 패턴이 완전히 달라지는 실험정신으로 그 노래가 히트할 수 있었습니다.

1970년대는 어두운 모노의 시대 아니었습니까? 그런데 1980년대로 들어서면서 모노가 스테레오로 바뀌고 흑백 TV가 컬러 TV로 바뀌었습니다. 우리 일상생활에서 통행금지가 없어졌습니다. 아직 사회적 억압의 구조가 남아 있다 하더라도 사람들의 의식이 먼저 자유롭게 변화하기 시작하는데, 가요라고 그냥 과거의 것만 답습해 가지고는 청중의 마음에 어필할 수 없는 것이었지요.

저의 음악적 변화 시도가 이러한 사회적 변화와 맞아떨어진 것을 저는 '행운'이라고 부르고 싶습니다. 지금도 라이브 무대만 고집하는 것은, 그러한 행운에 대해 정직한 노력으로 보답해야 한다는 의지와도 관련이 있습니다. 정말 좋은 무대를 만들어서 이를 작품화시키고 뮤지컬화하고, 어떻게 보면 영화 같기도 하고 연극 같기도 한, 그러한 살아 있는 무대를 만들어 보았으면 좋겠습니다.

김 행운이라고 하셨지만, 기실은 그러한 행운도 준비된 사람에게나 주어지는 것 아닐까요?

조 그렇겠지요. 그런데 가요계에서는 많은 사람들이 노래가 히트하는 3대 요소로 가창력, 작품, 행운······ 이렇게 꼽습니다.

오 언젠가 어떤 자리에서 선생님이 하신 말씀을 기억합니다. 많은 청중이 있는 데서 노래하는 것도 좋지만, 단 한 사람이라도 그가 나의 노래에 귀를 기울인다면 그를 위해서 최선을 다해 노래할 수 있다고 하신 말씀······.

성실과 최선, 명성은 노력하는 자의 편

김 꼭 맞는 비유는 아니겠지만, 호랑이도 토끼 한 마리를 잡기 위해 최선을 다하는 것 아닙니까. 선생님은 목이 상할 정도로 열심히 연습을 하고 목청을 다듬으신 것으로 알고 있는데, 연습하시던 말씀 좀 해 주시죠.

조 제 소리 자체가 미성이고 맑은 편이었습니다. 저는 그게 싫었어요.

맑은 소리는 한계가 있고 한 가지 스타일밖에는 안 되더라고요. 그래서 목소리를 바꾸어야겠다고 결심하고, 창에서 시작해서 판소리를 했습니다. 그것은 어떤 떨림을 가지고 소리를 내는 것인데, 그것을 좀 강하게 훈련해 보자는 것이었습니다. 안 올라가는 것을 억지로 올리고……. 처음에는 고음이 나지 않았어요. 그러나 훈련 과정을 통해 그 단계를 넘어갈 수 있었습니다.

오 판소리는 1970년대에 많이 하셨죠?

조 그렇습니다.

오 그 무렵에 록과 우리 가요가 어울리고 융합하는 문제에 대해 어떻게 생각하셨나요?

조 록은 사실 우리말 가사가 안 어울립니다. 일본어도 그렇고 더욱이 중국말은 전혀 어울리지 않습니다. 프랑스어도 마찬가지입니다. 록은 그 멜로디가 영어권에 딱 맞는 것입니다. 어느 나라에나 그 나라에 맞는 전통음악이 있는 것이지요. 가령 인도 사람이 록을 한다고 해 보세요. 그 멜로디나 틀이나 노랫말의 전달이 어떻게 되겠어요?
그래도 우리에게 맞는 록이 있어야 될 것 아니냐는 것이 제 생각이었습니다. 한국적인 록 말이지요. 그래서 록이라고 할 수는 없지만 〈단발머리〉나 〈여행을 떠나요〉나 〈그대여〉 같은 노래를 만들었던 것입니다.

김 40년에 가까운 음악 인생을 살아오셨는데, 한 사람의 일생을 80년으로 잡는다면 그 절반에 해당하는 기간을 음악과 더불어 사셨군요. 만약 시간을 되돌려서 다시 시작한다고 해도 여전히 음악을 하시겠습니까?

조 아뇨, 그렇지 않습니다. 다른 것도 해 보고 싶습니다. 다른 것에 대해서, 우리 사회의 여러 부문에 대해서 접할 기회가 상대적으로 적었기 때문에 아쉬울 때가 많습니다. 물론 음악을 사랑합니다.

해외 음악과 우리 음악

오 그동안 일본 공연을 많이 하셨지 않습니까? 일본 노래와 한국 노래의 차이점이 있다면 주로 어떤 것이라고 생각하시나요?

조 우선 일본 음악은 그 자체로도 세계적입니다. 음악에도 여러 장르가 있습니다만, 대중가요를 예로 들어 말하자면 음악 실력이 세계적이라 할 수 있어요. 그런데 왜 그것이 세계화에 이르지 못하느냐 하면, 노래 잘하는 가수가 많지만 일본어 자체에 어떤 제한성이 있다고 생각됩니다. 일본어는 그 발음이 노랫말로 만들기 힘든 언어예요. 그것은 중국어도 마찬가지인데, 우리말은 그에 비해 훨씬 좋습니다. 가장 좋은 것은 영어입니다. 스페인어나 독일어도 괜찮은 편입니다.

오 그런 점에서 우리 노랫말과 일본 노랫말이 언어적 차이를 갖는 것이로군요.

조 네. 언어가 그렇게 차이를 나타냅니다. 같은 영어권의 미국 음악과 영국 음악은 그 멜로디나 톤은 같지만, 록은 엄연히 다릅니다. 영국 록과 미국 록은 많이 다릅니다. 이렇게 언어와 음악은 민감한 상관성이 있습니다.

김 그런데 일본의 노랫말이 그처럼 취약한 면모를 가지고 있는데도, 가요의 수준이 우리보다 훨씬 앞서 있는 이유가 무엇일까요?

조 음악의 역사가 우리보다 월등히 오래되었어요. 우리는 록을 받아들인 것이 얼마 되지 않습니다. 1960년대의 비틀스, 프랭크 시내트라, 엘비스 프레슬리 등의 이름과 더불어 이 분야의 문호가 개방되지 않았습니까? 그런데 그 개방 자체도 형식적인 것일 뿐 내용이 개방되는 진정한 개방에 이르지 못했습니다.

오 그러한 진정한 내용적 개방이 이루어진 시기를 언제로 보십니까?

조 저는 다양성과 다원주의가 존중받는 1990년대 중반이 되어서야 비로소 그 음악에 대한 진정한 인식의 변화가 가능했다고 생각합니다. 예컨대 러시아 음악을 보면 좋은 것이 얼마나 많습니까? 그런데 우리는 오랫동안 거기에 접근할 수 있는 통로가 봉쇄되어 있었습니다.

오 일본 대중문화의 완전개방과 관련하여, 우리 가요에 어떤 영향이 발생하리라고 보시는지요?

조 홍콩의 예를 들어 보지요. 홍콩이 오래전에 개방을 했을 때, 처음에는 상당한 혼란이 있었습니다. 그것이 한 3년간 지속되었다고 하더군요. 장르적인 혼란도 있었고요. 그런데 그 이후에는 오히려 대중의 눈이 넓어지고 음악적인 부분이나 기술적인 부분에 많은 발전을 가져온 것으로 알려져 있습니다. 이는 레코딩하는 시스템이나 세일즈하는 방식 등을 말합니다. 이는 우리의 경우에도 비슷한 현상으로 작용할 것으로 봅니다.

김 좋은 말씀이군요. 오랫동안 현장에서 전문성을 가진 분이 아니면 알 수 없는 얘기들이 많군요.

조 40년을 음악을 했고 20년을 일본 공연을 했기 때문에 밑바닥까지 다 압니다. (모두 웃음)

조용필 음악에 대한 평가

김 지금까지 셀 수도 없이 많은 상을 받으셨습니다. 그중에는 문화 훈장도 포함되어 있더군요.

조 네. 그런데 그 훈장을 왜 주었는지 모르겠어요. (모두 웃음)

김 겸손하게 말씀하시는군요. 지금껏 받은 상들에 대한 감회를 말씀해 주시지요.

조 처음에 '가수왕' 상을 받고 왜 그 '왕' 자를 붙이는지 몰랐습니다. 그냥 '가수상' 이러면 좋을 텐데 말이지요. 상은 그것을 받으려 하기보다 자신의 작업에 열중하여 열심히 하다 보면 주어지는 것이 올바른 것 아니겠습니까? 어떤 해는 직접 작곡을 하기도 하고 또 어떤 해는 너무 바빠 작곡가들에게서 곡을 받기도 하곤 했는데, 글쎄요. 상에 대해서는 그다지 깊이 있게 생각해 본 적이 없습니다.

김 일본에서 공연하신 지 20년이 넘었으면, 그야말로 한국에서는 가장 오래 일본 공연을 한 가수인 셈입니다. 선생님의 공연 일지를 보니, 해외 공연은 일본에서 집중적으로 하셨고 미국에서도 많이 하셨더군요. 또 리비아에서 공연하신 것도 있고 탄자니아에서 훈장을 받으신 것도 있으시더군요. 일본은 가깝기는 하지만, 처음 일본에 진출하게 된 것은 선생님의 자의였나요, 아니면 그쪽에서 요청이 있었나요?

조 처음에는 일본에서 요청을 해서 공연을 했죠. 그러다 보니까 레코드 회사에서 발표도 하고……. 저는 일본에서 음악과 음악적 시스템에 대해 배울 것이 많다고 생각했고 또 실제로 많이 배웠습니다.

김 미국은 어떠셨어요?

조 미국은 교포들을 위한 공연이 위주였기 때문에 실질적으로 음악성의 향상에 크게 도움을 받은 바는 없었습니다. 미국 가서는 뮤지컬을 많이 보았는데, 그게 공부가 되었습니다. 끝까지 성실한 무대인으로 남자는 의욕도 뭘 알아야 가능하지 않겠어요? 그래서 뮤지컬을 공부하기 시작했습니다.

김 탄자니아는 어떻게 문화훈장을 받으실 만큼…….

조 그것이 재미있어요. 〈킬리만자로의 표범〉이라는 노래 때문에 우리 나라에 킬리만자로 산과 탄자니아를 널리 알리는 데 기여했다는 것이 었습니다. 물론 저로서야 고마운 일이었지요.

김 킬리만자로 가 보셨죠?

조 네, 그 나라에서 초청을 해서 2주간 다녀왔습니다.

김 저도 동부 아프리카의 관문인 케냐의 나이로비를 거쳐 킬리만자로 를 끼고 돌면서 탄자니아 국경을 넘어 다레스살렘까지 장거리 육로 여 행을 한 적이 있습니다. 열대 지방 한복판에 솟아 있는, 산정에 흰 눈이 덮인 킬리만자로는 신비해 보이더군요.

조 우리는 탄자니아로 바로 갔습니다. 그런데 산을 가까이 보니 열대 지방의 나무들이 우거져 산의 신비가 멀리서 보느니만 못했어요.

김 선생님은 〈킬리만자로의 표범〉을 노래로 부르셨지만, 일찍이 헤밍 웨이가 그 산자락에 연해 있는 암보셀리 공원에서 여행과 사냥으로 살 면서 소설 〈킬리만자로의 표범〉을 썼었습니다. 그 일대에 사는 마사이 부족 보셨지요?

조 많이 보았습니다.

김 세계적으로 원시 부족이 2만 명이 넘는 데가 없습니다. 그런데 이 마사이 부족만은 20만 명이 넘어요. 이들은 킬리만자로 산 일대 케냐와 탄자니아 국경지역에 흩어져 살면서, 킬리만자로 산을 '마사이 산'이라고 부릅니다.

대중문화에 대한 비판과 인식의 문제

김 이 좌담은 대중문화의 실체를 분명히 목도하는 현실과 그것을 애써 부정하려는 가식적 인식 사이의 벽을 허물고자 합니다. 그런데 대중문화는 때로 저급한 수준이나 그것의 무분별한 대중지향성, 상업지향성 등에 대한 비판은 겸허히 받아들일 필요가 있다고 봅니다. 물론 무턱대고 대중가요 가수를 낮춰 본다거나 예술성이 없다고 생각하는, 균형감각이 없는 원론주의자들에게 동조한다는 뜻은 전혀 아닙니다. 다만 대중가요가 갖는 부정적 측면에 대해서는, 국내 대중가요계의 대표 주자요 스타로서 일정한 경각심이 필요하지 않겠느냐는 것입니다.

조 제가 느낄 때도 그렇습니다. 그 문제는 그야말로 분명한 '균형감각'이 있어야 하리라고 봅니다. 일본의 경우를 예로 들어 보면, 거기는 스타의 개념이 우리와 많이 다릅니다. 대중가수의 경우도 마찬가지입니다. 인정할 부분에 대해서는 인정하고 그렇지 않은 부분에 대해서는 말하지 않습니다.

다만 그 나라에는 대중음악을 폄하하기보다는 그것의 수준을 승급시키려는 노력이 훨씬 더 치열합니다. 1950년대부터 대중가수와 교향악단이 협연을 했었지요. 우리는 생각하기 어려운 일 아니었습니까? 저는 그 방향으로의 발전이 올곧은 것이라고 보고, 앞으로는 클래식과의 접목에 노력을 기울이려고 합니다. 어차피 시대의 흐름이 많은 것을 변화시켜 주리라고 생각합니다. 젊은 세대가 중장년 세대가 되면, 우리 사회의식의 주류가 바뀌는 것 아니겠습니까?

오   그동안 여러 차례 세종문화회관이나 예술의전당 오페라하우스에서 공연하시지 않았습니까?

조   예술의전당은 2009년이 10년째입니다. 하긴 미국의 카네기홀에서도 몇 차례 공연을 했었지요. 이제는 대중가요의 음악성에 대한 불필요한 시비나 논쟁은 무의미한 때가 되었다고 여겨집니다.

김   제가 오늘 이 좌담 준비를 하면서 선생님의 팬클럽 '위대한 탄생' 사이트에 들어가 그 엄청난 규모 및 내용을 주의 깊게 살펴보았어요. 또 오늘 이 모임에 대한 보도가 사전에 일간스포츠에 나면서, 팬클럽에서 친절하고도 순발력 있게 제게 자료들을 보내 주셨습니다. 이 팬클럽 '위대한 탄생'을 생각하면, 정말 선생님은 행운을 만난 셈이더군요.

조   아까 운이 좋아야 한다고 하지 않았습니까? (웃음) 사실 팬들이 절지켜 주는 것 아닙니까? 팬이 없으면 여러 가지가 의미가 없지요. 그런데 그 모임을 보면, 우리 사회 어느 곳에 내놓아도 위축되지 않는 많은 분들이 포함되어 있습니다. 때로는 저 자신도 크게 놀라곤 합니다.
정말 감사하게 생각하고 있습니다. 그 가운데 많은 분들이 초등학교 시절부터 중학교 고등학교를 거쳐서 지금까지 참여하고 활동해 오고 있습니다. 저는 그분들과 함께 성장하고 함께 가는, 말하자면 친구라고 할까 동지라고 할까 그런 관계지요. 무슨 이익단체도 아니고 자비를 들여 가며 순수한 사랑과 후원을 보내 주시는 이분들께 이 자리를 빌려 다시금 진심으로 감사의 말씀을 드립니다.

오 조 선생님은 오늘날 한국의 음악적 분위기를 어떻게 보시는지요?

조 전체적인 분위기요? 글쎄요, 제가 그것을 어떻게 전부 알겠습니까? 그렇지만 자리가 많이 잡혀 가고 있다는 느낌입니다. 단지 CD 판매가 너무도 부진한 시대라 걱정입니다. 우리 나라도 그렇고 일본도 그렇고, 음반 시장이 살아야 하는데 우리는 경제 사정이 나쁘고 일본도 10수년 불황 아닙니까? 또 인터넷에서 음악을 다운로드하는 것 때문에 음반 판매가 더 위축될 수밖에 없어요.
그러니까 프로덕션에서 노래의 음악성보다는 다른 쪽으로, 비즈니스가 되는 쪽으로 자꾸만 눈을 돌리게 되는 것이지요. 이벤트성 행사를 많이 개최하고 가수는 밤무대에 주력하게 되고……. 가수는 한 번 도전해서 안 되면 그다음에 다시 도전하고 그렇게 음악성을 갖춘 가수로 성장해야 하는데, 한 번의 실패에 뒤이어 가수를 내 버리는 사태가 빈번하게 발생합니다. 이렇게 해서야 어떻게 발전이 있겠습니까?
또 진정 음악성을 위해서는 립싱크가 사라져야 하는데, 방송국에서도 그것이 방송 만들기에 편하니까 그냥 타성적으로 받아들인 경향이 있

었습니다. 그래 가지고서는 실력 있는 가수가 발굴되지 않습니다. 외모, 댄싱, 섹시함 등속이 기준이 되고 그런 것이 인기몰이를 한대서야 노래의 음악성이 어디 남아나겠느냐는 말입니다.

대중가요와 클래식, 그 접점의 음악적 방향성

오 선생님을 우리 사회 일각에서는 '국민가수'라는 이름으로 부르고 있습니다. 그것은 단순히 노래를 잘한다는 상식적 차원에서 말미암은 것이 아니라, 한국의 대중가요를 이끌어 오면서 보여 준 실험정신이나 음악의 영역 확대 및 음악성 향상의 노력 등의 차원과 결부되어 있습니다. 또 음악의 실험성과 실용성에 대해서도 누구보다도 잘 알고 계실 텐데, 앞으로는 어떤 방향으로 음악을 끌고 가려 하시는지요?

조 여러 종류의 음악이 지금 우리 앞에 펼쳐져 있습니다. 그런데 누가 어떤 음악을 호의적으로 받아들이느냐, 또 높이 평가하느냐 하는 것은 매우 선택적인 문제입니다. 그 선택권은 분명히 존중되어야 한다고 봅니다. 예컨대 미국의 경우를 보면, 텍사스에서는 컨트리 음악이 아니면 음악도 아닌데, 뉴욕에서는 그것이 음악이냐는 반응이 나올 수밖에 없는, 그 취향과 선택권의 문제를 무시할 수 없다는 말입니다.

오 그러할 때 선생님의 선택권은 어떤 범주에 있는 것입니까?

조 저는 이쪽도 해 보고 저쪽도 해 보고 다 해 봤어요. 민요까지 했으니까요. 근자에 제가 가장 많이 듣는 음악은 클래식입니다. 앞으로 대중가요와 클래식을 어떻게 접목할 것이며, 그 접점에서의 음악적 성과를 어떻게 도출할 수 있을 것인가를 탐색해 보려 합니다. 그래서 개인교습으로 바이올린을 배워요. 그리고 클라리넷도 배우려고 해요. 클래식과의 접목을 시도하면서, 그쪽으로 내 음악 전체의 한 10퍼센트 정도만 넘어간다 하더라도, 내가 저쪽의 악기를 다루고 만질 수 있어야 한다는 결론을 내렸습니다. 처음에는 관악을 생각했었는데, 나이나 호흡에 문제가 있을 것 같아 클라리넷으로 바꾸었습니다.

김 정말 대단하시네요. 이를테면 조용하고 작은 혁명이군요.

조 할 수 있을 때까지는 열심히 해야지요. 언젠가는 뮤지컬을 만들 계획을 갖고 있는데, 거기 들어갈 음악을 하나하나 만들고 있어요.

김 앞으로의 다른 계획에 대해서도 좀 말씀해 주시지요.

조 앨범은 2년마다 한 번씩 은퇴하는 그 해까지 만들 것이고요. 그리고 공연은 지속적으로 이어 나갈 예정입니다. 해마다 30여 회의 공연 계획을 세웁니다. 앞으로 저의 노래만 가지고 뮤지컬을 하나 무대에 올릴 계획도 가지고 있습니다.

김 선생님께서는 그동안 음악 외적으로도 여러 가지 자선사업을 펼치는 등 많은 사회적인 노력을 해 오셨습니다. 앞으로도 선생님의 노래와 선생님의 활동이 우리 사회에 그와 같은 보람 있는 성과를 남길 수 있기를 기대합니다.

오늘의 이 좌담은 선생님의 노래에 대한 사회문화적 시각을 다시 한 번 정리해 보고, 특히 문화적 영역에서 새로운 시각으로 선생님의 삶과 그 노래들의 의미를 다시 조명해 보자는 뜻에서 마련되었습니다. 그냥 팬이나 마니아가 많고 대중적 유명세를 가진 가수가 아니라, 분명한 사회문화적 인식과 가치의 토대 위에서 그 존중의 의미를 검색해 보자는 것이었습니다. 바쁘신 중에도 오래도록 시간을 내주시고 좋은 말씀 해 주셔서 감사합니다.

조용필 가수 | **오철환** 음악방송 담당자, 서울교대 교수
김종회 문학평론가, 경희대 국문과 교수

임권택

한국적 정서를 스크린에 꽃피운,
우리 영화의 자존심

1936년 전남 장성 출생하여, 숭일고를 졸업했다. 1961년 〈두만강아 잘 있거라〉로 감독 데뷔하여, 1981년 〈만다라〉로 베를린영화제 본선에 올랐다. 이후 〈길소뜸〉 〈씨받이〉 〈아다다〉 〈취화선〉 등이 다수의 국제 영화제 수상기록을 세웠다. 〈장군의 아들〉시리즈와 〈서편제〉등은 국내 영화의 흥행 역사에 큰 획을 그었다. 〈유네스코 펠리니 메달〉 〈금관문화훈장〉 〈칸영화제 감독상〉 〈청룡영화상 감독상〉 〈베를린영화제 명예황금곰상〉 등을 수상했다.

:: 한국인의 정체성을 명료하게 형상화한 감독

왜 임권택인가

  우리가 한국 영화의 기점으로 주지하고 있는 작품은 김도산의 활동 사진연쇄극 〈의리적 구토義理的 仇討〉이며, 이는 1919년 10월 단성사에서 막을 올렸다. 그로부터 지금까지 80여년 간 한국 영화계에는 730여 명의 감독이 배출되었으며, 그 가운데 많은 이들의 명성이 명멸했으나 도저히 간과하고 넘어갈 수 없는 이름이 있다. 임권택! 그가 바로 '잊히지 않는' 영화감독이다.

  대한민국 대표감독, 국제영화제를 배경으로 한 세계에 한국 영화를 알린 선구자, 영화계의 살아 있는 신화…… 임권택에게는 이와 같은 언어 용법으로 어떤 수식어를 붙인다 해도 무방해 보인다. 다만 그러한 한정적인 수식어로써 그가 가진 영화 예술인으로서의 다면적 자격과 재능을 한꺼번에 드러낼 수 없다는 아쉬움이 남는다면 남을 것이다. 그에게 많은 이들이 무분별하게 부여한 '거장'이나 '대가'와 같은 칭호는, 그러므로 굳이 시비를 가릴 것도 없이 그의 또 다른 명호가 된다.

  왜 그러할까? 어떤 점이 그를 한국의 국민감독으로 추동했을까? 그것은 우선 그가 지금까지 제작해 온 영화의 양과 질로 증명되는 객관적인 사실을 바탕으로 한다. 그는 한국 영화 사상 최초로 100편을 넘어서는 작품을 제작했으며, 2007년에 발표되어 세간의 주목을 집중시켰던 〈천년학〉이 바로 그 100번째 영화다. 2008년 5월 온라인 사이트 '무비스트'가 실시한 설문조사에서, 임권택은 이창동, 박찬욱, 김기덕, 봉준호, 홍상수 등의 감독들을 제치고 47%의 지지를 얻으며 최고의 거장 감독으로 선정되었다. 이 설문조사에는 총 3,595명의 네티즌이 참여했다.

영화 촬영 현장의 가장 밑바닥에서 제대로 익힌 영상이론도 없이 영화예술의 핵심과 진수를 꿰뚫어 버린 그는, 이를테면 일종의 불가능해 보이는 성공신화를 이룬 주인공이다. 100편이라는 영화 제작의 역정 속에는 1962년 〈두만강아 잘 있거라〉에서 시작하여 지금 여기에까지 이른 세월 50년이 녹아 있다. 그것은 그의 삶이 곧 한국영화사의 여러 굴곡과 함께 흘러 왔음을 말해 준다. 그러기에 그의 성공 스토리를 면밀히 살펴보면, 거기에 한국 영화의 명암이 숨겨진 교훈처럼 스미어 있고 더 나아가 한국 영화가 헤치고 나가야 할 미래의 전망이 어떤 것인가를 짐작하게 한다.

그는 이 작품들을 통해서 한국 문화의 근본을 전근대에서 근대로 훑어 왔으며, 우리 과거의 빛바랜 삶이 왜 어떻게 소중한가를 일깨움으로써 한국적 정체성을 명료하게 형상화한 '작가'다. 그는 처음부터 이제까지 시종일관 대본이 없는 영화를 찍었다. 그 자신이 대본이요 작가였으며, 그의 생각과 삶 전체가 각기의 영화에 투영되어 특색 있는 영상으로 치환되었다. 그는 혼과 몸 전체를 영화를 위해 불사른 감독이었다.

이와 같은 진정성의 고투와 극한은 마침내 〈서편제〉와 같은 가장 전통적이고 한국적인 영화를 통하여 대중의 가슴에 육박하였고, 자신이 겪은 그 밑바닥으로부터의 '인간' 을 앞세운 인본주의는 많은 사람들의 심금을 울렸다. 오늘의 한국 영화는 그가 제작해 온 시기의 영화에 비해 제작 환경과 조건이 많이 달라졌으나, 열악한 상황 가운데서 할리우드식 장르를 뛰어 넘으려는 노력이 괄목할 만한 결실을 거둔 것은 사실이다. 그의 영화에 '가장 한국적인 것이 가장 세계적이다' 라는 수사를 부여해도 그다지 어색할 바 없다. 임권택이 할리우드식 영화와 다른 만큼, 할리우드식에는 임권택 영화를 만들 수 있는 선별된 안목이나 정치한 기량은 없는 것이다.

한국 영화가 〈쉬리〉 〈친구〉 등을 거치면서 국내 관객들의 많은 호응을 이끌어 내고 근자에 이르러서는 수입 영화에 뒤지지 않는 관객 동원력의 쾌거를 달성하는 시대이지만, 그 이전 시기에 국내 흥행 기록을 갖고 있는 것이 바로 임권택의 작품들이다. 지금은 한꺼번에 다량의 스크린을 확보하는 물량적 증가가 가능하지만, 단관으로 개봉한 그의 영화들이 장기 상영을 통해 이룬 흥행 기록들은 오늘날 한국 영화의 가능성을 일군 디딤돌이 아닐 수 없다.

:: '한'의 존재 양식을 그리다

삶과 작품세계

　임권택은 1936년 전남 장성에서 파란 많은 가문의 7남매 중 장남으로 태어났다. 큰할아버지의 둘째 아들은 일본 유학 시절 사회주의에 가담했다가 감옥을 살고 귀국했으며, 그 영향 때문인지 아버지가 좌익 활동을 하다 희생되었다. 어려운 가정 환경 속에 광주 숭일중학교를 다니다가 중도 작파하고 17세 때 가출했다. 부산에서 잡역부로 전전하다 미군부대에서 구두를 빼다 파는 사람들 밑에서 일했는데, 구두장사를 하던 사람들이 영화사를 차리는 통에 처음으로 영화계에 발을 들여 놓았다.

　그것이 1956년의 일이다. 처음에는 영화판에서도 잡일꾼에 지나지 않았으나, 마침내 정창화 감독 아래서 조감독을 시작했다. 임권택의 데뷔작은 1962년에 만든 〈두만강아 잘 있거라〉다. 그러나 대다수의 사람들이 이 작품을 잘 모르기 때문에, 대체로 1979년 작 〈깃발 없는 기수〉부터 논의의 대상이 된다. 1962년부터 1970년대 초반까지 멜로·무협·사극 등 여러 장르에 걸쳐 수십 편의 영화를 만들었으나, 이는 거개 상업적 흥행에 목표를 두었고 감독 자신도 자신의 작품 세계에 편입되는 것을 달가워하지 않는 작품들이다.

하지만 이 소모성의 작품들을 제작하는 동안에 그는 영화의 촬영과 편집 등에 대한 감각을 익혔으니, 세상에 그저 흘러가는 물길은 없는 터다. 감독으로 데뷔한 지 12년만인 1973년, 그는 주문하는 대로 생산해 내는 '영화기술자'에서 '영화감독'이라는 자각을 갖고 만든 첫 영화 〈잡초〉를 내놓았다. 총 110분으로 각본은 나한봉, 배우는 장동휘·박노식·최무룡·신영균 등이 참여했으며 이 작품은 그에게 대종상 감독상을 안겨 주었다.

본격적인 임권택 영화예술의 시발로 일컬어지는 1979년 작 〈깃발 없는 기수〉는 해방 직후의 혼란기에 '윤'이라는 기자를 통해 당대 사람들의 삶을 그렸는데, 이 영화로 그는 대종상 최우수상을 수상한다. 그를 확고한 스타덤, 자타가 공인하는 예술적 경지에 올려놓은 작품은 1981년 작 〈만다라〉다. 소설가 김성동의 소설을 영상화 한 구도求道 영화로 전무송·안성기가 출연했으며, 베를린영화제 경쟁부문에 진출하고 그 해 대종상의 작품상·감독상·각색상·편집상·조명상·신인연기상을 휩쓸었다.

임권택을 국제 영화계의 주목받는 감독으로 만든 영화는 1986년 작 〈씨받이〉다. 이 영화를 통해 강수연이 그해 베니스영화제 여우주연상을 수상했다. 남성중심 사회에서 여인들이 감당해야만 했던 수난사를 슬프고도 아름답게 그렸으며, 이후 〈아다다〉〈아제아제 바라아제〉〈서편제〉로 이어지는 한국적 정서와 여인들의 한을 담아내는 일련의 스토리 라인이 형성된다. 1990년 작 〈장군의 아들〉은 흥행에 크게 성공해서 3편까지 나왔고, 1993년 작 〈서편제〉역시 한국영화 흥행 기록을 갱신

하면서 임권택을 '국민감독'의 지위로 부상하게 했다. 〈서편제〉는 판소리를 소재로 한국적 '한'의 존재양식을 빼어나게 그렸다는 평가를 받았으며, 이야기의 발굴을 통한 감동과 소재의 적절성을 앞세운 전문성 등으로 한국 영화의 새로운 가능성을 보여주었다.

그러나 그의 영화 제작 행로가 그렇게 탄탄대로인 것은 아니었다. 1994년 조정래가 낙양의 지가를 올린 소설 〈태백산맥〉을 영화로 제작했으나 원작을 제대로 살리지 못했다는 평가를 받았고, 그로부터 2년 뒤인 1996년 이청준 원작의 〈축제〉를 영화화하여 비평적 찬사를 들었으나 흥행을 이루지는 못했다. 이러한 굴곡을 넘어 2000년 소리와 영상을 조합하는 창의적인 시각으로 〈춘향뎐〉을 제작함으로써 한국 영화사상 최초로 칸영화제 장편경쟁부문에 초청되었고, 한국적 담화와 리듬을 아름다운 영상과 조합했다는 평가를 받았으나 역시 흥행에서는 성공하지 못했다.

2002년 한일월드컵이 열리던 해에 제작된 〈취화선〉은 칸영화제 감독상 수상의 영광을 안겨 준 작품이다. 그의 끈질기고도 오랜 영상 작업이 세계 영화계로부터 기립 갈채를 받은 형국이었다. 안견·김홍도와 더불어 조선조 3대 화가로 일컬어지는 구한말 장승업의 생애와 예술을 담은 이 영화는, 시나리오에 철학자 김용옥 교수와 그림에 화가 김선두 교수가 참여하여 예술적이고 비평적인 관점을 덧댐으로써 그 전문성을 높였다. 최민식이 장승업 역을 맡고 그를 거쳐간 기생 역으로 유호정·김여진·손예진 등이 출연했다. 언제나 새로운 창의정신의 예술에 목마른 장승업과 임권택은, 여기에서 시대를 뛰어넘어 매우 닮은꼴 예술가로 보인다.

2004년에 제작된 〈하류인생〉은 임권택의 99번째 작품이다. 자유당 말기인 1950년대 후반부터 군사정권의 유신체제 시기인 1970년대까지 정치적 사회적 혼란기를 살아온 한 남자의 파란만장한 일대기를 담았다. 〈춘향뎐〉에 출연했던 조승우, 김민선이 주연이다. 이 영화 스토리의 상당 부분은 제작자였던 태흥영화 이태원 사장, 군납업자 출신으로 1980년대 영화판에 뛰어든 그의 자전적 스토리와 일치한다. 에피소드 나열식의 산만한 플롯이 집중적인 이야기의 흐름을 형성하지 못하고 있으나, 공감을 유발하는 시대상의 조명에 한 인간의 사실적 삶을 겹쳐 묘사한 대목은 주목을 받았다.

그리고 마침내 임권택 영화의 100편 고지에 도달한 작품이 2007년의 〈천년학〉이다. 1993년에 개봉하여 100만명의 관객을 동원했던 판소리 영화 〈서편제〉의 후속편에 해당한다. 햇수로는 15년만에, 소리꾼 아버지와 앞을 못 보는 딸, 이복동생의 이야기를 다룬 동일한 소재로 제작 과정의 투자사 변경 및 배우 교체의 여러 어려움을 겪으면서 빼어난 영상미를 자랑한 작품이었다.

그러나 〈하류인생〉에서 살펴보았듯 스토리 라인에 집중력이 없고 〈서편제〉와 중복되는 부분이 절반 이상을 넘고 보니 지루한 면이 없지 않았다. 거장의 100번째 영화에 대한 '동정적' 찬사에도 불구하고 이 작품은 개봉 3주 만에 종영되는 흥행 실패를 기록했다. 이런 점에서 사전에 확립된 대본 없이 영화를 진행하는 임권택 식 제작법은, 엄청난 속도로 변화하고 진보한 영상 기법의 동시대 상황과 감독이나 제작자의 안목을 먼저 꿰뚫고 넘어가는 관객의 수준에 비추어 볼 때 한계점에 도달한 것이 아닌가 여겨진다.

임권택 영화의 주제·소재와 성과·명성은 여러 모양으로 다채롭고 관객과 교호하는 그 감응력의 깊이도 이전에 없던 수준이다. 특히 그가 〈서편제〉 〈축제〉 등의 작품을 통해 강력하게 환기한 바, 우리 고유의 문화와 정서 속에서 전통적인 삶의식의 공감을 이끌어 낸 공로는 크게 상찬할 만하다. 우리가 살고 있는 이 시대의 환경 속에서 주변 어디를 둘러보아도 후기산업사회의 탈인간화와 경제지상주의의 효율성만 무성한 형편인데, 굳이 잊어서는 안 될 옛 것과 무너져서는 안 될 사람됨의 문제를 영화를 통해 추구하고 천착하는 임권택은 어쩌면 바보스러울 만큼 우직한 영화인인지도 모른다.

〈서편제〉에 대해 임권택 스스로, "시작할 때는 몇 사람만이라도 우리 것을 느끼고 알아차리면 좋겠다는 작은 욕심이었는데, 끝내고 나서 관객의 반응이 좋아 큰 욕심을 내게 됐다"고 술회했고, 판소리를 가리켜 "우리 민족의 한을 표출하면서 고통을 견디게 하는 신명의 소리"라 설명했다. 영화 속의 대사, "이제부터는 네 속에 응어리진 한에 파묻히지 말고 그 한을 넘어서 소리를 하라"는, 이를테면 그의 이러한 생각을 충실하게 반영한 언어 표현에 해당한다. 한 맺힌 마음을 흥겨운 가락으로 풀어내는 판소리의 진수는, 어쩌면 신산한 삶의 역정 가운데서 초심을 바꾸지 않고 보석처럼 빛나는 영상예술을 일구어 온 임권택 그 자신의 표징으로 보이기도 한다.

그런가 하면 〈개벽〉을 통해 인간의 평등과 인간중심주의를, 〈태백산맥〉을 통해 과거사에 대한 성찰과 균형 있는 역사의식을, 그리고 〈아다다〉나 〈씨받이〉를 통해 여성성에 대한 이해와 소수자 부양의 사상을 화면에 옮긴 것도, 그의 작품이 한국 영화사에 남긴 뚜렷하고 소중한 족적들이다. 이 모든 영화의 처음과 나중을 통해, 그는 우리 민족사의 온갖 아픔과 슬픔을, 또 그 극복과 승화의 미학을 연출했다. 시대 현실에의 영합과 진보된 제작 기술의 도입에 함몰되지 않고 자기 색채를 지닌 예술 창작에 투신함으로써, 그것이 강점이 되기도 하고 약점이 되기도 한 이 불세출의 '영화광' 은, 아직도 생동하는 현역이다. 우리는 여전히 그의 귀추를 지켜볼 것이다.

99번째 새 영화, 그리고 전반기 50편의 영화들

김종회(이하 김)   오늘은 한국 영화사의 산 증인이라 할 수 있는 임권택 감독님을 모시고, 우리 영화의 문화적 의미망과 가치관을 폭넓게 점검해 보고자 합니다. 바쁘신 중에도 시간을 내어 참석해 주신 영화비평계의 원로 호현찬 선생님, 그리고 시인이자 젊은 감독이신 박균수 선생, 감사합니다. 우선 임 감독님께서 근황과 근자에 진행하고 계신 영화 얘기부터 좀 해 주시지요?

임권택(이하 임)   뭐 별다른 것은 없고, 저의 아흔아홉 번째 영화인 〈하류인생〉이 6월 4일 개봉 예정으로 있습니다.

김   그러면 이미 개봉 극장은 자리가 다 잡혀 있으시겠군요?

임   예, 그런 것 같아요. 아마도 칸느 영화제에도 작품을 보내고 해야 할 것 같은데 시간이 좀 촉박한 편입니다. 본선에 오르는 작품은 미리 보

117

내어서 결정을 받아야 하는데, 기다려 준다고 해서 서두르고 있는 중입니다.

호현찬(이하 호) 그러니까 본선에 그냥 올려준다는 것인가요?

임 글쎄, 올려 준다는 얘기는 안했지만, 그래도 기다려 준다고 하고 시사회 날짜도 잡아 놓고 하는 걸 보면……. (모두 웃음)

김 문학평론가 김윤식 교수께서 저서 1백 권을 넘긴 것은 하나의 문학사적 사건이 되었습니다. 영화에 있어서도 임 감독님께서 곧 1백 편을 넘기시겠군요? 다른 감독 중에서 그렇게 1백 편을 넘긴 분이 있으신가요?

호 김수영 감독이 1백 편을 넘겼을 것입니다.

임 김수영 감독님은 많이 했지요. 그런데 나는 1백 편이라는 말을 들으면 영 개운치 않습니다. 초기 한 10년 동안 50여 편은 괴발개발 찍은 것들이에요.

박균수(이하 박) 전반기 50편까지 임 감독님의 작품과 그 이후의 작품은 영화의 예술적 평가에 있어 상당한 구분이 이루어지는 것 같습니다.

임 초기 10여 년은, 내가 영화감독으로서 좋은 작품을 남기겠다는 생각보다 생존의 문제가 더 절박했던 시기였어요.

호 그런데 중요한 것은 그렇게 찍은 영화들도 대중적 수용에 있어서는 놀라운 반응을 얻었다는 점입니다.

박 그와 같은 수업기간이 있었기 때문에 후반기의 좋은 작품들이 가능하지 않았겠습니까?

김 왜 군계일학이라는 말이 있잖아요? 닭이 많아야 그중에 학도 한 마리 나오는 것 아니겠어요? (모두 웃음)

임권택 영화의 시발, 슬프고 아픈 이야기

김 선생님은 1936년 출생이니, 우리 현대사의 굴곡을 모두 겪으며 지나온 연령이십니다. 그것들이 영화에 알게 모르게 반영되어 있을 터고요. 영화를 시작하기 전에 살아온 이야기, 또 꼭 영화를 해야겠다고 시작한 이야기를 좀 해 주시지요.

임 저는 전남 장성, 시골에서 태어났습니다. 그때는 도회지에도 극장이 드문 때였어요. 어렸을 때 영화와 만날 수 있는 입지가 전혀 없었지요. 월평국민학교 운동장 어디에선가 흑백영화를 본 기억이 납니다.

김 그런데 어떻게 영화를 만나셨어요?

임 제가 어려서 가출을 했습니다. 우리 집안이 대개 좌경이라, 아버지도 빨치산 운동을 하다가 친척이던 당진경찰서장의 보호 아래 자수를 했었어요. 살벌한 시대였지요. 좌익 가족에게 가해지는 엄청난 압박 같은 것이 저를 집에 있기 싫도록 했어요.

부산으로 가출하여 노동판에 들어갔습니다. 집안이 소지주였던 터라 노동을 해 보지 않아서 지게 지는 것도 힘들었습니다. 그러다가 물자가 부족하던 때인 만큼 미군 군화를 줄여서 파는 사람들 밑에서 일했는데, 휴전이 되어 그분들이 다 서울로 올라갔지요. 제게 시장에서 노점상을 할 수 있도록 재료를 남겨주고 갔지만, 제가 또 장사를 할 줄 압니까? 다 거덜 내고 있는데 서울로 간 분 중의 한 분이 〈장화홍련전〉이란 영화를 제작하니 와서 좀 거들어 달라고 연락해 왔습니다. 그렇게 영화제작부의 '똘마니' 생활을 시작했습니다.

김 참 소박한 시작이군요. 그런데 지금은 한국 영화계의 대표적 감독으로 자타가 공인하게 되었습니다. 호 선생님, 그 과정을 지켜보신 소감이 어떠신지요?

호 임 감독님의 개인사나 가족사는 분단 역사의 와중에서 가장 크게 상처를 입은 편이었지요. 전남 장성이란 곳이 또 그렇게 좌익 문제로 살상이 많았던 곳입니다. 임 감독은 광주 신일중학교를 다니다가 부산으로 가출하여 지게꾼도 하고 막노동도 한 것으로 압니다. 미군 군화부일을 거쳐 이규환 감독 밑으로 간 것이 아마 1954년일 것입니다. 임 감독의 정직하고 성실한 성품을 기억했기 때문이었습니다.

처음에는 제작부에서 잡일을 하다가 차츰 어깨 너머로 영화를 배운 것입니다. 이것은 정말 기적 같은 일입니다. 어느 누가 그에게 영화 이론을 가르쳐 주었겠습니까? 그러다가 정창화 감독을 만나서 제작부 조감독, 조명 조감독 등을 하면서 자기 영화의 뿌리를 만들어갔던 것입니다. 그렇게 보낸 세월 중에 나중에는 이 일 저 일을 감독보다 더 잘 알게 되고, 그러다가 처음으로 만든 영화가 1961년 〈두만강아 잘있거라〉였습니다. 영화감독은 커녕 한 인간으로서도 기막힌 인생역정이지요. 좀 거칠게 말하자면 그야말로 기적 같은 일입니다.

김 비교적 젊은 감독인 박균수 선생은 이 영화를 알고 있나요?

박 독립군과 일본군이 싸우는 액션영화로 기억합니다.

임 독립군을 빙자한 액션영화죠. (모두 웃음)

호 그런데 이것이 대성공을 했단 말이죠. 그렇게 길이 열리고 그것이 임 감독이 계속 영화를 할 수 있는 시발이 되었습니다.

김 박균수 선생이 알고 있는 임 감독님의 초기 영화, 그리고 그 이후의 변화는 어떠한가요?

박 제 나이가 30대 후반이므로, 임 감독님의 옛날 영화를 극장에서 직접 본 것은 하나도 없습니다. 주로 TV 영화채널을 통해 보았지요. 아까 50편 이전과 이후로 나누어서 말씀을 하셨는데, 그 이전과 이후의 작품이 정말 같은 사람이 만든 것인가라는 의문이 드는 것은 사실입니다. 제 생각으로는 중반 이전에는 이야기 자체의 흐름에 맡겨서 나가는 것 같았고, 그 이후에는 감독님이 표현하고자 하는 것이 먼저 있고 거기에 이야기와 사건의 배치가 뒤따라간다는 느낌이었습니다. 감독이 시나리오 작가의 역할을 충분히 감당한다 싶었습니다.

영화는 이런 것이어야 한다

임 아까 말씀드린 것처럼 처음 50여 편은 먹고살기 위해서 만들었습니다. 무학에다 연좌제에 관한 강박감이 늘 저를 따라다녔습니다. 그런데 그 작품들이 흥행에 실패하지는 않았습니다. 어떤 때는 한 해에 여섯 편을 찍기도 하는 무모한 도정을 지나왔습니다.

그런데 지금 생각해 보면, 그때도 아무렇게나 되는대로 영화를 찍은 것은 아니었습니다. 여러 장르의 영화를 끊임없이 해 나가면서도 다음 것은 앞의 것보다 나아야 한다는 의식은 분명했거든요.

그래서인지 그 전반기 작품들 가운데 그냥 내다버릴 수 없는, 주목할 작품들이 포함되어 있다는 평가도 듣습니다. 그 여러 장르의 작품을 다 해 보면서 내가 어느 장르에 소질이 있는가, 무엇이 내 체질에 맞는가를 탐색했던 것 같습니다.

김 중반 이후의 임 감독님 영화를 개관해 보면, 어떤 방식과 유형의 변화를 가져왔을까요?

호 임 감독 스스로도 전반기에는 B급 영화를 만들었다고 하는데, 그 가운데는 시대극, 액션, 멜로드라마, 코미디 같은 여러 장르가 전천후로 포함되어 있었습니다. 그런데 대다수의 작품이 상품으로서 흥행이 되었어요. 그때는 지방 흥행사들이 영화를 극장에 올리는 것을 결정하던 때였는데, 임 감독이 만든 영화는 대개 흥행이 된다는 입소문이 돌았던 것입니다.

임 감독은 이제 '내가 그때 B급 영화를 만들었다' 고 스스럼없이 말할 수 있는 대가가 되었습니다만, 그때 그 영화들을 만들 때 영화의 테크닉이라든지 관객의 흥미를 유발하는 방략이라든지 교과서에 없는 것들을 터득하는 과정을 거쳐 왔다고 봅니다. 이것은 굉장히 귀중한 경험입니다. 그러한 기본기를 터득하게 되면, 액션 영화를 잘 만들던 사람이 예술 영화도 잘 만들게 됩니다.

임 감독은 1973년에 50번째 작품으로 〈잡초〉라는 영화를 만들었습니다. 임 감독 자신의 표현대로 하면 B급 영화인데, 감독은 1990년 8월 10일자 《동아일보》에 '내가 만들고 싶은 영화를 처음으로 만들었다' 고 썼습니다. 이때로부터 임 감독의 본격적인 영화예술 장정이 시작되었다고 봅니다.

같은 해인 1973년 영화진흥공사 제작으로 임 감독이 만든 〈증언〉이라는 영화가 있습니다. 이는 한국 전쟁영화의 백미편, 대작입니다. 이 영화는 그동안 임 감독이 액션영화에서 닦은, 관객을 사로잡는 힘에 빚지고 있는 바가 큰, 본격적인 전쟁물이었습니다. 그로부터 차차 자기만의 영화예술 세계를 구축해가기 시작했습니다.

김 그 이후 영화의 전개에 대해 계속해서 좀 말씀해 주시지요.

호 〈증언〉 이후 임권택의 영화는 여러모로 변화하기 시작합니다. 1976

년에 만든 〈왕십리〉라는 영화는 무게와 부피와 깊이가 느껴지는 작품
이고, 1978년의 〈족보〉도 족보를 생명같이 여기는 한 선비의 얘기를 일
본인의 시각에서 그린 매우 독특한 작품입니다. 1979년에는 해방 후 좌
우 갈등과 동족상잔의 문제를 그린 〈깃발 없는 기수〉를, 1980년에는 빨
치산과 형사의 문제를 다룬 맛깔 있는 작품 〈짝코〉를 만들었습니다.
그리고 임 감독의 영화를 몇 단계 끌어올린 영화가 〈만다라〉입니다. 이
영화는 매우 우수하고 세계적으로 알려졌으며, 임 감독이 '작가' 임 감
독으로 확립되는 그 변신을 완전히 이룬 작품이라 할 수 있습니다.

김 아마 이 영화가 베를린영화제 본선에 올라갔죠?

박 〈만다라〉는 지금 보아도 한국 영화의 걸작 가운데 하나입니다. 외
국에서 한국 영화 열 편을 고르라고 한다면, 그중 한 편으로 반드시 들
어가는 작품입니다. 이 작품을 두고 일본을 비롯해서 세계 영화계가 상
당한 놀라움을 표시했고, 제 개인적인 생각으로도 이 작품이 임 감독님
을 세계적인 감독으로 격상시키는 계기가 되었다고 봅니다.

김 임 감독님께서는 이와 같은 논의에 대해 어떤 생각을 갖고 계시는
지요?

한국인이 만드는 가장 한국적인 영화로 승부

임 50여 편을 넘기면서, 저대로는 여러 가지 생각이 있었습니다. 이제

는 비록 할리우드 영화를 따라잡진 못해도 그에 버금가는 수준의 영화를 찍어 보자는 야망 같은 것 말입니다. 당시 유명한 감독이었던 존 포드나 윌리엄 와일러의 영화에 심취해 있었고, 유럽 영화 가운데서도 배워야겠다는 작품이 많았습니다.

그런데 특히 할리우드 영화를 계속 보면서, 그 아류를 만들어 가지고서는 도저히 승산이 없다는 것을 깨달았습니다. 영화감독으로서 세월이 흐르면서 연좌제 같은 속박의 조임도 좀 느슨해지고, 내가 감독의 일생을 살며 무엇을 궁극적 목표로 할 것이냐에 생각이 미치게 되었던 것이지요. 미국 영화와 다른 영화를 만들자면, 결국 한국인이 아니면 만들 수 없는 영화를 만들어야 하는 것이었습니다.

그것은 곧 내가 이 땅에서의 삶을 통해 체험한 것 가운데서 소재를 끌어내는 것이 가장 효율적이지 않겠느냐는 결론에 도달하게 하였습니다. 좀 전에 말씀하신 〈족보〉나 〈깃발 없는 기수〉는 그런 인식의 전환과 함께 만들어졌습니다.

호 1989년에 임 감독이 《동아일보》에 쓴 글을 보면, 〈증언〉이 대만문화제에 참가하게 됨으로써 해외나들이를 허락받았다는 대목이 있습니다. 영화진흥공사에서 제작 출품했기 때문에, 연좌제에 묶여 있던 해외 출국이 특례로 허락되었다는 마음 아픈 이야기입니다.

임 그때 처음으로 비행기를 타고 보니, 영어나 중국어 같은 외국어들, 그리고 그 외국인종들 속에서 '내 나라'를 발견할 수 있었습니다. 내가 이 땅에 살고 있는 사람들에게 애정을 갖지 않는다면 누가 그러하겠는가, 내가 살아온 서러운 삶의 궤적과 함께 철저하게 내 이웃의 삶을 더

듬어 보자고 생각했습니다.

호 임 감독에게는 그것이 하나의 새로운 자각이 되었을 터입니다. 그 깨우침이 영화와 접촉하게 되었을 때, 사람을 소중히 여기는 인본주의적 정신, 체제와 이데올로기를 넘어서는 인간중심주의 등속이 영화의 주제로 떠오르게 된다고 봅니다. 그런데 당시 신문에 쓴 임 감독의 글을 보면, 문장력이 아주 뛰어났습니다. 이 부분에 대한 해명이 있어야 할 것 같습니다. (웃음)

임 어렸을 때 소설을 많이 읽었습니다. 당대 대중소설로 일세를 풍미한 방인근이나 월북한 이기영의 소설 등을 닥치는 대로 읽었습니다. 언젠가 누가 50여 편의 작품을 시나리오 없이 찍은 것으로 아는데, 어떻게 그것이 가능하냐고 물었습니다. 제게 그처럼 우리 소설을 탐독하던 시간이 없었다면 그러한 방식의 영화 제작은 불가능했을 것입니다.

박 임 감독님께서는 〈서편제〉를 비롯, 한국적 정서가 탁월하게 드러나는 작품을 많이 만드셨습니다. 그런데 '우리 것의 소중함'에 대한 자각이 대만 여행 이후부터였다면, 그 여행은 매우 중요한 에포크에 해당한다 하겠습니다.

임 나는 그 전에는 무슨 죄를 지어야 외국으로 피해 도망가는 줄로 알았습니다. (웃음) 내게 무슨 강고한 원죄의 굴레처럼 덧씌워져 있었던 그 연좌제의 사슬 때문에 더욱 그러했겠지요. 그래서 이 나라를 벗어나서 살았으면 좋겠다는 생각도 하곤 했지요.

그런데 외국으로 나가서 보니, 한국에서의 속박은 순전히 나라 안에서 우리들끼리만의 문제요 외국에서는 한국 알기를 전혀 중요하지 않게 알더라는 것입니다. 그래서 아, 그렇구나, 우리가 우리 것을 사랑하지 않는다면 누가 이를 대신하겠느냐 싶었던 거지요.

박 감독님께서는 그러한 계기를 통해 한국을 객관적으로 바라보게 되시고, 이후의 작품에도 그러한 생각을 담아가게 되셨군요?

임 그렇습니다. 이를테면 〈왕십리〉 같은 영화에서, 자기 자신이 살고 있는 땅에 대한 깊은 사랑이라고 할까, 그런 것을 심어 가기 시작했습니다.

'우리 것'에 대한 사랑과 인본주의적 관점

김 그러한 자각과 인식은 남북문제를 소재로 한 작품에도 마찬가지였겠군요?

임 네. 6·25라는 동족상잔의 엄청난 비극 끝에 남은 것이 무엇이겠느냐, 우리 아버지나 또 우리 일족들이 구현하고자 했던 이념적인 그 무엇이 북한을 이상향으로 하여 성립될 수 있겠느냐, 뭐 이런 문제에 대한 반성이 촉발되었습니다.
6·25를 통해서 남과 북 어느 쪽도 이익을 보지 못했습니다. 어떤 사람들은 전쟁을 거치면서 남북 양측의 독재권력이 그 기반을 확고히 했다고 말하기도 하지만, 그렇지 않습니다. 나 자신이 왜 이런 함정 같은 상황에 있으며, 그 원인행위는 어디서 온 것이며, 세계 열강의 각축 안에서 살아가는 우리는 무엇을 잃고 또 얻었는가를 내내 생각했습니다.

김 체제와 이념에 대비되는 인식이 곧 인간이나 사랑과 같은 것 아닐까요? 선생님의 영화 〈씨받이〉나 〈아다다〉나 〈창〉 같은 작품들을 보면, 어렵고 힘든 자리에 있는 사람들을 아끼고 사랑하는 마음으로 점철되어 있는 것 같습니다.

임 (웃음) 저 자신도 어려운 사람이니까요.

김 감독님의 생애와 작품에 관한 이야기를 듣다 보니, 빨치산 집안 출신으로 고생한 것은 이문구와 비슷하고, 가정 형편 때문에 가출한 것은 조용필과 비슷하고, 고향을 떠나 막노동하며 사회 초년병 시절을 보낸 것은 이호철과 비슷하고, 어려운 중에 일가를 이룬 거대한 작품 세계에 도달한 것은 조정래와 비슷합니다.

톨스토이의 《안나 카레니나》 서두에는 이런 문장이 있습니다. 행복한 사람들은 대개 비슷한 모습으로 행복하지만, 불행한 사람들은 제각각의 모습으로 불행하다……. 어려움을 겪어 보았거나 어려움을 안다는 것은, 그 어려움의 디테일, 곧 구체적 세부를 이해하고 표현할 수 있다는 뜻입니다.

그런 점에서 감독님이 '어려운 사람'이라는 것은, 앞서 비슷하다고 예로 든 여러 예술인의 경우와 마찬가지로 작품의 예술성을 위해서는 일종의 호조건이 될 수도 있었겠습니다. 계속해서 임 감독님의 다음 작품 얘기를 더 해 보지요.

호 지금까지 여러 얘기를 해 왔습니다만, 임 감독 작품의 핵심을 압축해 보면 몇 가지 유형으로 구분할 수 있겠습니다. 우선 인본사상을 추구한 작품 〈세월〉 〈개벽〉 〈아다다〉 등이 그 대표적 작품인 것 같아요. 다음으로 한국적 정서와 한의 미학을 다룬 작품 〈서편제〉 〈축제〉 〈취화선〉 등의 작품이 쉽게 떠오릅니다.

그리고 종교, 주로 불교를 소재로 다룬 작품 〈만다라〉 〈아제아제 바라아제〉 등이 있습니다. 〈비구니〉는 찍다가 못 찍었지요. 또 소외된 밑바닥 인간들에 대한 애정을 그린 작품 〈티켓〉이나 〈창〉 등이 이에 속합니다. 한편 전쟁을 직접적으로 다룬 작품 〈증언〉 〈아내들의 행진〉 〈울지 않으리〉 〈아벤고 공수군단〉 등이 있습니다.

박 1994년에 만들어진 〈태백산맥〉 같은 영화는, 당시에 상당한 사회적 논란을 불러일으키지 않았습니까?

호 당시 이 영화를 두고 우파와 좌파 모두 불만이었지요. 우파는 이 영화의 제작 자체를 막기 위하여 여러 유형의 압력을 가했고, 좌파는 사태의 진실을 보다 정확히 보여주어야 한다고 불만이 많았습니다.

박 1987년의 〈연산일기〉도 좀 색다른 작품 아닐까요?

호 역사에 대한 해석을 달리한 주목할 만한 영화지요. 연산을 폭군으로만 보지 않고, 그의 성장 과정과 심리적 변화 등을 통해 한 사람의 인간으로 조명했다 할 수 있을 것입니다.

김 그다지 오래지 않은 1999년의 〈춘향뎐〉에 관한 얘기를 좀 하고 넘어가도록 하죠. 이 영화에도 고전 문학 작품인 《춘향전》에 대한 재해석이 포함되어 있지 않습니까?

역사의 재해석, 현실을 보는 새로운 시각

임 〈춘향뎐〉은 많은 고심을 거쳐 그 포맷을 설정했던 영화입니다. 그동안 너무도 익숙하게 알려진 춘향을 어떻게 다시 관객들에게 보여주느냐가 문제였어요.

김 제가 기억하고 있기로는, 그 재해석 또는 새로운 시각이 대체로 두 가지 정도로 얘기되곤 했습니다. 하나는 춘향 이야기를 과거의 공간 속에 두지 않고 현대로 끌어오는 방식, 곧 판소리 속의 액자 형태로 처리함으로써 옛날의 사건이 아니라 오늘날의 사건으로 변형시키는 것이었습니다.

그리고 다른 하나는 춘향을 통해 볼 수 있는 신분차별을 넘어서는 사랑 이야기와 함께 민중적 정서를 표현한다는 것인데, 기실 이는 새로운 이야기는 아니지만 그것을 표현하는 방식에 있어서는 새롭다는 것이었습니다. 이러한 문제에 대한 임 감독님의 생각은 어떠셨나요?

임 그 저항의 방식에 대해서는 영화 속의 대사를 활용했습니다. 이몽룡이 변사또를 징치한 후 이송하려 할 때 묻지요. 외도를 하려는 건 이해할 수 있는데 그렇게까지 가혹하게 여자를 가지려 했느냐는 질문에, 그 여자는 국가의 기강을 무너뜨리려 한 여자다라는 답변이 나옵니다. 곧 춘향이 국가 기강에 저항한 민중의 대변자인 셈이지요. 이몽룡은 다시 여기에 인본주의적 발언을 더하여서, 그것이 어떤 인간적 모멸감에 대한 저항이라고 생각하지 않느냐고 반문합니다.

박 이 영화에서 판소리의 도입은 매우 중요한 기능을 하고 있는 것으로 봅니다.

임 그렇습니다. 우리 판소리에 대한 깊은 이해 없이는 이 영화의 깊은 맛을 알기 어려울 것입니다. 판소리라는 예술 형식에 대한 자각과 더불어, 적어도 판소리로 된 〈춘향전〉이나 〈심청전〉의 완창을 한 번이라도 들어보고 영화를 시작해야겠다고 생각했습니다. 완창을 듣자면 대여섯 시간이 걸리니 이 또한 쉬운 일은 아닙니다.

조상현 씨의 소리로 완창을 들으면서 알고 보니, 그때까지 〈춘향전〉이 14편의 영화로 나왔는데 감독들이 한번도 〈춘향전〉 완창을 들은 적이 없다는 것이었습니다. 뻔히 아는 줄거리를 판소리로 들으니, 그것이 엄청난 감흥으로 다가왔습니다. 그래서 그 소리의 감동과 동영상의 필름이 만나, 〈춘향전〉이란 이야기를 전혀 새롭게 꾸밀 수 없겠는가를 생각하고 또 생각해 보았던 것입니다.

호 소리와 영상이 결합된 한국적 미학을 추구했단 뜻이지요. 그러니까 영화의 형식을 아주 새롭게 가져갔다는 의미입니다.

임 미국의 한 저명한 교수가 〈춘향뎐〉을 두고 영국의 셰익스피어에 비유하면서, 이 작품이 이제 세계인의 문화 공유물이 되었다고 말했습니다. 나는 영화를 하는 보람이 이런 것이로구나하고 생각을 했습니다. 내가 〈춘향전〉을 창작하거나 판소리를 작곡한 것은 아니지만, 우리의 문화 자산을 영화에 담아 세계인의 눈앞에 내놓을 수 있는 것이로구나 싶었습니다.

김 거기 춘향 역으로 출연했던 여자 배우가 미성년자였죠? (웃음) 그것이 여론에 문제가 되지 않았습니까?

임 원래 춘향은 이팔청춘 열여섯 살 아닙니까? 그간의 〈춘향전〉은 이 나이를 잘 지키지 않았습니다. 심지어 최은희 씨는 40에 춘향 역을 한 적도 있습니다.

호 어떤 청소년 단체에서 청소년보호법 위반으로 고발한다는 말도 있었는데, 이 열다섯 번째 영화가 하도 예술적이니까 그냥 잠잠해졌습니다. 미성년자가 연기하기에는 너무 진한 러브신이 나오기는 하죠.

박 저는 〈춘향뎐〉이 상업영화의 일반적인 틀을 부순 파격적인 실험영화라고 봅니다. 노래 형식의 판소리를 간접적으로 영화화한 것이 아니라, 직접 영화 속으로 가지고 들어와서 판소리 하나하나를 초까지 계산하여 조합한 것이잖아요.

우리 영화의 세계화, 그 높은 장벽을 넘는 길

김 이제 〈서편제〉로 넘어가 보기로 하죠. 이 작품을 보고 그 한국적 정서에 대해 감동하기로 결심한 것도 아닌데 가슴 저 밑바닥으로부터 솟아오르는 잔잔한 파문은 무엇이었을까요? 이 영화가 가진 민족적 정서의 공동체적 공감에 대해서는 그동안 수많은 언급과 논의가 있었으니여기에서는 생략하기로 하고요, 이 작품이 중국 근대사를 다룬 〈패왕별희〉와 칸느 영화제에서 경합을 한 것으로 아는데요?

임 경합은 아니었지요. 국제 영화제의 텃세에 밀렸던 것입니다. 나중에 퐁피두 센터에서 한국영화제를 하면서 90편 가까운 작품을 상영할 때, 개막작으로 〈서편제〉가 뜨니까 이 작품을 왜 칸느가 외면했느냐고

여론이 분분했었습니다.

호 나는 서양 사람들이 〈서편제〉를 보고 이해를 할 수 있을까 하는 의문을 가졌습니다. 그래서 칸느에서 푸대접을 받은 것이 아니냐는 생각도 했었습니다. 그런데 일본과 중국을 거쳐 미국과 유럽에서도 큰 반향을 불러일으켰습니다. 서양 사람들은, 동양의 고요하고 신비한 정서를 저항이나 비판 없이 순수하게 받아들일 때도 많습니다. 줄거리야 간단하지요. 그런데 그것이 예술적으로 이해되었던 것입니다. 이 작품이 아마 기네스북에도 올랐죠?

김 무엇으로 기네스북에 올랐나요?

임 관객동원이었습니다. 1백만 명 이상이 들렀죠. 그러니까 단성사라는 단관에서 1백 몇만 명이 들렀어요. 그때는 지방의 관람객 숫자는 통계를 잡을 수 없었던 때였으니까, 추산하면 전국적으로 3~4백만 명은 되었을 것입니다.

호 그러니까 '국민영화'라는 말이 나왔죠. 근자에 〈친구〉 이래 수백만 명에서 1천만 명이 넘는 영화들이 있지만, '국민영화'라는 그 큰 호명의 정당성을 두고 말하자면, 〈서편제〉의 예술적 가치를 따라갈 수 없습니다.

박 〈서편제〉는 작품 자체로서도 훌륭하지만, 상업영화로서도 성공을 거두었습니다. 예술성과 수용성의 두 마리 토끼를 매우 효율적으로 포획한, 우리 영화사에 의미 있는 작품이라 하겠습니다.

김 이제 〈축제〉로 넘어가기로 하죠. 영화가 만들어질 무렵, 제가 이청준 선생님과 만날 일이 있어 〈축제〉 제작 얘기를 들었습니다. 그런데 그처럼 악센트가 강하지 않은 소설이 좋은 영화가 될 수 있겠느냐는 의구심이 없지 않았습니다. 소설은 이청준의 문장과 소설적 발화 방식만으로도 가치가 있지만, 영화는 어쩔 것이냐는 생각이었지요. 그런데 이 영화는 간단하지 않았습니다. 어떤 마음으로 이 작품을 시작하셨는지요?

임 이 영화의 치매 걸린 노모, 장남으로서 어머니를 바라보는 애타는 마음이나 부담감, 그 가족사에 얽힌 사연에 있어 이청준 씨나 저나 사정이 비슷했습니다. 〈서편제〉 이후 이청준 씨네랑 옆 동네에 살면서 가끔 소주잔을 나누곤 했는데, 언젠가 어머니 장례 치른 얘기를 하는 것이었어요. 그럼 그것을 영화화합시다, 하고 제가 제안했습니다. 영화가 별거냐, 첫날부터 셋째 날 장례 치르는 것만 찍으면 될 것 아니냐, 하고 시작을 했습니다.

김 그럼 미리 대본을 완성하지 않고 시작한 것입니까? 임 감독님 영화 시작한 그 초기 10년처럼요?

임 그랬죠. 이청준 씨가 그날그날 대사를 만들면서 촬영이 진행되었죠. 연기자들이 죽을 맛이었습니다. 동시녹음인데 대사는 빨리 안 나오고……. 그렇게 한 쪽으로 시나리오를 쓰고 한 쪽으로 촬영을 진행한 영화였습니다. 그러나 가족애의 그 끈끈한 정서는 그런대로 잘 표현된 것 같습니다.
그런데 이 영화를 만들면서 보니까, 우리나라의 장례 의식과 절차가 전혀 조리가 없음을 알 수 있었어요. 유교, 불교, 무속이 모두 뒤섞여서 엉망이었습니다. 그래서 영화 속에, 사실 그런 것은 영화의 완결성을 해치는 것인데, 자막으로 이 의식이 어디서 온 것 같다라는 구차한 설명을 덧붙였던 거지요. 가장 한국적인 장례 절차를 영화를 통해 구현해 보고자 했었습니다.

임권택 영화 1백 편의 의미

김 호 선생님, 임 감독님의 작품 가운데 꼭 짚고 넘어가야 할 작품을 한 두 편 더 언급하신다면요?

호 1991년의 〈개벽〉이란 영화가 걸작입니다. 동학의 2대 교주인 최시형의 인물을 탁월하게 묘사했습니다. 그간 동학난의 항쟁적 성격에 초점을 맞추던 영화들과는 다르지요. 그 인본주의와 무저항주의를 인물의 성격과 더불어 잘 드러냈습니다.

그런가 하면 2002년의 〈취화선〉 또한 빼놓을 수 없는 작품이에요. 〈춘향뎐〉이 소리와 영상의 만남이었다면, 〈취화선〉은 그림과 영상의 만남입니다. 이런 수작들을 거치면서 임권택은, 이제 한국의 명감독 임권택이 아니라 세계적인 영화감독 임권택이 되었습니다.

김 만드신 작품이 1백 편이나 되니 그 엄청난 숫자를 넘어 임 감독님과 함께 우리 영화가 새로운 장정을 열어 가게 될 것으로 믿습니다. 이는 단순히 숫자를 두고 말하는 것이 아니라, 거기에 실릴 영상문화의 미학적 가치에 대한 신뢰를 말하는 것입니다. 마지막으로 〈하류인생〉에 관해 좀 말씀해 주시지요.

임 저는 그동안 한번도 시대를 앞서가는 영화를 만들지 못했습니다. 체제에 정면으로 저항하는 영화 또한 마찬가지입니다. 그 원죄적 가족사가 저를 자유롭지 못하게 했습니다. 〈하류인생〉은 제가 살아온 세상의 이야기를 담으려 했습니다. 한 시대의 뒤안길에서 산 건달, 그는 분명 3류이지만 그만 3류인 것이 아닙니다.

3류 정치의식, 3류 경제사회적 행위를 숱하게 보아온 우리의 눈에 비친 그는 오히려 피해자일 수도 있고, 그러한 그가 우리 자신일 수도 있는 것입니다. 왜 우리가 변질되고 부패해 가는지를 알아차리지 못하고 있는 시대를 빗대어서 '하류인생'이라고 불러보고자 했습니다.

김 이 영화는 미리 완성된 원작이 있었습니까?

임 없습니다. 영화 촬영이 끝나면서 시나리오가 함께 끝났으니, 이번에도 연기자들이 많이 고생했습니다. 영화가 진행되는 동안에 당초의 줄거리나 진행 계획이 많이 바뀌기도 했어요.

호 나도 아직 〈하류인생〉의 정확한 정체를 몰라 많이 궁금해하고 있습니다. 주제나 소재를 보면 심각한 영화 같기도 하고 풍자적인 영화 같기도 하고……. 참 차남이 이 영화에 연기자로 가담했지요?

임 아니, 엑스트라로 잠깐 나옵니다. 영화를 익히는 중이지요.

김 마지막으로 감독님이 보시기에 우리 영화가 국내에서는 물론 세계적인 영역을 확장해 가는 데 꼭 필요한 것은 무엇일까요?

임 제가 제 영화를 만드느라 정말 곁도 돌아볼 여유 없이 달려와, 우리 영화에 대한 깊은 견식이 없습니다. 근래 우리 영화가 잘 되는 이유에 대해 경제적 여유나 복합상영관의 등장 등을 얘기하는 사람들이 있는

데, 더 중요한 것은 영화의 수준이 괄목할 만큼 향상되었다는 점이겠지요. 앞으로의 과제도 요약해서 말하면 결국 그 문제라고 생각됩니다.

김　오늘 우리는 임 감독님의 영화와 더불어, 우리 시대의 영화가 가진 사회문화적 의미를 다각적으로 구명해 보았습니다. 바쁘신 중에도 시간을 내어 자리해 주신 세 분께 감사의 말씀을 드립니다.

임권택 영화감독 | **호현찬** 영화평론가, 전 한국영화진흥공사 사장
박균수 영화감독, 시인 | **김종회** 문학평론가, 경희대 국문과 교수

이윤택

한국 연극사의 새 장,
또는 우리 시대의 큰 광대

1952년 부산에서 출생하여, 한국방송통신대학을 졸업했다. 1971년 《현대시학》으로 등단하였으며, 1986년 연희단거리패와 가마골소극장을 개관하여 연극 활동을 시작했다. 이후 〈산씻김〉 〈시민K〉 〈오구〉 〈바보각시〉 등을 무대에 올리며 한국 실험연극의 기수로 등장했다. 〈한국연극평론가협회 최우수예술가상〉 〈동아연극상 연출상 및 작품상〉 〈서울연극제 연출상〉 〈대산문학상 희곡상〉 등을 수상했다.

공연예술 진보 이끈 문화 게릴라

왜 이윤택인가

한국 연극계에 희곡 작가요 연출가로서 이윤택과 그의 동류들이 없었더라면, 이 20년래의 전환적 사고와 창의적 실험은 불가능했을 것이라는 '단언'을 수차 들었다. 과연 그럴까? 문학 또는 연극판의 이단자로 불리며 스스로 '문화 게릴라'라는 명칭을 즐겨 사용하는 그의 유별난 면모가, 과연 우리 공연예술의 진보를 이끈 힘으로 작용했을까? 이와 같은 질문에 단답형으로 답변하는 것은 자칫 어리석은 일이 되기 쉽다. 그렇다면 이윤택 세계의 시발과 전개, 성격과 공과를 두루 살피고 따져본 다음에 평가를 내놓을 수밖에 없다.

이윤택이 대중적 명성을 얻기 시작한 것은 1989년 동숭아트센터의 동숭연극제에서 〈시민 K〉가 공연되면서부터이니, 햇수로는 꼭 20년이 됐다. 강산이 두 번 변하는 이 기간 동안 그는 끊임없이 도전적 문제의식으로 한국 연극에 새로운 화두를 던졌고, 그것이 과거의 전통에 대한 반역이든 미래의 전망에 대한 예단이든 괄목할 만한 변화의 계기를 유발한 것은 사실이다. 왜 어떻게 그의 작업이 그러한 위세를 얻을 수 있었을까? 타고난 연출적 재능과 저돌적 전력 투구, 시대 속에서 연극을 읽는 균형 감각과 문학적·인문학적 사유의 바탕, 반항아적 예외성의 시각과 현실적 제도와의 교묘한 악수 등 여러 절목을 나열할 수 있겠다.

이윤택은 1970년대 초기 〈시인추방〉 〈삼각파도〉 등 단막 습작의 시기를 거쳐 10년여의 공백기를 딛고 1980년대 말 〈시민 K〉를 발표한다. 〈시민 K〉와 그 뒤를 이은 〈혀〉 〈불의 가면〉 〈바보각시〉 등의 작품은, 대체로 서민계급의 눈으로 강고한 사회적 제도나 권력에 대해 날선 물음을 제기하는 비판의식을 담았다. 1990년대 중반을 넘어서면서 이른바 '문제적 인간'에 대한 탐구가 본격적으로 시작된다. 〈문제적 인간 연산〉을 시작으로 〈청바지를 입은 파우스트〉 〈어머니〉 〈눈물의 여왕〉 〈시골선비 조남명〉 등 그의 대표적 작품들이 대개 이 시기에 몰려 있다. 이들을 통해 연극의 사회성과 놀이성을 함께 조명하고 과거의 기억과 현재의 일상을 병치하며 서구적인 것과 한국적인 것을 한데 아우르는 그의 연극마당이 펼쳐진다.

아직 무명이었던 부산 시절, 나중에 '연희단거리패'의 모태가 된 '가마골소극장'을 이끌면서부터 오늘날 '밀양연극촌'에 이르기까지, 그는 연극이야말로 집단창작의 형식이요 더 나아가 배우들과의 공동생활을 통해 그 꼭짓점을 치는 것이 유력하다는 인식을 가졌다. 동시에 예술 장르의 성격상 배우와 관객이 직접 교류하며 인간의 삶이 풀어 보일 수 있는 여러 유형과 방식을 공동으로 탐색해 나가는 독특한 매력에 심취했다. 그러므로 이윤택의 연극은 결코 자기 혼자만의 과실일 수 없다. 물론 그것의 수확에 이르도록 터를 다지고 산출을 가꾸어온 공로가 어디로 가는 바는 아니다.

연희단거리패의 첫 번째 레퍼토리요 이윤택의 대표작을 꼽으라고 한다면, 누구나 〈오구─죽음의 형식〉을 지목할 것이다. 그가 중앙 연극계에서 확고한 명성을 굳힌 것도 이 작품 이후의 일이다. 이 작품은 죽음의 씻김으로서 '오구굿'의 내용과는 직접적인 상관이 없으나, 그 세계관을 연장하여 "전통의 박제가 아닌 살아 있는 민족극"이라는 자기 주장을 실체화한다. 이는 죽은 자와 산 자, 내세와 현세, 가상 공간과 실제 공간, 연극적 상황과 현실 상황 등 복합적인 대립구조들이 동시다발로 작동하면서 시인이자 희곡 작가이면서 실험적 연극 연출가인 이윤택의 존재값을 증명했다.

〈오구〉는 1990년 '굿이냐 연극이냐'의 논쟁을 불러왔다. 연극평론가 이상일은 〈오구〉와 〈점아 점아 콩점아〉를 두고, "굿은 굿이고 연극예술이 아니다"라고 주장하면서 "굿이 연극 전문화 시대에 연극으로 올려지는 것은 역설"이라고 비판했다. 이윤택은 반론으로 "우리에게 연극 원형은 굿이라는 것이다"라는 주장으로 "전통의 박제가 아닌 오늘에 살아 있는 굿이 바로 민족극"이라고 강변했다. 이상일의 지적은 그 바라보기의 각도에 따라 납득할 대목이 없지 않다. 하지만 이윤택은 자신이 개발하고 내세운 논리를 주저하지 않고 공연 현장으로 밀고 나갔다.

그는 연극적 인물이나 그 인물이 형성해 가는 사건을 스스로의 확신과 더불어 대범하게 서술한다. 때로는 탈일상적인 해체의 기법을 과감하게 도입하기도 한다. 이 경우 인물의 섬세한 심정적 동향과 행위예술로서의 미학적 디테일이 유실될 수 있고, 관객들에게 작가 또는 연출가의 세계관을 선택의 여지없이 무례하게 강요하는 폐단을 생산할 수도 있다. 한 예술인이 이 모두를 두루 통섭하기를 요구하는 것은 무리한 일

일지 모르겠으나, 연극이 희곡의 독자 및 극장의 관객들과 긴밀한 상호 소통 속에서 성립되고 성공하는 장르임을 특히 염두에 둘 필요가 있다.

자기 시대의 연극판을 바라보면서, 억압된 정치·사회적 구조 속에서 연극의 본질이 퇴색한 것을, 그리고 서구적 사실주의가 턱없이 강세를 보이는 것을 혁파하기로 작심했던 문화 게릴라가 이윤택이다. 그의 20년에 걸친 연극 대본으로서의 희곡, 현장 곳곳을 누빈 연출의 공로는 그냥 이루어진 것이 아니다. 재능과 수고는 자신의 분야에 책임을 가진 모든 이들에게 요구되는 기본적 덕목이다. 그러나 그의 경우에는 그야말로 온몸을 던져 삶이 연극이고 연극이 삶인 '소신공양'의 산제사를 마다하지 않은 결과로 한국연극의 새 시대를 부양한 형국이다. 그러기에 지금 여기서 여전히 이윤택인 것이다.

파괴와 재해석, 새로운 연극예술의 도전

삶과 작품세계

 이윤택은 1952년 7월 9일 부산에서 출생했다. 부산과 경남 일원의 명문 부산중학교와 경남고등학교를 졸업한 후 현재 서울예술대학인 서울연극학교에 진학했으나 곧 중퇴하고 방송통신대 초등교육과를 독학으로 졸업했다. 그러니까 그가 전문적인 연극 수학 과정을 다닌 것은 서울연극학교 6개월뿐이며, 이 시기 가르침을 받은 연출가 오태석을 지금도 스승으로 생각하고 있다.

 1972년부터 이태동안 부산에서 소극장 운동을 했으며, 1979년《현대시》에 시〈천체수업〉〈도깨비불〉등을 발표하며 시인으로 출발했다. 1979년 7월《부산일보》편집부에 입사하여 기자생활을 했고 1980년《열린시》등을 통해 시와 비평활동도 했다. 소극장 운동에서 출발한 '연희단거리패'는 이윤택의 분신과도 같은 존재이며, 그는 이를 기반으로 희곡과 연출 작품들을 제작했다. 이 '연희단거리패'는 부산에서 유일하게 직업화되어 있는 극단이란 평을 받았다. 이는 직업적 안정성을 말하기 보다는 집중된 전문성에 의거해 있음을 말한 것임이 분명하다.

이 작은 집단은 1988년 10월 처음으로 〈산씻김〉의 서울 공연을 단행하고 뒤이어 〈시민 K〉를 서울에서 공연하였으며, 1990년부터는 '거리극' 작업도 시작한다. 그해 2월 부산에서 공연된 〈오구―죽음의 형식〉은, 부산 소극장 연극 사상 최다 관객 동원의 기록을 세웠고 그 활동 범주를 서울은 물론 일본과 독일로까지 확장해 나갔다. 이러한 외형적 발전은 내면의 충실이 없이는 가능한 일이 아니다. 이윤택은 창작·연출·연기훈련·무대기술 등 연극 장르 전반에 걸친 광범위한 안목과 실행의 기량을 키워나갔고 시나리오·TV드라마·신문 칼럼을 쓰면서 무용·이벤트 연출도 겸하는 전방위 예술가로 명성을 얻었다. 그에 따른 수상 경력도 많고 다채로우며 미국·러시아에 이르기까지 여러 차례의 해외 공연도 수행했다.

그가 과거의 전통적 예술형식으로부터 자신의 관점을 확립했고 동시에 끊임없이 새로운 창의정신으로 문화충격을 도모해 나가고 있음을 주목해 보면, 그리고 리얼리스트와 모더니스트의 면모를 함께 끌어안고 있는 다면적 예술성의 소유자임을 관찰해 보면, 한국 연극사에 참으로 드물고 예외적인, 그가 강조하여 사용한 언어용법 그대로 그 자신이 '문제적 인간'임에 틀림없다. 그러기에 그는 〈일상적인 삶과 시적인 삶〉이란 글에서, "자기에게 주어진 운명을 거역하는 의지가 연극"이라고 잘라 말했는지도 모른다. 그가 직접 대본인 희곡을 썼거나 연출을 맡았던 대표 작품 곳곳에는 그의 이러한 '반역의 의지'가 번득이고 있고, 그러면서도 그것을 우리 연극계의 현실적 상황과 모양새 있게 악수하도록 하는 기발한 재주를 그는 지녔다. 탈일상적이면서도 통속적이고 지극히 예술지향적이면서도 현실타협적인, 복합적 성격의 소유자가 바로 그다.

이윤택의 출세작 〈시민 K〉는 1980년대 초반 신군부의 억압에 의한 정치·사회 현실을 배경으로 한 작품이다. 그는 이 작품을 두고, '지식인론'이라 언명했으며, 그 억압의 시대를 살았던 중산층 지식인, 소심한 지식인이 억압과 고통의 과정을 헤치고 올곧은 현실인식 및 자아성찰에 도달하는 모습을 그렸다. '시민 K'는 결말에 이르러 결국 죽음을 맞는다. 그 결말만을 두고 볼 때 시민 K는 패배한 인물이지만 그의 정신까지 패퇴한 것은 아니다. 그는 원래 혁명가가 아닌 보통의 소시민이었으며, 그 기회주의적인 소시민성을 극복하려는 성실한 노력이 오히려 많은 관객의 공감을 촉발했다. 대본의 중도에 민주 투사였던 김근태나 고문 경감이었던 이근안의 발언을 대사로 도입함으로써 현장감을 살리기도 했다.

이와 함께 살펴봐야 할 작품은 '권력의 형식'이란 꼬리표가 붙어 있는 〈불의 가면〉이다. 이 작품의 부제는 '문민시대에 그려보는 독재의 초상화'로 되어 있다. 이 연극의 대본은 '불의 기원에 대한 신화'를 바탕으로 한 동아시아적 제의성을 오늘날의 무대에 올리겠다는 의도를 가졌다. 이 불의 제의야말로 정치 권력과 온갖 삶의 부면들이 부딪치는 함축적 의미 구조를 형성한다는 것이 작가의 생각이다. 〈시민 K〉와 마찬가지로 권력 앞에서 지식인은 어떤 행위 유형으로 남는가, 억압과 독재의 중심을 지배하고 있는 광기와 지식인의 이성적 자기 표현이 어떻게 부딪치고 어떤 결과를 초래하는가를 치열하게 다룬 작품이 〈불의 가면〉이다. 이 엄중한 문제의식 때문에 연극 공연 시의 지나친 에로티시즘 노출까지도 그대로 묻혀 넘어간 독특한 사례를 보였다.

이윤택의 대표작으로 일컬어지는 〈오구〉는, 작품의 완성도보다는 전통적 예술 장르로서의 굿을 연극에 도입한, 이를테면 연극의 운동 범위를 현격하게 확장한 데 더 값을 두는 작품이다. 낮잠을 자다가 염라대왕에게 잡혀가는 꿈을 꾼 노모가 아들에게 산오구굿을 해 달라고 조른다. 아들은 마지못해 무당을 불러 굿판을 매설하고 노모는 도중에 급작스럽게 죽는다. 노모의 시신을 처리하는 과정이 희화화되면서 초상집에 저승사자가 출현해 상상을 넘어서는 해프닝을 벌인다. 이 작품이 발표되었을 때 평단과 언론은 매우 당황했다. 이윤택이 전통적 장례의례의 미덕을 해체하고 그 속에 담긴 허위의식을 날카롭게 적출했으며 그것은 지금껏 전례가 없는 발화방식이었기 때문이다. 결국 장례는 죽은 자가 아니라 산 자를 위한 '현세구복現世求福'의 굿판임을 적나라하게 발설했던 것이다. 거기에 죽음의 비극을 한국적 해학으로 치환하는 역설적 표현의 형식이 함께 결부되어 그 예술성을 높였다.

그렇게 사태의 핵심으로 파고들어 직접적으로 바로 말하기가 이윤택의 발화법인 셈인데, 설화를 소재로 도입하거나 설화를 패러디해서 작품을 구성하는 유사한 경우가 〈바보각시〉다. 이 작품에는 〈불의 가면〉을 '권력의 형식'이라 규정했던 것처럼 '사랑의 형식'이란 꼬리표가 붙어 있으며, '살보시' 또는 '육보시' 설화를 패러디한 것이다. 설화는 한 여인이 마을의 머슴·병신·문둥이·홀아비 등 소수자 약자들에게 살을 나누어주다 추방되었는데, 나중에 알고 보니 그 여인이야말로 현세에 재림한 부처였다는 이야기다. 〈바보각시〉에서 여인은, 신도림역에서 포장마차를 하는 벙어리 여인으로 재탄생한다. 그러나 벙어리 여인의 살보시는 집단 성폭행으로 그려지고 마침내 죽음에까지 이르는 비극적 사태를 노정한다. 극의 끝으로 가면서 여인은 보살이 되지만, 이 오늘날의 설화에는 저 옛날 설화의 진정성은 살아 있지 않다. 인간의 욕망과 죄, 참회와 구원의 여러 형상이 잘 형상화된 작품이다.

이윤택의 새로운 연극 예술에의 도전은 내용과 형식의 파괴와 재해석, 그리고 그것을 다시 하나의 연극적 양식으로 정립해 나가는 포괄적 기획력·추진력을 동반하고 있다. 그에게 과거는 단순히 지나친 구토故土가 아니라 현재와 긴밀히 연계되어 있는 전신이며, 미래 또한 무분별한 상상의 경작지가 아니라 과거와 현재를 잘 담아낼 그릇이다. 그것이 한국 연극사를 새로운 시대적 흐름 위에 세워 온 이윤택을 소중히 여기는 까닭이다.

굴절 많은 삶의 출발과 문학 입문

김종회(이하 김) 오늘은 우리 연극계의 이단아에서 출발하여 그 변혁의 시도로써 우리 연극의 본류를 이룬 이윤택 선생님을 모시고, 함께 자유로이 얘기를 나누도록 하겠습니다. 그렇게 함으로써, 우리 연극의 핍진한 과제가 무엇이며 또 그 진정한 방향성이 어떠해야 할지 검토해볼 수 있지 않을까 싶습니다.

먼저 이 선생님의 출생과 어린 시절 얘기부터 청하기로 하지요.

이윤택(이하 이) 1952년 생 용띱니다. 7월 출생인데 음력으로는 윤 5월이에요. 그러니까 음력으로는 생일이 60년에 한 번 돌아오는 셈이지요. 부산 동대신동에서 태어났습니다. 옛날 그곳에 부산형무소가 있었고 그 뒤로 적산가옥들이 있었어요. 김정한 선생님이 마지막에 사시다가 돌아가신 곳이기도 합니다.

김 부모님 말씀도 좀 해 주시지요.

이 부모님은 제 어릴 때의 당신들 얘기를 잘 안 해 주셨어요. 우연히 부산에서 무용하는, 그리고 예총 부산지회장을 지낸 배혜경이란 분을 만났는데, 그 분이 우리 누님의 부산여고 동기요 친구였어요. 그 분 말씀으로 우리 누님이 문학소녀였는데, 소설 쓴다고 가출도 하고, 도둑질에 관한 소설을 쓰려면 그 심리를 알아야 한다고 도둑질을 해서 체포되기도 하고 그랬대요. 그분이 우리 집안 사정을 대략 알더군요.

누님하고 저는 15년 차이가 납니다. 그때 부산공동어시장의 대중매인이었던 아버님이 우리 누님을 낳고 나서 15년 만에 가정으로 돌아오신 겁니다. 결코 평탄치 않은 가정환경이었지요.

김미도(이하 김미) 이 선생님 자제분들도 나이 차이가 많이 나지 않아요?

이 자매가 있는데 12년 터울입니다. 저는 12년 만에 돌아온 셈이 되네요.(모두 웃음) 저는 연극한다고 돌아다녔지만, 우리 아버님은 함경도 원산에서 시작해서 강원도 묵호 삼척 등지로 어장 일을 다니셨어요. 그러다가 갑자기 사업이 폭삭 망했어요. 어장 사업은 그 시절에 완전 도박이었거든요. 집안이 망한 다음 동대신동에서 초량 산복도로로 이사를 갔어요. 거기서 초량초등학교를 다녔고, 시험을 쳐서 그 어렵다는 부산중학교를 들어갔습니다. 만화가 박제동이 중학교 동깁니다. 그네 집이 만화방을 했었지요. 초량초등학교를 다닐 때 여선생님 한 분이 한글을 가르치는 데 시로 가르쳤어요. 지금도 그때 운율에 맞춰 썼던 시가 기억이 납니다.

김 한번 말씀해 보시지요.

이 "우리 집 앞 전봇대 키 크다고 우쭐대네. 목욕탕 집 굴뚝이 화를 내지요." 뭐 이런 식이었습니다. 제가 초등학교 시절부터 문학에 관심이 많았습니다.

신일수(이하 신) 이 선생은 부산중학교를 나와 경남고등학교로 가지 않았어요?

이 대개 부산중학교를 나오면 부산고등학교로 가는데, 저는 경남고등학교로 갔습니다. 중학교 때 제가 문제 학생이었죠. 검도 선수였는데 야구 선수들과 싸움이 붙었습니다. 목검과 배트가 동원된 그 싸움에서 제가 실력 발휘를 했어요. 만약 부산고등학교로 진학하면, 그 야구선수들에게 맞아죽을까 봐 도망치듯이 경남고등학교 시험을 치렀습니다.

김 문학은 언제부터 시작하셨나요?

이 중학교 다닐 때부터 시를 좀 썼습니다. 고등학교에서는 문예반에 들어갔어요. 그 분위기가 아주 리버럴하고 또 문예반 중에 〈학원〉 문학상에 당선된 사람도 있었어요.

이 고등학교 졸업하고 대학은 왜 안 가셨어요?

이 아니 못 갔죠. 공부 열심히 안 하고 놀다가 서울대 교육학과에 응시

했는데 떨어졌어요. 제가 떨어진 것이 1971년이었는데, 그 해 2월호 《진학》지에 실린, 서울대 입시 우수 작문 ABC 중 B가 내 거예요. 그래도 결국은 떨어졌죠.

신 그렇게 작문이 좋은데 좀 뽑아 주지. (모두 웃음)

이 시험에서 수학이 100점 만점에 20점 정도밖에 안 되었을 것입니다. 국어는 고등학교 때 전교 1등을 했었죠. 재수를 시작했는데, 공부는 안 하고 동대신동의 '깡패'로 알려졌었습니다. 다음 해 서울대는 공부 안 해서 못 치고 연·고대는 돈이 없어서 못 가고 지방대는 자존심이 허락하지 않아서 못 가고…… 그래서 서울연극학교를 가게 되었습니다.

젊은 날의 가파른 인생길, 여러 체험과 그 변주

김 서울연극학교는 지금 서울예술대학 연극과의 다른 이름이지요. 거기서부터 이 선생님의 연극 인생이 시작된 셈이로군요.

이 서울연극학교는 꼭 6개월을 다니다가 그만두었습니다. 그때 담임이 오태석 선생님이셨어요. 연기 담당이 오순택 선생님, 극작 담당이 윤대성 선생님…… 쟁쟁한 분들이셨지요.
입학 하자마자 연극 서클을 만들었습니다. 그리고 작품 두 편을 준비해서 부산으로 내려가, 부산의 예식장 두 군데를 빌려서 공연했습니다. 그중 한 편은 〈하늘 아래 땅 위에〉라는 제목이었는데, 제가 연출과 주연을 했었어요. 카뮈의 《오해》를 좀 쉽게 만든 작품이었지요. 그때 돈으로 90만 원 가까이 들었습니다. 등록금이 13만 원 하던 시절에 90만 원을 날렸으니 도저히 2학기 등록을 할 수 없었어요.

등록 안 한 채 학교를 두어 달 다니다가, 다시 부산으로 내려가 '무아無我 음악실' 이란 곳을 빌려 거기서 연극을 했습니다. 그리고 부산의 문예반 출신들을 모아 문학·연극·음악을 함께하는 'DA(딜레탕트 아티스트)' 라 는 이름의 종합예술 클럽을 만들기도 했어요.

1973년 12월 부산 시민회관 개관 첫 작품으로 제 작품이 올려지기도 했 습니다.

신 이 선생이 시로 문단에 등단한 것이 그 무렵 아니었나요?

이 1975년도의 일입니다. 부산에서 가장 오래되고 낡은, 유명한 클래 식 음악다방이 있었어요. '오아시스' 라고 했지요. 거기 죽치고 있으면 서 쓴 시가 〈시작詩作·1〉 〈시작·2〉 뭐 이런 것이었습니다. 이들을 《현대 시학》의 응모작품으로 보냈는데, 그것이 문단과의 인연이었어요. 그 러나 그때는 연극에 미쳐 있어서 계속해서 시를 쓸 생각은 하지 않았 습니다.

그 몇 해 후로 우리 집이 매우 어려웠고 어머니는 편찮으셨어요. 회복 가능성이 없어 보이자, 동대신동 개천에 나와 앉아서 '아, 정신 차려야 지, 이거 안 되겠구나' 하고 결심하여 '한전'에 입사했습니다. 1977년 밀양 한전에서 근무하면서 방송통신대학 초등교육과를 어렵게 들어가 공부했습니다. 시골 초등학교 교사가 되어 보려고 했었지요. 어쨌거나 그때 밀양 시절은 정신적으로나 육체적으로 아주 건강한 시기였습니다. 밀양은 참 좋은 도시죠.

김 그래서 나중에 '밀양연극촌'을 만들게 되었겠군요. 1980년대의 민중문학을 현장의 구체성이 없다고 비판할 때, 그 근거가 그 무렵의 노동 체험이었던 것으로 알고 있는데요?

이 한전에 들어가기 전 1976년에 마산의 '한일합섬'에서 염색가공부의 나염기사로 일했습니다. 의자도 없이 선 채로 8시간 동안 밤샘을 해야 했는데, '조장'이란 자가 여공들을 마음대로 건드리는 거예요. 또 월급날이 되면 마산 양덕동 일대의 깡패들이 공원들의 돈을 뺏었습니다. 노동의 세계는 한마디로 짐승들의 세계였어요.
결국 조장 한 녀석을 반쯤 죽여 놓고 도망을 가면서 그 회사를 그만두었지만, 그때 체험한 그 노동의 세계에 비추어 보면 1980년대의 민중문학 가운데 일부는 귀족적 사치와 같다는 비판을 가능하게 했죠. 관념적이고 피상적인 민중문학에 대해서는 제가 비판적인 글을 많이 썼습니다.

김미 문단에 나오기까지 재미있는 우여곡절이 많았던 것으로 아는데요?

이 1978년에 《현대시학》에 추천 완료한 〈천체수업〉은 마산 한일합섬에 있을 때 쓴 시였지요. 나중에 부산의 다방에서 이형기 시인을 만나보였더니, 전체 10행 중 마지막 1행을 지우는 것이 좋겠다고 하더군요. 그래서 9행이 되었습니다. 그 〈천체수업〉과 〈도깨비불〉 등의 작품으로 방송통신대학 문학공모에 응모했었습니다.

그때 담당 기자가 이성복, 심사위원이 황동규 선생님이셨어요. 황동규 씨가 "이 시는 너무 완벽하다. 분명히 기성 시를 베꼈을 것이다. 찾아봐라"고 했다더군요. 추천 완료는 전봉건 선생님으로부터 받았는데, 내 시를 보고 두 시간을 기다리게 하더니 그 자리에서 추천을 확정해 주셨습니다.

김 본격적으로 연극을 시작하기 전에 신문기자도 하지 않았습니까?

이 1980년도에 《부산일보》 기자 시험을 치렀는데, 제가 수석이었습니다. 그런데 그 입사 과정에 매우 재미있는 얘기가 있어요. 면접에서 제가 4년제 대학을 졸업하지 않은 지원 자격이 문제가 되었습니다. "기자 시험을 알리는 사고社告에 '4년제 대학 졸업자 및 동등 학력 소지자' 라고 되어 있는데, 너는 방통대도 졸업하지 않았으니 지원 자격이 없다"는 것이었습니다.

제게 반박할 근거가 있었습니다. 신문의 '사고' 에는 동등 학력의 '력' 자가 힘 력力자로 되어 있었거든요. 사실은 차례 력歷자의 오자였습니다. 저는 힘 력자 보고 시험 친 것이었어요. 그런데 수석을 했으니 어떻게 합니까? 전문대학 졸업 자격으로 입사하면 4급 사원이 되는데, 저보고 4급으로 입사하라는 거예요. 기자는 3급인데 제가 왜 4급을 합니까? 그냥 나와 버렸는데, 나중에 《한국일보》 논설위원을 지낸 김성우 씨가 그때 《부산일보》에 있다가 저를 합격시켰습니다.

그렇게 기자생활을 시작했지만 1980년대 '말' 의 죽음, 신군부 독재 시기의 억압된 언론 상황 아래서 제가 더 이상 말을 붙들고 있는 것이 도무지 체질에 맞지 않았습니다. 저 나름대로의 정신적 돌파구와 실천 실행의 길이 절실했습니다. 그래서 1986년 시무식을 마치자마자 기자직을 그만두고 구체적인 정서의 회복, 구체적인 사람들과의 만남을 통해 '몸'을 회복해 보자, 그렇게 마음먹고 연극으로 다시 돌아왔습니다.

연극 인생의 시발, 파란 많은 변혁과 창의의 도정

김 연극으로 돌아오는 데도 사연이 많았군요. 그러면 그 초기의 연극 활동과 그때의 생각에 대해 좀 말씀해 주시지요.

이 1986년 1월 신문사 사표가 수리된 후, 처음 한 작업이 무당굿이었습니다. 동해안 별신굿 그 자체를 그대로 무대에 올린 것이 그 해 4월이었어요. 이어서 5월에 오태석 선생님의 〈춘풍의 처〉를 기획 초청하는 등 본격적인 연극 활동을 시작했습니다. 그 무렵 연출했던 작품 목록은 여기저기서 다룬 제 연보에 나와 있습니다.

1989년 〈시민 K〉를 쓰고 연출할 때까지는 기존의 알려진 작품을 재구성하는 작업을 했지만 제가 직접 희곡을 쓰지는 않았어요. 이 작품부터 창작 희곡을 무대에 올리기 시작했습니다.

김 지금까지 이윤택 선생님께서 어린 시절의 삶에서부터 본격적인 연극 활동의 시작에까지 대체적인 말씀을 해 주셨습니다. 어렵고 어두웠던 부분에 대해서도 전혀 숨김없이 그대로 말씀해 주신 점, 고맙게 생각합니다.

그러면 이제부터 이윤택의 연극 세계에 대해 분석하고 비평하는 얘기들을 좀 해 보기로 할까요? 먼저 창작 희곡 작품은 잠시 미루어두고 연극 연출의 예술성과 그 가치에 대해서…… 신 교수님부터 말씀해 주시지요.

신 저는 이윤택 선생의 작품 대부분을 보았고, 또 무대 작업도 같이 해 보았습니다. 사실 저는 희곡 작가가 연출 작업을 하는 것을 원치 않습니다. 아무리 아끼는 작품이라도 제2의 창작자인 연출가에 의해 새롭게 해석되는 것이 중요하거든요. 우리 연극계에 대표적인 극작가이자 연출가인 분으로 오태석, 이윤택 두 분을 들 수 있는데, 이 분들이 자기 작품을 남에게 잘 안 줍니다.

이윤택 선생의 경우는 '해석적 연출가'에 그치지 않고 '창조적 연출가'라고 불러야 마땅할 수준에 도달해 있다고 봅니다. 〈시골선비 조남명〉을 연출할 때, 이 선생은 함께 작업하는 저에게 확실히 그런 수준을 보여주었습니다. 어쩌면 이 선생도 자기 작품에 대한 다른 사람의 연출을 못 믿겠다는 측면이 있을 것입니다.

많은 사람들이 이 선생을 '문화 게릴라'라고 부르지만, 여기에는 좋은 의미와 그렇지 않은 의미가 함께 포함되어 있다고 봅니다. 전방위적인 예술가가 갖는 창조적 장점은 살려나가되, 그것이 가지고 있는 부정적 의미, 곧 예술 영역에 대한 자기중심적 생각은 좀 고쳐 나가야 하지 않을까 싶습니다.

김 이윤택 선생님이 가진 전방위적인 능력은, 이 선생님이 가진 여러 예술적 재능과 결합된 독특한 성과가 아닐까요?

신   저는 좋은 연극예술인은 기본적으로 시인의 기질을 가져야 한다고 믿습니다. 시인은 언어의 연금술사 아닙니까? 그 연금술의 이면에 함축성과 생략이 없이 시가 되겠습니까? 이는 연극이 무대예술로서 보여줄 수 있는 절제 또는 압축성과 긴밀한 상관성이 있다고 여겨집니다.

좋은 연극은 좋은 희곡으로부터 출발합니다. 좋은 대본 없이 좋은 공연이 불가능하지 않겠습니까? 예컨대 아서 밀러의 《세일즈맨의 죽음》같은 경우, 고전이라 불릴 만큼 탄탄한 극적 구조를 갖고 있기 때문에 그토록 많은 공연이 이루어졌다고 봅니다. 이윤택 선생이 연출한 연극을 보자면, 그 희곡이 자기 것이든 아니든 상황에 맞게 좋은 작품을 고르는 눈이 뛰어나지요. 그것은 이 선생이 가진 문학적 재능, 시적 재능과도 관계가 있겠지요.

이 선생의 연출은, 연극이 즐거움, 엔터테인먼트를 줄 수 있다는 미더움을 갖게 합니다. 그것도 단순한 즐거움이 아니라 윤리적이고 미학적인 가치를 동반한 즐거움 말이지요. 이러한 점들이 연극의 생명력을 촉발하는 요인이 되겠는데, 종합예술로서 연극이 갖는 다양한 부면들과 이 선생의 다양한 재능이 행복하게 악수했다고 보여집니다.

김   이 선생님은 어떠신가요? 희곡을 쓰거나 연출을 할 때, 관객의 즐거움이나 미학적 가치들을 염두에 두고 작업을 하시나요?

이   그것은 사실 중요한 잣대입니다. 문학과 연극 사이를 오가며 제가 보았던 것은, 문학에서 이게 아니다 싶어서 이미 버린 것이 연극계에서 그대로 남아 있더라는 점입니다. 문학에서 이미 극복해 버린 것, 가령 사실주의라든가 아리스토텔레스적인 의고풍의 것이 상존하고 있는 대

목을 넘어서야 했습니다. 그것이 또한 관객과의 소통을 가로막고 있기도 했고요. 연극의 본령인 관객의 즐거움이나 새로운 가치의 창출을 염두에 두지 않고서 어떻게 뜻 있는 활동이 가능하겠습니까?

그래서 저는 저와 뜻을 같이한 김광림, 김명곤 등 연극판의 동료들과 판 그 자체의 성격을 바꾸는 일을 시작했습니다. 1994년도에 '우리극연구소'를 차리면서, "이는 1930년대의 '극예술연구회'에 버금가는 연극계의 사건이 될 것이다"라고 큰소리를 쳤지요. 1930년대 극예술연구회가 연극의 문학성을 기치로 들었다면, 그로부터 60년이 지난 시점에 우리는 연극의 연극성 그 자체를 찾아야 한다, 문학에 종속된 것이 아니라 독립된 가치를 찾아야 한다는 주장을 했습니다.

말이 아니라 몸의 미학을, 전통의 계승에 그치지 않고 그것의 적극적인 재창조를, 그리고 기존의 가치를 과감히 해체하고 새롭게 재구하는 논리를 펴 나갔습니다. 그 과정에서 저는 1996년 대산문학상 희곡부문을 수상하는 영광을 누렸습니다.

김 제가 그날 행사의 사회자여서 그때의 상황을 기억하고 있습니다. 수상작은 〈문제적 인간 연산〉이었지요?

이 그랬습니다. 오태석 선생님 다음에 제가 받음으로써 세대가 완전히 교체되었다는 논란이 있었지만, 저로서 더 영광스러웠던 것은 시 부문 수상자가 황동규 선생님이었다는 사실이었습니다. 그날 시상식장에서 저는, "희곡을 문학이라고 생각하고 써 본 적이 없다. 저는 연출가이며 연극 대본을 썼을 뿐이다. 이 상을 계기로 앞으로는 내 희곡이 문학이 될 수 있는가를 조심스럽게 생각해 보겠다"고 말했습니다.

사실 희곡은 도둑질이고 짜깁기이며 종합하는 예술의 힘을 가졌습니다. 그런 희곡이 위대한 희곡이며, 이는 셰익스피어나 괴테가 역사 과정을 통하여 이미 증명한 바입니다. 한 개인의 희곡은 1백 년을 가지 못합니다. 그러나 조상의 묘를 파헤치고 여러 가지 민중의 얘기를 주워담고 해서 만든 희곡은 천 년을 갈 수도 있습니다. 저는 이것이 희곡의 본질이라고 봅니다. 이 문제로 이강백 선생과 논쟁을 벌인 적도 있습니다.

이윤택의 희곡과 연극, 그 명암에 대한 평가

김 너무 우리끼리 오래 얘기했군요. 김미도 선생님, 오랫동안 이윤택의 희곡과 연극을 봐오셨을 텐데, 어떤 생각을 가지고 계시는지요?

김미 아마도 이윤택 선생님의 작품을 처음부터 지금까지 간단없이 지켜본 연극평론가로서는 제가 유일하지 않나 싶네요. 1988년 〈산씻김〉

이라는 작품이 서울에 처음으로 나타났을 때, 사람들은 이윤택을 잘 몰랐고 저도 몰랐습니다. 이 연극은 제가 다른 분의 권유를 받아 함께 가서 봤는데, 매우 놀랐습니다.

원초적인 강렬한 느낌, 에너지가 넘치는 연출가다라는 느낌을 받았고, 끝나고 나서 바탕골소극장에서 이 선생님과 마주 앉았는데, 그렇게 충격적으로 공연을 보고도 지방 연극에 대한 편견이 남아 뭔가 인정하고 싶지 않은 그런 마음이 있었어요. 이 선생님께서도 어린 게 와서 평론가라고 앉아 있는 것이 별로 마땅치 않으셨을 거예요.

이 사실 1980년대 말에는 서울 연극인들이 저를 무시했고, 오히려 문인들이 내 후원자였어요. 1988년에 〈산씻김〉, 1989년에 〈시민 K〉를 공연할 때 표를 팔아 준 사람은 평론가 이남호와 장석주, 그리고 소설가 신경숙 등이었어요. 《중앙일보》 기자로 시를 쓰던 기형도가 〈문화 게릴라 이윤택, 서울 입성〉이란 기사를 써 주고 소설가 이창동은 《예술평론》이란 잡지에 〈소설가가 본 '시민 K' 론〉을 써 주었습니다.

연극계에서 외면하는 동안 서울의 연극 무대에 얼굴이 알려지기까지 꽤 고생했는데, 1990년부터는 형편이 좀 나아졌습니다.

이 그때 제가 이십대 중반이었습니다. 서울에서의 첫 작품 〈산씻김〉을 아주 인상 깊게 봤기 때문에, 서울의 두 번째 작품이자 이 선생님의 첫 창작품인 〈시민 K〉는 제 발로 찾아가 봤습니다. 그리고 《주간조선》에 작품평을 썼는데, '이 사람은 정말 대단하게 될 사람이다' 라는 확신을 가졌습니다.

이후 거의 모든 작품을 버전이 바뀔 때마다 제가 보고 있는데, 그 확신이 틀리지 않았습니다. 섣부른 평가가 될지도 모르지만, 제가 한국 현대희곡사를 쓰려고 자료 준비를 하고 있는데, 그 과정에서 생각해 보면 이 선생님으로 인해서 20세기 한국 연극이 그 패러다임을 새롭게 바꾸었다고 여겨집니다. 이른바 신연극이 도입된 이후에 아주 중요한 패러다임이 한 번 바뀌는 그 경계에 서 있는 분이라고 판단됩니다.

김 대단한 평가로군요. 그와 같은 연극의 패러다임이 변화하는 데 이 선생님 외에 손꼽을 분은 없을까요?

김미 이윤택 선생님이 등장하기 이전에는, 제 판단으로는 오태석 선생님이 가장 독보적인 존재였습니다. 그 분의 작업을 두고 연극계나 평론가들이 보는 시각은, 그 독창성을 인정하면서도 저 사람은 이단이고 돌연변이이며 저 혼자만의 별난 세계가 있는 사람으로 치부하는 것이었습니다. 그러니까 항상 비주류였죠.
그런데 이윤택 선생님이 등장하면서 사정이 달라졌습니다. 두 분이 창의적인 공통분모를 많이 가지고 있고, 두 분의 뒤를 이어 젊은 세대들이 그 공통분모를 확산시켰으며, 그로부터 우리 연극의 오랜 사실주의적 전통이 극복 혹은 청산되기 시작했던 것이지요. 오태석에 의해 반사실주의적 연극이 시작되었다면, 사실주의의 강박에 대한 완전한 청산이 이루어진 것은 이윤택으로 인해서다라고 할 수 있어요.
특히 〈시민 K〉나 〈바보 각시〉 같은 작품을 두고 저는 세기말적, 또는 포스트모더니즘적 징후를 이끈 연극이라고 평한 바 있습니다. 이 선생님의 작품에서 목격할 수 있는 위트, 패러디, 재창작 같은 개념은 그 이전에는 우리 연극에서 특징적으로 드러나지 않는 것들이었어요.

김 그 무렵 〈오구-죽음의 형식〉도 상당한 반응을 불러오지 않았습니까?

이 그 작품은 제가 1989년에 쓰고 1990년도부터 연출을 시작해서 지금까지 매년 공연되고 있는 유일무이한 대중극이죠.

김미 이 작품으로 인해 연극에서 굿에 대한 논쟁이 본격적으로 시작되었지요. 오태석이나 손진책 같은 분들이 1970년대부터 전통적 소재를 원형적으로 복원하는 작업, 마당극과 같은 민중극을 창조적으로 변형하고 현대화하는 작업을 해 왔지만, 그것을 본격적으로 연극에 도입한 것은 이윤택의 이 작품이었던 것입니다.

오태석의 연극은 전통의 재창조와 현대화를 시도했지만 대체로 오태석 마니아들이 좋아하는 연극이었고, 이윤택의 〈오구〉가 성공하면서 전통의 현대화를 연극계 전반으로 확산시키는 계기를 만들었습니다. 그것은 또한 한국적 정체성이 있는 연극을 만들자라는 논의에 불을 당긴 사건이기도 했습니다.

또 중요한 하나는 그 이전에는 작가가 직접 연출을 하는 것이 오태석 씨가 유일했는데, 〈시민 K〉 이후에 작가 겸 연출가의 시대가 새롭게 시작되었다고 할 수 있습니다. 두 분이 그 길을 열면서 40대 전후반의 작가들이 이제는 대개 연출을 겸하는 시대가 되었어요.

최인훈이나 이강백 같은 희곡 작가로서의 양식이 뚜렷한 분은 별개지만, 오늘날의 연극에서는 희곡이 자기 스타일을 가져야만 살아남을 수 있게 된 것 같아요. 그러면서 희곡의 개념이 상당 부분 공연 대본으로 바뀌었습니다. 문학성을 강조하는 희곡에서, 작가가 연출가를 겸하면서 공연 대본의 성격이 훨씬 더 강화된 것이지요.

김 말하자면 희곡의 개념, 존재양식, 존립기반에 일대 지각 변동이 진행된 것이로군요.

김미 그렇습니다. 예를 들면, 이 선생님이 새로 재구성하여 언어를 거의 새로 쓰신 〈리어왕〉 같은 경우, 이것을 우리가 셰익스피어 작, 이윤택 연출로만 부를 수 있겠느냐는 것이지요. 이것은 희곡 자체의 굉장한 변화입니다. 셰익스피어의 원작이지만 이윤택의 연극적 의식이 그대로 녹아 있는 〈리어왕〉인 것이지요. 그와 같은 희곡의 개념이나 희곡의 연구에 큰 변화를 가져온 것을 한국 연극의 패러다임 변화라고 보는 것입니다.

김 연극평론가로서 내놓을 수 있는 최상의 수식어들을 사용하셨습니다. 이 선생님의 연극에 문제가 되는, 지적해야 할 부분은 없으신가요?

김미 이 선생님 자신이 말과 글에 능하신 분이고 논리도 명확하시기 때문에 강한 설득력이 있지요. 그러나 10년 넘게 지켜보니까 그 자체로서 모순이 되는 면도 없지 않아요. 예컨대 초반에는 해체와 패러디 쪽으로 가면서 연극성이나 극장주의, 즉 언어와 대사에 의존하지 않고 극장 안에서 동원 가능한 모든 요소를 중시하는 태도가 이 선생님으로부터 만들어졌는데, 근래에는 다시 문학성으로 회귀하고 있다는 생각이 듭니다. 또한 연극 내부의 민중이나 연극 밖의 관객을 모두 우매하게 보고 언제나 계몽하려는 태도, 작품의 뒷부분에서 설명적으로 어떤 메시지를 전달하거나 강요하려는 방식이 불만이었습니다. 그런데 〈사랑에 속고 돈에 울고〉 같은 신파극을 다시 조명하면서부터는 대중성에 대해 새롭게 인식하신 것 같습니다. 강요하는 계몽성이 아니라 자연스럽게 녹아 있는 메시지로의 전환 말입니다.

문학성과 연극성 사이, 그리고 문학적 정통주의로의 회귀

김 지금까지 우리는 그야말로 자연스럽게 이윤택 선생님의 연출에서 희곡 작품에 이르기까지 광범위한 검토를 해 왔습니다. 이제 김미도 선생님이 말씀하신 문학적 정통주의로 회귀하는 문제에 대해 얘기해 보기로 하죠.

김미 연극의 문학성 편중을 극복하고 연극성과 극장주의를 강조하는 경향은, 시청각적인 요소를 너무 강조한 나머지 연극이 지나치게 표피적이고 볼거리 위주로 나간 문제점이 있습니다. 좀 전에도 신 교수님께서 연극과 시의 상관성에 관한 말씀을 하셨습니다만, 연극은 보여지는 시죠.
이 선생님의 희곡에는 시적인 감수성, 리듬이나 운율, 압축 및 생략과 비유 등 여러 가지 문학적 장점이 잠복해 있습니다. 근자에 이 선생님 희곡이 문학성을 다시 회복하면서, 작품이 더 좋은 방향으로 나아가고 있는 느낌입니다.

김 이 선생님이 20년 동안 작품을 써 오시면서, 그만한 세월을 일관성

있게 작업한 사람에게서 느껴지는 원숙성이 있지 않겠어요? 본인은 이 20년의 작업이 가져다준 성향이나 성과에 대해 어떻게 생각하시나요?

이 제가 가장 좋아하는 연출가는 오태석 선생님이고 가장 좋아하는 시 인은 이성복입니다. 왜 이 분들을 좋아하느냐 하면 그 작품 세계에서 볼 수 있는 '기이성' 때문입니다. 그 기이성을 제가 좋아합니다. 그런데 제가 그 기이성의 주인공이 되고 싶지는 않습니다. 저는 체험과 지식이 공여하는 균형감각을 높이 삽니다. 비판적 지식인이라는 것은 어느 편 을 드는 것이 아니라, 기운 쪽의 반대편에 서서 무게중심을 잡아 주는 것이 아닐까 해요.

저의 20년 연극 인생은 바로 이 논리로 설명될 수 있을 것 같습니다. 처 음에 우리 연극계가 연극성을 너무 무시하고 있다고 생각되어서 이를 강화했고, 그러다 보니 또 문학성을 지나치게 매도하고 있어서 이제는 이를 강화하는 방향으로 갑니다. 그러나 지금의 문학성은 과거의 문학 성과는 다른, 변증법적 문학성이죠. 이처럼 끊임없는 변증법적 거듭나 기가 제가 걸어온 길이 아니었나 합니다.

신 이윤택 선생의 작품 속에는, 다른 사람들과 구별되는 확고한 자기 세계가 있습니다. 그중에서도 우리의 전통적인 것에 기반을 둔 작업, 아마도 이 선생도 가장 한국적인 것이 가장 세계적인 것이라는 표현에 동의할 것입니다.

이 선생은 일본에 이미 잘 알려져 있고, 중국 연극계에서도 관심을 보 이고 있으며, 독일에서도 초청받아 작업을 하곤 합니다. 이제는 세상이 국경으로 나누어지는 시대가 아닙니다. 가장 근원적인 자기 것의 탐구가 보편화 과정을 거치면, 다시 말해 이윤택이 가장 전통적인 것 하나를 추구하여 그것이 보편성을 획득하면, 그것으로 세계적이 될 수 있다는 거죠.

김미 저는 수업시간에 가끔 이런 말을 합니다. "오태석은 연극의 천재고 이윤택은 연극의 영재다." 오 선생님의 연극은 기발한 상상력 면에서 누구도 따라갈 수 없고, 때로 연극에서 그것이 넘쳐서 주체할 수 없는 정도가 되면 객관적 거리감각이 상실되기도 합니다. 그래서 항상 주관성에 빠져 있다는 느낌이 듭니다.

이 선생님의 연극은 여러모로 뛰어나면서도 객관성을 갖춘 장점이 있습니다. 그러기에 서너 시간짜리 연극을 할 수 있는 거죠. 아마도 오 선생님 연극을 서너 시간 보라고 하면 저는 못 볼 거예요. 이 선생님의 경우는 대중들이 자기 작품을 어떻게 보고 있는가에 대해 객관적 시선, 심지어 비판적 시선까지 갖추고 있다고 여겨집니다. 객관적이고 종합적으로 자기 작품을 완성해 가는 능력이 뛰어나다고 보고 '영재' 라는 이름을 붙입니다.

오 선생님의 작품은 정말 천재적이고 기발하지만, 앞으로 후대에 남을 고전, 그 고전을 누가 더 많이 남길 것이냐를 말하자면 저는 객관적 형식을 갖춘 이 선생님 쪽에 더 비중을 둡니다.

김 T. S. 엘리엇이 쓴 〈전통과 개인의 재능〉이란 글을 보면, "문학사는 후대의 작품에 의해 끊임없이 교정된다"라는 유명한 말이 있습니다. 두 분이 사제관계이면서 연극사의 발전 단계를 바통 터치하면서 담당하는 소중한 인과관계에 있으시군요.

이 저는 개인적으로 오 선생님을 아주 좋아합니다. 저는 그 분께, "선생님은 영원한 아방가르드이고 저는 대중극 연출가입니다"라고 말씀드린 적이 있어요. 그랬더니 선생님께서, "아방가르드는 불어지. 야, 우리 영어로 하자. 나는 아마추어고 너는 프로다 이 말이냐?"고 하셨어요. 이 분은 연극이라는 꽃을 만들어 팔지요. 그냥 팔기만 해요. 저는 그 분의 영향을 많이 받았습니다. 그런데 저는 꽃을 그냥 팔기만 하는 것이 아니고 장사하러 돌아다니는 쪽입니다. 오 선생님이 심화의 단계라면 저는 확산의 단계에 해당한다 할까요? 오 선생님은 리얼리즘을 싫어하고 감성적인 분인데, 저는 논리를 좋아해요.

죄송한 말이지만 우리나라의 평론가들은 작품평을 쓸 뿐, 자기 관점을 가지고 세상을 보는 눈이 없는 것 같아요. 그래서 대개 제 작업에 대해서 아예 제가 쓰고, 제가 죽어서도 공연될 제 작품과 함께 그것을 후대에 남기자는 사뭇 오만한 생각도 하곤 합니다.

우리 연극의 과제와 앞으로의 방향성 문제

김 그것은 매우 방어적일 뿐 아니라 공격적인 태도이기도 하군요. 이제 남은 시간에는 우리 연극의 과제와 앞날의 방향성에 관해 얘기하기로 하지요.

이 저는 희곡의 원본을 과감하게 수정해서 무대에 올리곤 합니다. 그 문제로 이강백 씨와 또 논쟁을 한 적이 있습니다. 그렇게 변형된 것을 두고 당신 작품이 아닌데 어떻게 그렇게 뜯어 고치느냐는 공격에, 저는 이렇게 말했죠. "원본으로서의 희곡이 어디 가는 것이 아니지 않느냐. 희곡 원전으로부터 대본을 변경하는 것은 연출의 자유다."

셰익스피어를, 그중에서도 《햄릿》을 한번 보세요. '누구누구본'하는 햄릿 대본이 수십 가지예요. 그러나 작가는 셰익스피어지요. 결과적으로 희곡이 훼손되는 것이 아니며, 공연 대본은 연출가의 창의력에 맡겨두어야 합니다.

신 이 선생이 이렇게 말하면서도 자기 작품을 놓아 버리지 못하고 직접 연출을 하곤 해요. 자기 그림이 너무도 뚜렷하기 때문에, 다른 사람에게 맡겨도 손상되거나 문제될 것이 없을 터인데도 말입니다.

황지우 씨가 이 선생의 작업과 관련하여 이렇게 썼습니다. "그에게 멈춘다는 것은 아마 죽음과도 같을 것이다. 그러므로 그의 말처럼 살아 있는 동안은 날마다 축제이어야 한다." 그 '날마다 축제'의 정신과 기백으로 일관함으로써, 오늘의 이윤택이 있게 되었을 것입니다.

이 그러나 황지우나 이성복과 저는 아주 다릅니다. 그들은 귀족적인 예술인이고 저는 누항에 사는 사람이지요. 그들이 문학을 하고 제가 연극을 한 것도 그러한 기질적 조건과 상관이 있습니다. 문학의 말은 배워서 하는 것이죠. 그러나 연극에서 사용하는 몸은 흉내 내기입니다.

말은 학습이기 때문에 한계가 있지만, 몸의 영혼이나 몸의 표현 같은 연극의 본질은 그와는 장르의 성격 자체가 다릅니다. 만약에 앞으로 제 희곡에 문학성이 강화된다면, 이러한 문학과 연극의 상관성에 관한 관심의 증폭이 반영될 것입니다.

김 오늘날과 같은 세계화 및 지구마을화의 추세 속에서, 우리 연극이 세계 무대를 향해 나아갈 때 중요한 과제가 있다면 무엇이라고 생각하시나요?

이 우리 연극은 더 이상 '연극적'이라고 하는 틀 속에 갇혀서 대중으로부터 소외된다고 탄식하고 있어서는 안 됩니다. 보다 개방된 사고가 필요해요. 새로운 세기에 젊은 세대의 감각이 엄청난 패러다임의 변화를 가져오는 마당에, 과거의 스테레오 타입은 발전적으로 해체되고 또 재구되어야 한다고 봅니다.

연극은 '민족적'이라는 한계를 벗어날 수 없어요. 연극은 개성과 다양성의 산물이기 때문에, 한국인은 한국인의 개성을 가장 잘 보여주는 것이 곧 세계화의 길입니다. 다만 주체성 없이 섣불리 세계화한다고 하다가 잡종교배가 되어서는 안 됩니다.

김 마지막으로 이윤택의 희곡과 연극에서 꼭 지적해야 할 결함이 있다면 어떤 것일까요?

김미 이 선생님의 연극을 보면, 음악에 대한 이해도가 굉장히 높아요. 또 무대장치나 무용 안무 등 다른 장르의 예술적 요소를 연극에 도입하는 감각도 놀랍습니다. 셰익스피어를 받아들여 자기의 것으로 재해석하는 것을 보면, 대상을 스펀지처럼 빨아들이고 그것을 다시 자기 걸로 녹여 내는 능력이 뛰어난 분입니다.

문제점으로 지적하기보다 바라는 것을 말하자면, 〈문제적 인간 연산〉 이후의 생각인데, 고전에서 모티프를 가져오기보다는 이제 자신의 독자적 창작품을 많이 남기셨으면 좋겠어요.

신 이 선생께서 더 좋은 희곡을 남겨 주실 것, 그리고 본인의 희곡은 이제 더 이상 직접 연출하지 않았으면 좋겠다는 것 등입니다.

이 그동안 내내 생각해 온 것입니다만, 제가 앞으로 시를 쓸 수 있을까가 의문입니다. 시적 상상력을 20년 동안 연극 쪽으로 확산시켜 왔는데, 제가 다시 시를 쓸 수 있어야 새로운 희곡이 나올 것이라는 예감입니다.

김 쓸 수 있을 것입니다. 이것은 단정적 결론이 아니라, 그간 이 선생님이 보여주신 문학과 연극의 도정, 그리고 그 내면적 요구를 관찰하고하는 말입니다. 그리하여 우리 연극, 또 문학에 더 굵은 족적을 남겨주시기를 기대합니다.

지금까지 장장 세 시간에 걸쳐, 이윤택의 연극과 문학, 그 교감과 변증법적 발전 과정을 토의해 보았습니다. 오늘의 이 자리가 한국 연극의 미래와 관련하여, 의미 깊은 계기가 되었으면 합니다.

이윤택 극작가, 연출가 | **신일수** 무대미술전문가, 한양대 교수
김미도 연극평론가, 서울산업대 교수 | **김종회** 문학평론가, 경희대 국문과 교수

이문열

문학의 눈으로
시대의 중심을 바라보기

1948년 경북 영양 출생하여, 검정고시를 거쳐 서울대를 입학하였으나 중퇴했다. 1977년 단편 〈나자레를 아십니까〉가 대구매일신문 신춘문예에 가작으로 당선되면서 등단하였고, 1979년 동아일보 신춘문예에 중편 〈새하곡〉이 당선되었다. 주요 작품으로 《사람의 아들》《그해 겨울》《금시조》《시인》《선택》《아가》 등이 있으며, 〈오늘의작가상〉〈동인문학상〉〈이상문학상〉〈현대문학상〉 등을 수상했다. 현재 자택 겸 문학가 기숙 시설인 부악문원 대표로 있다.

:: 재능에 화려를 덧입은 작가

왜 이문열인가

1977년 대구매일신문 신춘문예에 〈나자레를 아십니까〉를 '문열이'로 하여 문단에 나온 작가 이문열의 본명은 이열이다. 그가 왜 스스로의 이름에 '문文' 자를 더하였는지는 설명이 주어진 바 없으되, 작가로 일생을 일관하기로 작정했을 그 마음 주변은 미루어 짐작할 만하다. 그때 1970년대 후반부터 오늘에 이르기까지 30여 년을 두고 지속적 작품 창작과 대중적 관심 유발을 한결같이 유지해 온 작가가 이문열이다. 그리고 이를 아우르는 작가로서의 명성과 영향력이 우리 사회의 중추적인 문제와 곧바로 소통된 매우 드문 사례의 주인공이 이문열이기도 하다.

한국 문단에서 이문열만큼 많은 소설을 생산하고 그 내용도 다양다기하며 그렇게 많이 해외에 번역 소개된 작가는 없을 것이다. 그의 작품 세계는 아득한 동서양의 고전에서, 유서 깊은 자기 가문과 파란만장한 가족사에서, 자신의 성장 체험 또는 폭넓은 인문적 견식으로부터 글감을 취하는가 하면, 동시대 사회의 핵심이 되는 쟁점을 이야기의 양식으로 재현하는 등, 백화난만한 화원을 연상케 하는 소재의 잔치를 매설한다.

이와 더불어 그가 다루는 주제는 그것이 동서고금 어디에서 발원했든 마침내는 우리 삶의 깊고 예민한 핵심을 환기하고 있다. 어쩌면 그것은 지속적 반복 학습을 통해 얻어진 후천적 재능이기 보다는, 그의 기량과 성향이 발 빠르게 추수하고 있는 선험적 감각으로부터 말미암을 터다.

그러기에 그와 같은 작가를 보유하고 있다는 사실이 우리 시대의 문학 또는 문화 일반에 있어 하나의 축복이라 할 수도 있겠다. 물론 1990년대 이래 지금까지 그가 휘말린 사회적 논쟁들로 인하여 이 작가를 '뜨거운 감자'로 바라보는 시각들, 정통적인 보수주의의 대언자이거나 무분별한 체제순응주의의 대명사라는 상반된 시각들이 없는 것은 아니다. 그것은 그 자신의 작가로서의 운명과 더불어, 우리 사회가 장기적으로 풀어 나가야 할 해묵은 숙제이며 쉽사리 공과를 논증하기 어려운 구조적 성격을 지녔다. 다만 이 모든 논란의 난무와 주의주장의 충돌에도 불구하고, 그가 우리 시대의 가장 중심에 서 있는 작가라는 사실을 부인할 길은 없어 보인다.

이문열은 기구한 인생 역정을 살았다. 검정고시를 거쳐 어렵게 입학한 서울대를 중도에 그만두고, 고시공부를 하다 작가의 길을 걸었다. 장편소설 《영웅시대》에서 보듯 이념의 허상을 좇아 월북한 아버지를 둔 이 땅의 아들이, 그 내부에 충일한 '문'의 재기를 따라 작가로 입문한 것은 아마도 최선의 선택이었는지도 모른다. 《영웅시대》에서 《변경》에 이르는 장편의 세계에서, 그는 그 불우하고 회한에 찬 가족사를 거의 그대로 드러내었다. 작품 활동 초기의 성장소설들이 작가로서의 존재 증명을 위한 하나의 통과의례였다면, 이 가족사 소설들 또한 그가 성숙한 작가의 단계를 밟아가기 위한 또 하나의 통과의례였을 것이다.

이문열이 소재와 주제, 그리고 문학성과 사회적 전파력에 이르기까지 다각적으로 확대해 놓은 우리 문학의 지평은 언어의 장식과 형식 실험, 그리고 속도감 있는 순발력을 앞세운 다음 세대의 작가들에게서는 기대하기 어려운 성과가 될 가능성이 많다. 그보다 앞선 세대에 견주어 문학적 친족관계를 찾아보자면, 호활하고 장엄하기가 그 자신이 마음으로부터 기리는 작가 이병주 정도가 될지 모르겠다.

필자가 만난 이문열은 그처럼 많은 특징들, 재능의 호사와 명성의 화려를 덧입고도 한편으로는 소박한 옛 성정을 그대로 지닌 인간적 매력을 잃지 않고 있었다. 그러나 문제는 아직도 남은 날이 많은 그의 내일이 그러한 편의적 관찰의 눈을 넘어 명실공히 한국을 대표하는 작가로서 원숙한 문학과 품성의 축적을 더해 가는 날들로 채워져야 한다는 사실이다. 누릴 수 있고 가진 것이 많을수록 자기 절제의 칼날도 매서워야 한다는 보편적 법칙 아래 이문열도 결코 자유스러울 수 없다는 뜻이다.

필자는 그와 더불어 문예지들에서 문학 대담이나 좌담을 함께 한 적이 있고, 경남 하동에서 시발된 이병주문학제에 강연자로 동행한 이후 그 사업과 행사에 함께 참여한 적이 있으며, 그의 거소이자 문학인 기숙시설 부악문원에서 몇 분과 함께 밤늦도록 통음을 해 본 적이 있다. 이 글을 쓰는 동안 그 옛일들을 돌이켜 보니, 그와 함께 나눈 대화들이 대부분 버릴 것 없는 저마다의 무게를 안고 있었음을 인정하게 된다. 그런데 개별적 교분의 관계이든 객관화된 공인의 관계이든 그것이 나만의 감상에 그칠 리 없으니, 그가 우리 시대와 사회, 그리고 우리 문학에 바친 그 많은 언어의 성찬들이 날이 갈수록 의미 있게 평가받을 것이라 사료된다. 그런 연유로 필자는 여기서 '이문열'에 대해 말하고 있다.

:: 시대 현실에 대한 탐색과 번민

삶과 작품세계

이문열은 1948년 서울 청운동에서 3남 2녀 중 셋째로 태어났다. 6·25의 발발과 함께 공산주의자였던 아버지 이원철의 월북으로 인해 남은 가족들은 많은 고난을 겪어야 했다. 어머니와 5남매는 지금의 그가 고향으로 치부하고 있는 경북 영양과 안동, 서울, 경남 밀양 등지로 전전하며 어렵게 삶의 행적을 이어 갔다. 이러한 상황은 마찬가지로 아버지가 월북한 작가 김원일의 가계와 매우 닮은꼴이다. 군사정권 시기를 지나오면서 월북자의 가족에게 연좌제가 적용되는 환경, 그리고 '아비상실'과 생활고의 이중적 난관은, 그의 생활 태도는 물론 소설 창작 경향에도 많은 영향을 미쳤다. 앞서 언급한 초기의 성장소설 및 《영웅시대》와 《변경》 등의 작품에 그러한 상황이 직접적으로 표현되어 있다.

이문열은 1965년, 고입 검정고시를 거쳐 적을 두고 있던 안동고교를 중퇴하고 다시 대입 검정고시를 거쳐 1968년 서울대 사범대학 국어교육과로 진학했다. 대학을 중퇴하고 고시 공부에 열중했으나 실패했으며, 설혹 지필고사를 통과한다 할지라도 임관이 불가능한 형편이라 중도 작파는 당연한 수순이었다. 완전히 맥이 빠진 상태에서 결혼을 하고 1973년 군문에 입대, 3년간을 통신보급병으로 근무했는데, 후문에 의하면 이 시기에 한시 암송을 낙으로 삼고 지냈다 한다.

1976년 제대 이후에는 영양으로 돌아갔다가 곧 대구로 나왔으며 2년간 대구 학원가를 전전했다. 그런 와중에 1977년 대구매일신문 신춘문예에 〈나자레를 아십니까〉가 가작으로 입선하고 동 신문사에 입사하여 일하던 중, 이듬해인 1978년 동아일보 신춘문예에 중편 〈새하곡〉이 당선되어 작가로서의 이름을 내걸었다. 오늘날 한국문학 정상의 작가 이문열은, 이토록 험한 역정을 거쳐 그 첫 출발선에 섰다.

이문열은 스스로의 일기에서 "내가 작가가 되려는 것은 기른 신념에 의해서가 아니라 극히 수동적인, 예감에의 복종에 지나지 않다"고 적었으며, 이 어법 속에는 고단하기 이를 데 없는 현실 가운데서 글쓰기가 하나의 도피처로 작동했음을 말해준다. 어느 대담에서는 "기본적으로 내가 던져져 있는 상황은 고통과 외로움이고, 그것을 잊기 위한 가장 좋은 수단으로 택한 것이 글쓰기였다"고 고백했다. 하지만 이는 그 출발과 관련된 언어적 표현들이며, 작가로서 그의 운명은 스스로 능동적 운동력을 이끌어 낼 수밖에 없었을 것이다. 그의 또 다른 일기는, "이미 이 오늘에 이른 이상 소설은 내 지상이며 문학은 내 종교가 되어야 한다"고 다짐하고 있다.

이문열의 작품 세계는 다양한 소재와 주제를 다루면서도 그에 대한 해박한 지식과 자료로 서사를 뒷받침 하고, 화려한 수사와 문체로 능란한 이야기꾼의 모습을 보여 왔다. 작가로서 주목을 받고 관심이 집중된 만큼 그에 대한 논의도 다양하며, 낭만적·허무주의적·관념적 등의 경향을 설명하는 여러 견해들이 있어 왔다. 그의 작품 속에서는 이야기의 갈등을 풀어 가는 과정이 비유적 또는 상징적으로 제시되기도 하고, 자아에 대한 성찰이나 작가로서의 자의식이 맨얼굴로 드러나기도 하며, 문제 해결의 방법을 내면에서 찾는 창작 방식을 보여주기도 한다. 이러한 다양성은 그것대로 하나의 미덕이 되어, 그가 지속적으로 작품을 쓰는 성실한 작가라는 측면과 그처럼 다층적인 세계인식을 펼쳐 보일 수 있는 재능 있는 작가라는 측면을 동시에 표방하고 있다.

그의 작품들은 그 지향점을 작가 개인의 문제로 침잠시키지 않는다. 개인적 주관 없이는 일정한 빛깔을 가진 세계관이 형성되기 어려운 형국이겠으나, 거기에 연계되어 있는 사회사적인 양상과 그에 대한 이해 및 비판의 인식을 도출하는 데 더 큰 관심을 기울인다. 그렇게 사회와 역사에 대한 관심과 대응의 패턴을 보여주는 작품이 연도별로 《사람의 아들》《황제를 위하여》《영웅시대》《변경》《구로아리랑》 등이라 할 수 있다. 이들은 신화와 역사의 모티프, 분단 현실이나 당대 사회의 문제 등을 반영한 작품들이다.

그런가 하면 이들의 세계에 이르는 길목으로서 작가의 개인적인 경험과 주변 인물들, 특히 가문과 가족의 일원들에 대한 기억을 형상화한 자전적 작품들이 다른 군집을 이루고 있다. 역시 연도별로 《젊은 날의 초상》《그대 다시는 고향에 가지 못하리》〈금시조〉〈시인〉〈선택〉 등이 이에 해당하는 대표적인 작품들이다. 이 작품들 속에는 시대적 배경과 더불어 결코 벗어 버릴 수 없었던 작가 자신의 청년 시절과, 근대적 역사의 질곡 속에서 파편화되어 무너져 내린 가족사에 대한 기억들이 잠복해 있다. 또한 자아에 대한 성찰과 예술가로서의 자의식이 드러나기도 한다. 이 개인적인 바탕을 가진 작품들은, 그러나 어김없이 시대 현실에 대한 탐색 및 그로 인한 번민의 시각과 연동되어 있다.

　그러자니, 1992년에 펴낸 그의 산문집 제목처럼, '시대와의 불화'를 건너 뛸 길이 없었다. 그가 1990년대 이래 지금까지 정치적 이데올로기와 관련된 그 많은 불화를 겪어 온 만큼, 1997년 《선택》의 발간 이후에는 페미니즘 논쟁으로 그에 못지않은 불화를 장(場)을 달리하여 또 겪어야 했다. 그의 논리 가운데는 일견 자기모순으로 어긋나 보이는 대목이 없지는 않다. 특히 페미니즘의 여성 해방운동을 해석하는 관점에 있어서는 더욱 그러한 부분이 있다. 당초 상상력의 행로를 따라가는 문학을 두고 이념적 도구들로 무장한 논리의 칼날을 들이대는 마당에, 그 논쟁들은 그다지 생산적이지 못했다.

　이러한 시련의 과정들, 한 나라를 대표할 만한 작가가 감당해야 했던 혹독한 세상살이 수업료는 얼핏 아직도 모두 지불되지 못했다는 후감이 남는다. 작가 홍위병이나 포퓰리즘과 같은 용어를 동원하여 지적하고 반박했던 사회 현상은, 그 양태가 바뀌었을 뿐 아직도 변함없이 살아 있기 때문이다. 그것의 개선을 도맡으려는 의욕에 반작용으로 부딪쳐 올 힘의 강도는, 자칫 작가의 창작 욕구를 말살할 수도 있는 강고한 것임을 유의할 필요가 있다. 그가 일찍이 '신들메를 고쳐 매며' 새롭게 다짐하던 화해와 조화의 길을 다시 출발해 보기를 기대한다. 작가 개인을 위해서나 한국문학의 위상을 위해서나, 그것이 이제는 험한 언덕 너머에 펼쳐진 푸른 초원으로 가는 길이어야 하겠기에 말이다.

분단시대의 삶과 문학, 이문열 문학의 좌표

김종회(이하 김) 그동안 이문열 선생님의 작품 그리고 전반적인 작품 세계에 관해서는 수도 없이 많은 논의가 있었고, 또 그에 대한 평가도 어느 정도 정리가 되어 있다 하겠습니다. 오늘 이 자리에서는 작품에 관한 논의보다는 문학과 사회현실, 우리 시대에 있어서 문학의 의미와 그것을 추구해 온 이문열의 생각 및 방향성 등을 중점적으로 다루도록 하겠습니다.

해방 이후 우리 사회의 시대적 성격을 통칭하는 개념으로 '분단시대'라는 용어를 사용합니다. 이는 단순히 남북분단의 편 가름 현상을 말하는 것이 아니라, 우리 사회가 감당하고 있는 주요한 민족모순으로서의 분단문제가 우리 삶의 실체적 현실이 되고 있다는 의미이겠지요.

그런데 이 분단시대의 삶과 문학의 지평 위에 이문열 문학을 올려놓는 것은, 오늘 여기서도 우회할 수 없는 하나의 단계가 되지 않을까 싶습니다. 개인적인 가족사, 이 분야를 다룬 이름 있는 소설들, 그리고 남북현실에 구체적으로 개입된 여러 상황들을 덧붙여 말할 수 있겠지요.

실제로 이 선생님은 이 분단 비극의 가족사를 해명하지 않고서는 작가일 수 없다는 강박관념에 시달렸다고 토로한 바 있습니다. 오늘 얘기를이 대목에서 시작하는 것은, 그것이 이문열 문학의 출발, 곧 발생론적구조와도 관련이 있기 때문입니다. 이 문제에 관한 이 선생님의 생각을좀 말씀해 주시지요.

이문열(이하 이) 분단시대와 분단문학을 내 삶과 문학에 바로 대입시킬 때는 참으로 곤혹스럽습니다. 분단 상황이 내 문학적인 삶을 관통하는 규정이 아니겠는가 싶을 정도로 중요하게 생각되었던 것은 사실입니다. 하지만 동시에 그 규정에서 자유롭고 싶다는 열망도 있었지요. 그러다가 근간에 원한 것도 아니었는데 이런저런 쟁론의 중심에끼어들게 되면서, 이 문제를 다시 한 번 깊이 생각하게 되었습니다. 어쨌든 분단이 내 문학적 생리의 밑동과 맞닿아 있다는 점은 부인할 수없겠지요.

이인화(이하 이인) 저는 이문열 문학을 분단문학의 알레고리로 보는 것은 좀 문제가 있다고 생각합니다. 그동안 우리 평단의 흐름이 분단문학에 대한 의미 부여가 중요했고 또 이문열 선생님의 개인사가 분단문학에 관한 논의를 유발할 수밖에 없었던 것이 사실입니다. 하지만 시대적환경이 변화한 오늘날에 와서는, 산업사회의 여러 변모 과정과 양상을담아내고 이를 장편소설의 미학으로 열고 있는 이문열 문학을 너무 한정적으로 수식하는 결과가 될 수도 있다고 여겨집니다.

정현기(이하 정) 이문열 문학의 큰 부피를 몇 마디로 요약하는 것은 어려운 일이겠지요. 그런데 오늘 이 좌담을 위해 이문열의 작품을 계속 읽는 동안에, 나는 이문열이야말로 한국문학에 있어서 분단과 통일문제의 핵심을 드러내는 작가라는 생각을 했습니다. 특히 단편 〈아우와의 만남〉을 읽고, 남북분단이 배태한 두 집단 또는 체제의 상관성과 차별성을 꿰뚫어 보고 있다고 느꼈습니다.

월북한 지식인 가족들의 주리 묶인 삶의 내역을 보여주는 데 있어서, 이문열은 그 질곡의 한복판에 서 있었습니다. 그는 이 문제에 관한 초심을 보여주면서 동시에 현재진행형으로 존속하는 민족분단의 아픔을 지닌 작가입니다.

김 이문열 문학을 보는 시각에 있어서 두 분의 견해에 다소 차이가 있어 보이지만, 그것은 관찰의 방향과 대상이 조정되어 있을 뿐 실상은 크게 다른 얘기가 아닐 것입니다. 이 선생님이 분단시대의 성격적 특성에 그 삶과 문학의 출발을 두고 있는 것이 분명한 만큼, 작품 세계의 상당한 변화 또는 발전이 이루어졌다 할지라도 그 본질 자체가 달라지는 것은 아닐 터이지요. 그러나 이인화 선생님의 말씀은, 이문열 문학의 활달한 다양성이 분단시대나 산업화시대라는 환경적 개념으로 한정하거나 규제할 수 없는 측면을 보인다는 뜻으로 이해됩니다.

그러나 이러한 논의의 확장이 가능한 상황의 기저에는, 분단시대의 상대역으로서 북한이 과거와 어떻게 달라졌으며 또 지금의 우리에게 어떻게 받아들여질 것인가라는 문제가 잠복해 있다고 봅니다. 이 대목에 대한 이 선생님의 생각은 어떠신지요?

이 남북문제는 그 본질을 파악하는 것이 중요한데, 오늘의 우리 사회는 현안이 되고 있는 여러 가지 문제가 이를 방해하는 부분이 많습니다. 특히 최근에는 북한이 우리 사회의 정치적 문제에 하나의 변수로 작용하고 있다는 사실을 심각하게 받아들여야 할 것입니다. 북한의 실체에 대한 명확한 개념 규정이 선행되지 않은 채로, 남북관계의 중요한 결정들이 함부로 이루어지고 있는 것도 걱정입니다. 당대의 현실 속에 남북문제가 작용하는 형식, 그리고 남한 내부에 정치적·사회적 헤게모니 쟁탈 과정에서 여러 집단이 북한이라는 변수에 의존하는 양상에도 주목할 필요가 있습니다.

이문열 문학의 발아, 성장, 집적, 전망

김 분단문제로부터 이문열 문학의 시발과 진행 과정을 살펴보는 것은 전혀 무리가 없다 하겠습니다. 그 시발과 전체적인 성격을 포괄하여 좀 정리를 하고 넘어가기로 하지요.

정 이문열은 '연좌제'의 족쇄를 지고 살아왔고, 그러한 과거는 〈아우와의 만남〉에서 "고백하면 내게는 통일문제뿐만 아니라 일체의 이데올로기 논쟁에 끼여서는 안 된다는 자격지심 같은 게 있었다. 아버지의 월북으로 뒤틀린 자의식의 일종인지, 아니면 엄격한 반공교육 때문인지 알 수 없지만 어쨌든 그런 논쟁에 끼어들게 되면 나는 피곤하기부터 하였다"는 진술로 나타나 있습니다.
문학적 성과란 이러한 아픔이나 슬픔, 또는 깊은 우울증을 기반으로 하여 싹트는 것 아닐까요? 그런 점에서 이문열은 역설적으로 행운아이기도 합니다. 그의 의욕과 정력, 날카로운 통찰력이, 한반도의 비극적 실태를 몸으로 겪는 체험의 과정을 통해 대표적인 분단문제 탐색의 작가를 탄생시킨 셈이지요.

그는 우리 민족이 수백 년 이상 지녀 온 유교 이데올로기의 정수를 천착할 수 있는 기량을 가졌고 그에 대한 깊은 애정과 향수가 있는 작가입니다. 그의 보수주의적 성향은 그러한 전통적 성격 이외에도 두 개의 이데올로기에 대한 반감에 의해 형성된 것으로 보입니다. 공산주의라는 극단적 낙관주의와 자유 민주주의라는 이름을 걸고 발화한 어두운 그림자 폭력의 자본주의, 이 두 부정적 이데올로기에 대한 혐오증이 자연스럽게 그를 복고적 사유법으로 끌고 간 것으로 읽힙니다.

이문열 문학의 또 한 가지 기본은 가족중심주의 사상일 것입니다. 그는 가부장제의 긍정적 정신을 잘 알고 있고 그것의 작품화는 한국문학의 한 중요한 자산임에 틀림없습니다. 이 가부장적 제도의 진정한 질서가 민족 단위에도 적용되어야 한다는 그의 문학적 논리는 강한 설득력이 있습니다.

김 이인화 선생님은 이문열 문학의 전체적 성격 중 특히 중시해야 할 것이 무엇이라고 보시는지요?

이인 이문열 문학에 있어 고향과 문중의 주제는 그 형상화의 생생함과 문제의식의 강렬함에서 어떤 작가와도 비교될 수 없는 고유한 본질을 이룹니다. 이 주제를 근대사 전체에 대한 비극적 세계관과 결부시켜 이미 많은 평자들이 이문열 문학의 그러한 특징을 논한 바 있습니다. 그러나 막연히 '중세적 귀족주의'나 '양반사대부 문화'라고 지칭된 이 부분이 정확하게 밝혀지지 않은 까닭에 이문열 문학의 보다 깊이 있는 이해가 진행되지 못했습니다.

유교적 보편주의에 대한 작가의 애착을 '복고주의'로 이해하는 시각도 이 같은 현상의 반영이지요. 복고주의는 현실적인 기반이 없는 과거지향성이기에 이러한 시각은 당연히 다시 정치적 허무주의에 대한 비판으로 이어집니다. 손쉬운 비판에 앞서 이문열의 고향과 문중, 그리고 그것이 담고 있는 문제틀의 실상을 재론할 필요가 있습니다.

이문열이라는 작가를 알기 위해서는, 여기서 길게 언급할 수는 없지만 고향과 문중의 인물 및 역사를 세부적으로 알지 않으면 안 됩니다. 이 사실을 모르고서는 《영웅시대》의 이동영과 이동영의 어머니를 이해할 수 없으며 《그대 다시 고향에 가지 못하리》에 등장하는 무수한 인물들과 《황제를 위하여》에 드러나는 과거에 대한 애끓는 그리움에 접근할 수 없습니다. 이문열의 세계관과 정치적 무의식, 나아가 이문열 문학의 문제틀은 바로 그러한 사실들을 기초로 하여 성립되었기 때문입니다.

이문열 문학에 대한 생각을 좀 더 말씀드리자면, 이문열 문학이 세계문학 속에서 좀 더 평가를 받고 이문열 문학뿐만 아니라 우리 작가들의 작품이 좀 더 평가를 받으려면 분단문학이라는 국지적인 개념을 가지고는 어려울 것입니다. 마르케스 같은 사람은 남미군사독재에 대한 저항문학이라는 주제를 갖고 나왔지만 아무도 저항문학이라고 보지 않으며, 오에 겐자부로가 《만년원년의 풋볼》에서 안보투쟁의 여파에 대해 썼지만 안보투쟁의 여파라고 개념화하지 않았기 때문에 세계적으로 평가를 받고 노벨문학상을 받을 수 있었지 않았나 하는 생각이 듭니다.

저는 《황제를 위하여》라든지 〈금시조〉라든지 《시인》이라든지 하는 작품에 등장하는 농경사회와 산업사회 및 정보사회로 이어지는 역사의 흐름 속에서 인간의 실존적 모습들을 그리려고 노력했던 그 점이 더 부각되어야 하지 않을까 싶습니다.

한국사회는 불과 40년 만에 농경사회에서 산업사회 및 정보사회로 변했습니다. 유럽에서는 산업혁명 때 두 세대에 걸쳐 국민소득이 2배가 되었는데 우리는 한 세대 만에 8배를 만드는 굉장한 역동성을, 세계의 유래가 없는 저력을 가지고 있는 나라입니다.

눈으로도 뒤따르기 힘든 그런 변화 속에서 인간이 기품 있게 또는 가치를 추구하며 살 수 있는 것이 무엇인가를 추구한 이문열 문학은, 그의 성장의 기반이었던 재령 이씨 영해파라는 문중으로부터 오는 여러 가지 가치관들과 소중한 것들을 담고 있습니다. 그리고 이를 분단체제와 산업사회의 현실에 적용시키고 비추어보면서, 문학의 보편적인 정신들을 발견해내는 노력이 아닌가, 그렇게 평가되어야 하지 않나 생각됩니다.

정 이 작가가 추구하는 사람됨, 진정한 작가로서 끌어올려야 되는 격조에 대한 것은 같은 생각입니다. 귄터 그라스도 《양철북》이라는 소설을 분단 상태를 대상으로 썼는데, 단순히 분단문제를 다루는 데서 끝나지 않고, 분단이라는 치명적인 아픔에 문학을 덮어씌운 형태의 글을 썼던 것이지요. 국토가 서로 단절되어 오갈 수 없고 하나는 자유 이데올로기, 또 하나는 평등 이데올로기로 맞서 있는 상황에서도 그것을 뛰어넘는 여러 얘기를 할 수 있을 것입니다.

이 동시대의 사람들이 말하는 분단문제가 내가 인식하고 이해하는 분단문제와는 다른 부분도 많았습니다. 《영웅시대》를 읽은 사람들 중에는 나를 관념주의자라고 비판하는 사람들이 많았습니다만, 정작 내 관심은 실제적 분단과 그것을 가져온 당대의 사회적 대응 같은 것이었지요. 옛날 전통사회의 엘리트들, 이른바 배운 사람들이 사회주의를 선택한 문제도 그렇습니다.

저는 이 선택을 이념적인 것만으로 볼 것이 아니라 살아남는 방법, 곧 잔존의 방식으로도 보아야 한다고 믿습니다. 이는 내 고향과 우리 시대 주변에서 이러한 삶을 겪으며 살았던 사람들을 통해 쉽사리 그리고 충분히 확인할 수 있습니다. 기구한 역사 과정 속에서 현실적 삶을 어떻게 사는 것이 유리한가라는 명제 중 하나로 사회주의자가 된 그런 사람들 말입니다. 남북분단을 외세의 개입으로, 또는 내부의 특정한 몇몇 세력에 의한 것으로 평가하지 않고, 실존적 삶의 모습으로 보려고 했던 인식의 방식에는 대다수가 주의를 기울이지 않더군요.

주목받는 작품에 대한 인식과 평가

김 지금까지 이문열 문학과 시대 또는 사회와의 관계에 대해 논의했는데, 이제껏 읽은 작품 가운데 가장 인상 깊은 작품, 평가할 만한 작품을 고른다면 어떤 작품일까요?

이 저의 경우에는 《황제를 위하여》입니다. 이 소설이 우리 문학에 큰 기여를 했다면, 우선 전통세계의 어떤 정수와 아름다운 집단적 가치들을 '황제'라는 순수한 바보를 통해 웅변으로 보여주었다는 점입니다. 더욱이 이 소설은 우리 문학만이 가지고 있는 고유한 이야기성을 회복해 주기도 했지요.

우리 소설이 19세기에 극성을 이루었던 서구 소설의 콘텐츠를 수입하여 소설로서의 완벽한 예술성, 곧 유럽에서 규정된 예술성을 열심히 뒤쫓아 간 경향이 많은데, 이 소설은 한국의 구전문학들이 갖고 있는 이야기성의 예술적이고 가치공동체적인 미덕을 담아 내고 있는 특별한 장점이 있습니다.

정 동의합니다. 그리고 집중적 관찰력과 세미한 시각으로 우리 사회의 작은, 그러나 원론적인 문제에 접근한 〈사라진 것들을 위하여〉나 〈익명의 섬〉같은 작품을, 전문적인 독자를 깜짝 놀라게 하는 작품으로 읽었습니다. 분단문제를 그렇게 다룬 〈아우와의 만남〉도 그렇고요.

김 〈아우와의 만남〉은 그 서사적 내용에 있어서는 그다지 대단한 면모를 보여주는 것은 아니지만, 남북간의 교류가 이루어지고 사람이 만나기 시작하는 시점에 한국 작가 가운데서는 이 사회적 이슈를 가장 순발력 있게 작품화한 경우라 생각됩니다. 그것은 한 작가가 문학을 통해 시대의 중심을 관통해 보는 사례가 되겠지요. 그런데 실제로 북한의 아우를 만나신 적이 있으신가요?

이 소설에서처럼 남자 아우는 아니고, 1998년에 여자 아우를 만나 본적은 있습니다. 그런데 북한사회, 가족관계 등에 있어 여러 해 전에 〈아우와의 만남〉에서 내가 상상했던 많은 것이 거의 사실과 부합했습니다.

김 《영웅시대》를 마치고 《조선일보》에 간략한 인터뷰 기사가 실렸었는데, 그 기사의 제목이 '달보다도 더 먼 북한'이었던 것으로 기억합니다. 만약 주인공을 달에 보낸다면 무슨 옷을 입히고 무슨 음식을 들려서 보낼지를 고유명사로 정리할 수 있겠는데, 《영웅시대》의 주인공 이동영을 북한으로 보내면서 보통명사의 바다로 보내는 느낌이었다는 뜻이었습니다. 지금은 세상이, 남북관계가 현격히 달라졌습니다만, 그런 점에서 보면 〈아우와의 만남〉은 만만치 않은 역사성을 가진 터이지요.

이 선생님께서 자신의 작품 가운데 가장 애착이 가는 작품을 골라 보신 다면?

이 '애착'이라고 하면 대답이 쉽지 않지만, 가장 만족스럽게 끝을 맺은 작품은 《시인》이었습니다. 이 소설은 한 20만 부 정도가 팔렸는데, 내 책들 가운데 가장 안 팔린 경우입니다. 그런데 외국에서는 아주 성공적이어서, 프랑스에서는 초판 8천 부가 다 팔려 8천 부를 다시 찍었고, 영국에서도 초판 6천 부에 이어 보급판 9천 부를 찍었습니다. 일본, 이탈리아, 네덜란드, 그리스 등 9개국에서 출판되어 반응이 좋았습니다.

김 《사람의 아들》은, "인간 존재의 근원에 대한 탐색과 급진주의적 행동에 대한 비판이 담겨 있어 이문열의 문학적 근원이자 회귀점"이라고 평가되는 작품이지요. 이번에 네 번째 개정판이 나왔죠?

이 1979년 오늘의 작가상 수상작이었던 이 소설이 발표된 지 25년이 지났는데도 계속 판을 찍고 팔리고 있다는 것은 감사하면서도 기념할 만한 일이라고 생각했습니다. 그래서 은경축기념판Silver anniversary edition을 내면서 약간의 손질을 했습니다.

김 신과 인간의 문제는 영원한 숙제인데. 처음 중편으로 이 작품을 썼을 때가 26세였지요? 언젠가 지금 다시 쓰라면 그렇게 용감하게 덤벼들지 못했을 거라고 말씀하신 것으로 아는데……

이 자신이 없죠. 기독교인도 아니었고……. 성경을 여러 번 정독하고 기독교대백과사전과 수많은 관련 서적을 읽으며 썼지만, 지금 다시 생각해 보면 젊고 무모했기 때문에 서구 문화의 두 중심축인 헬레니즘과 헤브라이즘이라는 무거운 주제와 배경에 도전할 수 있었던 것 같습니다.

김 그러한 무모함이 없고서 인류 문화의 발전이 있었겠습니까? 이 소설은 전에도 영화화된 적이 있고 또 새로이 영화를 만든다고 들었습니다.
이제 이러한 얘기들에 연이어서 오늘날과 같은 세계화 시대에 있어 우리 문학의 진로를 이문열 문학과 더불어 살펴보기로 하지요.
한국의 작가 중에서 작품이 외국어로 번역된 숫자가 가장 많은 분이 이문열 선생님이지요. 우리 문학의 세계화 문제, 곧 우리 문학작품이 세계 각국에 알려지고 영향력을 발휘하거나 또 노벨문학상에 근접하거나 하는 문제와 관련해서는 '좋은 번역'이라는 과제와 마주치지 않겠습니까? 이 선생님은 이 문제에 특히 생각이 많으실 것 같은데요?

세계화 시대에 있어서 우리 문학의 진로

이 내 작품의 번역이 본격적으로 시작된 지는 20년 정도 됩니다. 1989

년 프랑스를 시작으로 해서 그동안 번역된 책이 15개국에 40권 가량 됩니다. 그중 프랑스가 8권으로 가장 많고요, 스페인·일본이 각각 5권, 이탈리아가 4권, 그리고 다른 나라는 1권이나 2권씩입니다. 그런데 서구문화권에서 내 책이나 우리 문학작품이 지속적으로 읽히기 어려운 문제에 대해서는 좀 더 깊이 생각해 보아야 할 것입니다.

이 대목에서 국가적 차원의 지원이나 활동은 조심스럽고 섬세하지 않으면 효과를 내기 어렵습니다. 그것보다는 우리 문화의 전체적인 역량이 확대되고, 또 우리나라나 우리 민족문화에 대해 잘 아는 것이 그들에게 중요한 이익이 되는 그런 포괄적 진전이 있어야 한다고 봅니다. 그러면 저절로 관심이 증폭되고 번역도 활발해질 것입니다.

정 10년여의 세월을 캐나다에 머문 박상륭 씨의 말을 빌리면, 서양 사람들이 동양 사람들의 책을 보지 않는 이유는 그 책을 보아도 이해하기가 어렵기 때문이라는 것이었지요. 그런데 오랫동안 대학에서 문학 강의를 하고 작가들에 대한 글을 쓰면서 확인하기로는 우리 문학에 뛰어난 작가가 매우 많다는 사실이었습니다.

이것 자체가 대단히 중요한 점이며, 우리가 세계화라고 할 때 분별없이 서구 중심, 유럽 중심으로 규정 지어서 우리 문학을 애초부터 변방에 가져다 두어서는 안 된다고 판단됩니다. 번역문제도 우리 문학의 내실이 성장하면서 서서히 국제사회에 알려지는 것인데, 이를 성급하게 인위적 수단을 동원하여 촉진하려고 무리할 필요는 없지 않겠어요?

이 아주 괘씸한 기억이 하나 있습니다. 2002년도로 기억됩니다만, 외국에서 강연을 했는데 동양문학을 가르친다는 외국인 교수 하나가 내 작품 가운데 일본 것과 비슷한 것을 들며, 모방이 아니냐는 말도 안 되는 질문을 하는 거예요. 그 자리에서 곧바로 반박을 하긴 했지만, 우리 문학을 일본문학의 아류 정도로 보는 그 태도에는 정말 화가 났습니다. 그런데 그것이 국제사회에서 우리 문학이 처한 현실이라는 점을 상기할 필요가 있다는 거죠.

이인 오늘날의 정보사회와 관련하여 이러한 문제를 살펴보면, 세계에서 가장 우수한 온라인 게임이 한국 것입니다. 미국, 일본, 중국에 모두 온라인 게임이 있지만 이 부분에서는 우리가 단연 앞서 있습니다. 중국의 경우, 아무리 잘 만들어도 한국 것의 아류로 취급되어 국제시장에서 잘 팔리지 않습니다. 앞으로 문학형식의 변화와 더불어 우리 문학의 우수성을 지속적으로 유지해 나간다면, 반드시 온당한 평가가 이루어지리라 생각됩니다.

이 이 시대에서 세계문학, 특히 인도 유러피언 언어로 쓰인 문학을 뜻합니다. 여기에 다른 문화권의 문학을 끼워 주지 않으며, 설사 배려를 한다 할지라도 극히 부분적입니다. 이슬람 문화권의《아라비안 나이트》정도나 명함을 내걸고 있는 형편이고 그 밖에 다른 언어권으로는 일본어가 유일한 예가 되겠지요. 중국이나 인도가 있지만 중국어나 인도어로 세계문학에 편입된 것은 아닙니다. 이 문제는 앞으로도 상당히 깊이 있는 연구와 대책이 있어야 할 것입니다.

정 세계화란 용어와 관련해서, 이를 상당한 경각심을 가지고 사용해야 한다고 봅니다. 자칫 세계화란 말이 미국을 중심으로 한 서구의 제국주의적 침략행위, 새로운 식민지 정책의 의미로 작동할 수 있기 때문입니다. 한국의 작가는 굳이 서구적 정신사에 근접해야 할 이유가 없으며, 조급해하지 말고 도도한 개척정신으로 우리 삶의 실질적 문제를 다루어 나가면 그것이 헛된 구호로서의 세계화를 극복하는 길이 되기도 하리라 봅니다.

이문열이란 작가가 선택한 한국어로서의 작품 쓰기가 그 언어공동체에 소속된 사람은 물론 그 영역을 넘어서서 다른 문화권의 사람들에게까지 감동을 전달하기 위해서는, 모국어와 그것의 작품화에 명운을 걸어야 할 것입니다. 그런 점에서 작가는 그 언어공동체의 사람들에 대한 책임이 있습니다. 지금 한글의 언어 점유율이 세계 11위인데, 이 또한 우리 문학의 세계화에 주요한 기틀이 될 수 있는 것이어서, 문제는 환경적 조건에 있지 않고 작가 자신의 치열한 창작열에 있다 하겠습니다.

정치 및 사회 현실에 대한 문학적 시각

김 이제 분위기를 좀 바꾸어서, 이문열 선생님이 보여준 그동안의 사회참여나 정치현실에 대한 구체적 역할 등과 관련하여 문학과 현실과의 관계에 대한 얘기를 해 보기로 하겠습니다. 우선 이 선생님은 지난날 한나라당의 공천심사위원으로 활동하는 등 현실정치의 한복판까지 깊숙이 발을 두셨는데요…….

이 그 문제에 있어서, 내가 특별히 좋아하거나 하고자 했던 것도 아니었는데 왜 그렇게까지 가고 그렇게 규정이 되었나를 돌이켜 생각해 보곤 합니다. 자신을 위한 변명이 될지는 모르지만, 거기에는 나름대로의 보상심리 또는 도의적 책임감이라고 할까, 뭐 그런 것도 있었습니다.

1980년대 중반 이전에는 작가로서만 충실하려 했고, 그러다 보니 사회적 명성을 비롯한 여러 가지를 누리고 있었습니다. 그러나 주변에 있는 사람들과 그 삶의 환경은 참으로 어렵고 또 불행한 부분이 많았습니다. 그에 대한 책임감으로 내 말이 도움이 되지 않겠는가 싶어 한두 마디 하게 되었는데, 그것이 본질보다는 지엽적인 문제에서 증폭되어 여러 가지 오해를 불러오곤 했습니다. 사실 그것은 관념적 문제에 대한 인식이 중심이 아니라 내 삶을 근거로 한 관찰의 시각이었는데, 나로서는 뜻하지 않게 정신적 소모가 컸고 삶의 효율성을 낭비한 결과가 되었습니다.

이인 한국사회 정치 집단의 보수세력들이 제 역할을 충실히 못한 가운데, 이문열 선생님께 지우지 않았어야 할 짐을 너무 많이 부하시킨 결과가 되었습니다. 저도 매우 보수적인 성향을 갖고 있는 편입니다만, 그러한 컬러를 가지고 근래의 영화판이나 게임판에 가 보면 그 쟁점이 이념적인 문제로부터 현저히 멀어져 있음을 발견하게 됩니다. 어쩌면 좌우 논쟁을 비롯한 이념적인 문제가 거품과 같이 느껴질 정도입니다.

김 이 선생님이 말씀하신 '도의적 책임감'이라는 것이, 이를테면 보수 집단이 가지고 있는 합리적이고 건전한 목소리를 대변하는 부분이 있다고 봅니다. 그런데 아무도 그 상황에 대해 제대로 된 발언을 하지 않는 까닭에 작가로서 그것을 대변한 측면이 있고, 또 보수와 진보 양측이 첨예하게 대립될 때에는 현실적 강경론으로서의 진보가 우세를 보이는 측면이 강하여 그로 인한 상처와 '억울함'이 컸다고 생각됩니다. 이를테면 한 작가의 현실참여가 수반할 수밖에 없는 개인적 피해를 말하는 것인데, 만일 유사한 정황에 다시 놓이게 된다면 어떤 선택을 하시게 될까요?

이 피할 수 있다면 피하고 싶습니다. 실은 나를 공격한 그들의 악의가 내 개인을 향한 것이 아니라, 부수거나 바꾸고 싶어 하는 세계의 상징으로 내가 선택이 되었다고 보아야겠지요. 나 또한 그것을 너무 진지하게 받아들여 피해를 키운 것 같기도 합니다.

정 나는 원론적으로 작가의 사회참여가 오로지 작품으로 이루어져야 하며 어떤 정치적인 책략도 개입해서는 안 된다고 생각합니다. 이기영과 한설야가 북한에서 작가됨의 전말이 어떠했는가를 살펴보면, 여기에 중요한 시금석이 있어 보입니다. 우리의 작가 이문열이 한설야의 전철을 밟아서는 안 됩니다.
그리고 보수와 진보에 관한 논의에 있어서도, 우리는 이문열의 문학과 결부해서 이를 설명하는 것이 온당하다고 봅니다. 이문열의 작품에서 '보수'는, 그 깊은 바닥에 전통사회의 유교 이념을 깔고 있습니다. 서구 중심의 일방통행적 논리가 우리 사회 곳곳에 무분별하게 통용되는 마당에, 나는 이것을 매우 귀중한 자산이라고 여깁니다.

이 유교 질서라고 하는 주제는, 내 작품의 특징적 성격이라기보다는 내 삶의 존재론적 자존심이라고 해야 옳을 것입니다. 동양사회에 있어서 유교는 발전적인 개념일 수 있으며, 이를 무조건 과거 지향적이거나 보수적이라고 말할 수는 없는 것이지요. 세계를 고쳐 나가야 한다는 주장도, 단순히 과거를 부정하는 것이어서는 안 됩니다.

지금 존재하는 세계가 최악이 아니라는 것, 어떤 경우엔 최선일지도 모른다는 것을 유념할 필요가 있습니다. 사회제도 또한 마찬가지여서 이를 개선해 나가자는 것은 옳지만 무조건 바꾸면 좋아질 것이라는 주장은 옳지 않습니다.

정 건축 전문가들은, 어떤 건축물이 정말 잘 지어진 것인지는 50년이 지나봐야 안다는 거예요. 세월의 풍화작용을 넘어서는 지속성을 말합니다. 유교 이데올로기 중에는 우리 전통사회가 남긴 지속성의 중요한 원칙들이 있습니다. 그것이 우리 것이지요. 내가 아는 한 외국인은 남대문 시장을 자주 가면서, 이렇게 치열하게 사는 한국 사람들이 왜 자꾸 서양식을 따라가는지 모르겠다는 것입니다.

김 지금 우리가 말하고 있는 보수 및 진보 논쟁은 이 선생님이 개입되지 않았다면, 논란 자체가 그다지 크게 증폭되지 않았을지도 모릅니다. 일정한 논리를 전개하거나 언어적 표현을 사용하거나 근거자료의 객관성 있는 수치를 드러내거나 할 때, 쟁론의 상대로 마땅한 비중을 가진 이가 쉽게 떠오르기 어렵지 않겠어요? 그렇게 본다면 이 선생님은 우리 사회가 한 시대의 고비를 밟아 가는 단계에 있어 간과할 수 없는 역할을 한 셈입니다.

이 이제 정치적인 문제와 관련된 일은 모두 손을 씻으려고 하는데, 그 동안의 진행 과정에 내 생각과 다른 부분이 적지 않았습니다. 그러나 정치현실에 있어 국민의 선택은 존중되어야 하고, 그로 인한 결과도 존중되어야 할 것입니다. 다만 내 경우에는, 작가로서 이를 어떻게 받아들일 것인가, 작품 가운데 어떻게 형상화할 것인가 하는 문제가 남게 되겠지요.

변화하는 시대상과 문학형식의 확산

김 이제 다시 논의의 방향을 좀 바꾸어 보기로 하지요. 하루가 다르게 변화하는 시대 가운데 살면서, 문학 역시 그 변화를 수용하는 여러 가지 반응의 양태를 보입니다. '변화'라고 하는 것이 전혀 새로울 수 없는 환경 속에 있다 하겠지요. 영상문화나 사이버문화 같은 용어가 어느덧 우리에게 익숙한 어휘가 되었습니다. 이러한 시대적 변화 양상과 관련하여 오늘날의 우리 작가들, 또 작가 이문열의 경우를 연계해서 논의해 보았으면 합니다.

이인 제가 실제로 '리니지'라는 온라인 게임에 몰두해 보니까, 그것 자체가 가상공간이라고 쉽사리 폄하해 버릴 수 없는 하나의 세계였어요. 가상현실이 실제적인 삶에 직접적인 영향을 미친다면, 그것은 이미 가상현실로만 머물러 있는 것이 아닙니다.

제가 소설을 쓸 때마다 늘 답답했던 것은, 스토리로서의 소설을 생산하는 데 혼자서는 역량이 모자라는 경우가 많고 그것이 우리 시대에 있어 개인의 글이 가지는 창작성의 한계라는 느낌이었어요. 그러다가 어느 순간, 여러 사람의 생각이 모인 작품을 만들면 의미가 있겠다 싶었습니

다. 그래서 영화나 게임을 만드는 일에 참여하게 되었는데, 특히 '게임'과 그 스토리의 실행성 등을 겪어 보면 영화가 게임의 폭발적 전파력에 눌려 문학보다 먼저 죽어 버리겠다는 느낌이 들 정도였습니다.

정 하지만 아무리 시대를 석권하는 영상문화라 할지라도 그 바탕은 작가들이 쌓아 올리는 이야기와 윤리적 틀에 의해 규정되지 않겠어요? 작가는 자신이 이 시대에 던져 줄 이야기의 창조자로 남을 것이고, 이는 작가가 동시대 문화의 기초로 살아남는 것을 의미한다고 봅니다.
서양 사람들이 만드는 영상매체나 영상 구조물들을 자세히 보면, 대체로 고대 이집트나 그리스 등의 이야기 문학에서 그 모티프를 빌려다 쓰고 있음을 알 수 있습니다. 바로 그 모티프가 움직일 수 없는 작가들의 역할을 말하지 않겠습니까?

이인 21세기 초반의 정보혁명은, 그간 우리에게 익숙하던 소설의 물적 토대를 쓸어가 버렸습니다. 독자들도 구텐베르크의 인쇄술과 더불어 나타났던 활자매체의 은하계를 벗어나 비트와 디지털 이미지에 기반한 새로운 총체적 매체 환경의 우주 속으로 들어섰습니다. 소설가는 전자책으로 작품을 발표하고 독자는 손바닥 안의 무선 단말기로 그것을 다운 받아 읽는 시대로 진입해 버린 것입니다. 소설은 극단적인 위축 상태에 빠져 삶으로 회귀하는 출구를 잃어버렸습니다.
이문열의 《아가》의 이야기는 바로 이러한 소설적 현실의 대척점에 존재합니다. 이는 이문열 자신이 의식적으로 천명한 것은 아니지만, 그가 구현한 서사의 무의식이 이야기와 소설이 확연히 구분되지 않는 전통적인 의미의 소설, 동아시아적 의미의 소설을 지향하고 있습니다. 그것은 소설, 즉 작은 이야기이지만 하나의 공동체를 떠받치고 있는 어떤 가치를 내장한 경우입니다.

이문열은 이 작은 이야기를 통해 고향 부락공동체의 가치에 도달하고 그 가치를 매개로 우리의 현대사 전체를 결산하려 시도하는 것인데, 이 대목은 매우 대담하고 또 아슬아슬합니다. 그것이 자칫 하나의 도그마로 떨어질 수 있기 때문입니다.

김 이처럼 문학 또는 문화 환경이 변화하고 문자문화에서 영상문화로, 활자매체에서 전자매체로 바뀌어 가는 시대에, 이 선생님은 자신의 창작과 관련하여 어떤 생각을 갖고 계신지요?

이 이른바 영상 시대가 시작될 무렵만 하더라도 영화라는 양식 또는 비디오라는 양식에 내 문학을 적응시킬 수 있겠다 싶었어요. 기술적으로 완벽한 대본을 쓴다든지……. 1990년대 말 사이버시대가 되면서도 그것을 익히면 문학에 적용시킬 수 있지 않겠는가 하고 희망을 가졌어요. 그런데 이제는 그것을 포기했습니다. 내 문학이 여전히 고수하고 있고 또 해야만 하는 어떤 것, 그것에 대한 신념을 더 소중히 여기며 가꾸어 나가고 싶습니다.

이인 아닙니다. 과거에는 프로그램이 복잡하고 어려웠지만 앞으로는 입력장치가 아주 간단해지기 때문에, 방법적 기술만 익히면 전혀 별개의 영역이 아니라고 봅니다.

정 방법적인 차원의 변화가 극심한 시대이지만, 창작의 근본에 있어 작가의 역할은 고유한 것이겠지요. 과감하고도 폭넓은 창작에 힘을 쓰는 작가들이 별로 없는 형편입니다. 여러 형태의 위축, 상업적 제약 등이 그 앞을 가로막고 있기 때문일 것입니다.

상품이라는 물신주의에 대한 비판적 인식의 길이 원천적으로 막혀 있는 우리 문학 풍토 속에서, 어쩌면 작가들이 천형의 짐을 짊어지고 있다고 하겠습니다. 그럼에도 불구하고 이것을 어떻게 타개할 것인가가 관건이고, 그것은 작가 자신들에게 달려 있습니다. 그러기에 우리는 작가들에게 매달리고 또 기대를 품게 됩니다.

이인 시대적 상황이 그러하다 할지라도 작가는 써야 하고 또 실험해야 합니다. 한 실존적 개인에게 다가오는 우리 시대의 변화는, 누구에게나 압도적일 수밖에 없습니다. '바꿔! 바꿔!'의 구호가 열병처럼 번지는 이 과도기에, 한 번쯤 도저히 나는 안 된다, 세상에 적응할 수 없다는 절망을 느껴보지 않을 사람이 있을까요? 소설은 이런 고뇌 앞에 길 잃은 밤의 등불 같은 존재가 되어야 할 것입니다.

이문열 선생님의 경우에 비추어 보면, 우리가 파편화되어 어둡고 정처 없는 한 시대를 헤맬 때 소설은 아주 작은 이야기를 통해 시대 전체를 체험하는, 그리하여 자신과 인생을 더 잘 이해할 수 있는 '형상화된 경험'을 제공합니다.

김 마지막으로 이 선생님은 자주 외국에 나가 계시는 것으로 아는데……

이 그동안 복잡했던 현실과의 '거리 두기'의 한 방법이기도 했지요. 때

로는 연재 중인 작품도 걱정이 되고……. 아무튼 그동안의 여러 경험이
내게는 소설적 자양분이 될 수 있으리라 보고, 결국은 작품으로 발화해
야 한다는 생각을 갖고 있습니다.

김 오늘 세 분 모두 좋은 말씀 감사합니다.

이문열 작가 | **정현기** 문학평론가, 연세대 교수
이인화 소설가, 이화여대 교수 | **김종회** 문학평론가, 경희대 교수

류시화

시·번역·출판에 두루 미친
마이더스의 손

1959년 충북 옥천에서 출생하여, 경희대 국문과를 졸업했다. 1980년 《한국일보》 신춘문예로 등단하였으며, 이후 1982년까지 박덕규, 이문재, 하재봉 등과 함께 〈시운동〉 동인으로 활동했다. 1983년 류시화라는 이름으로 명상서적 번역 작업을 시작했으며, 1988년 미국과 인도 등지의 명상센터에서 생활하고 인도여행을 통해 진정한 명상가로 변신했다. 첫 시집 《그대가 있어도 나는 그대가 그립다》과 《외눈박이 물고기의 사랑》으로 독자들의 뜨거운 사랑을 받았다.

시를 향한 집념과 진정성 탐색

왜 류시화인가

긴 머리에 덥수룩한 얼굴, 때로는 실내에서도 선글라스를 끼는 시인 류시화. 사람들은 그를 두고, 세상을 등졌으나 아직 완전히 속세에서 발을 빼지는 못한 무슨 도인 정도로 인식하는 것 같다. 필자 또한 그를 가까이서 만나지 못한 20여 년의 세월에 그와 같은 생각을 가지고 있었던 것 같다. 그는 시인이다. 1991년《그대가 곁에 있어도 나는 그대가 그립다》와 1996년《외눈박이 물고기의 사랑》등 두 권의 시집이 있으니까. 그러나 이것은 피상적인 관찰일 뿐이다. 그는 둘 다 모두 1백만 부가 넘게 팔린 시집을 가져서 시인이 아니라, 매일 같이 시를 외우고 묵상하고 다듬으며 스스로 시인임을 자각하고 있기에 시인이다.

그러면서 그는 시인만이 아니다. 1백 권이 훨씬 넘는 번역서의 번역자이며 시도 때도 없이 베스트셀러를 만들어 내는, 그래서 '마이더스의 손'으로 불리는 출판편집자이며 국내외에 널리 알려진 명상수련가다. 그래서 그를 하나의 이름으로만 부르기는 어렵다. 영어, 일본어, 인도어에 두루 능통할 뿐만 아니라 외국 서점의 서가에서 외서를 보고 이것이 한국에서 번역되면 몇 부가 나간다고 점칠 수 있는 예지의 능력을 가졌다. 언제 그가 영어 서적을 그토록 많이 정확하게 번역할 수 있는 영어 실력을, 하이쿠를 능숙하게 번역할 수 있는 일본어 실력을, 그리고 '인도 통'이기는 하나 그 정신세계를 파고들 수 있는 인도어 실력을 갖추게 되었는지 필자는 모른다. 내게 남아 있는 젊은 날 그의 과거에는 그런 '실력'의 그림자가 없었기 때문이다.

경희대 교수회관의 높은 계단 언덕을 올라 내 연구실로 찾아온 그를 두고 옆방의 교수가 물었다. 류시화는 어떤 사람이냐고. 나는 대답했다. 나도 잘 모르겠다고. 이 근자에 가끔 그를 만나는 것을 아는 내 동료가 물었다. 류시화가 어떤 사람이냐고. 나는 다시 대답했다. 그것은 나보다 이문재가 훨씬 더 잘 안다고. 그렇다. 이문재는 가장 오래고 깊숙한, 그리고 거의 유일한 그의 벗이다. 그 이문재는 류시화를 '아주 정확한 사람'이라고 대답한다. 이문재의 다음 설명은 이렇다. "그는 이른바 경우에 어긋나는 일을 하지 않는다. 즉흥적이거나 감상적이지 않다. 시 한 편, 책 한 권을 낼 때도 그렇다. 오래오래 준비하며 시와 글이 충분히 익기를 기다린다. 그는 합리적이지 않으면 받아들이지 않는다. 상대방에게 강요하지도 않는다. 간혹 그가 까다롭거나 차가워 보인다면, 그렇게 보는 사람에게 문제가 있는 것이다."

필자가 한마디 덧붙이자면, 그는 아주 상식적인 사람이다. 매일의 삶이 남다른 것은 불필요한 사람을 면대하지 아니하고 쓸데없는 일에 손발을 두지 않는 까닭에서다. 물론 이때의 가치기준은 그 자신이 작성한 것이기에, 때로 '상식'이 위협받을 때도 있다. 그는 하나밖에 없는 아들을 미국 대학에 보내 놓고 아들의 안부에 귀 기울이는, 보통의 아버지와 하등 다를 바 없는 행동 양식을 보인다. 서운한 것을 서운하다고 말하고 고마운 것을 고맙다고 말한다. 수차 그를 만나고 식사를 함께 나누는 동안, 나는 그에게서 특이한 이상 징후를 발견하지 못했다. 이를테면 그는 허울 좋은 '도인'이 아니라는 말이다.

그런데 그는 그의 귀한 친구 이문재와 더불어 정말 기구한 젊은 시절을 보냈다. 대학의 몇 년 선배로서 필자가 그들을 관찰할 때는 외양밖에 보지 못했지만, 나중에 가까워져서 알고 보니 말할 수 없이 혹독한 궁핍과 서글픈 얼개 아래에 들끓는 아픔·울분·오만·일탈 등을 대단한 전리품이나 훈장처럼 끌어안고 산 자들이었다. 그러나 문학을 향한 집념과 진정성, 인간의 본질이 무엇인가에 대한 탐색의 정신은 아마도 세계 제일이었을 터이어서, 그 힘이 이들을 오늘의 자기 자리에서 최강자로 일어설 수 있도록 부양했을 것이다. 류시화가 경희대학교 개교 60주년 기념 문집 《내 사랑 목련화》에서, 모교의 조영식 총장에 대해 쓴 글 〈인간이 무엇이라고 생각하는가〉를 보면, 이에 대한 저간의 사정과 '될성부른 나무'를 알아본 스승의 혜안이 한 폭의 그림처럼 아름답게 펼쳐져 있다.

류시화가 소중하게 생각하고 받드는 한 분이 법정스님이었다. 기실 그에게는 많은 스승이 있다. 까비르, 요가난다, 크리슈나무르티, 밀라레빠, 타고르, 루미, 장자, 이규, 경허 등 류시화의 치부책에 이름을 올린 정신주의자들은 1980년대 후반에 그가 엮은 《영혼의 피리소리》에 줄지어 등장한다. 이들 중 가장 그와 가까이 있는 이가 법정이었다. 그 공경의 성의를 보면 곁에서도 옷깃을 여밀 만하다. 그러기에 류시화가 크게 마음먹고 필자에게 받아준 '선다(禪茶)'라는 법정의 친필 액자를, 책상 한편에 고이 간직하고 있다. 그 속에 값으로 환산할 수 없는 따뜻한 정성이 배어 있으므로. 류시화의 아들 '미륵'이 법정과 가까워, 법정과의 대화에 대해 쓴 기막힌 글 〈현재의 힘Power of Now〉에 대해 들은 기억도 새롭다.

한동안 서울 혜화동에 있는 그의 작업실을 가 보지 못했다. 지은 지 70년이 넘은 일본식 2층집을, 그는 애를 써서 골격을 그대로 둔 채 개축했다. 그 옛날 한때 춘원이 살았고 이름 있는 조각가도 살았는데, 춘원의 고택이라 한번은 춘원의 손녀 앤 리(한국명 이성희) 교수를 대동하고 방문하기도 했다. 거기서 그는 많은 일을 한다. 그는 자기 책의 편집과 출판을 담당하는 팀을 따로 구성하고 있는, 이 분야의 명실상부한 전문가다. 말하자면 혜화동의 작업실은, 그가 동시대 한국사회에서 정신 또는 영혼의 값을 올바르게 수용하려는 사람들을 향해 자기 목소리를 던지는 창의력의 공간이다.

필자가 그에게 다음 시집의 상재를 앞당기자고 채근했을 때, 그는 이를 거부하지 않았다. 그러나 그것이 그렇게 오래 시간이 걸리는 일이 되었다. 김재홍 교수의 《시와시학》에 이문재·한명희와 함께 류시화를 초빙한 좌담란을 만들어 지면을 구성했고 그 좌담을 이 책에 함께 실었다. 그러나 그것이 류시화가 문단으로 돌아왔다고 말할 사건이 될 수는 없었다. 이토록 문제적이고 예외적인 인물이 세상의 시각과는 다르게 엄정한 균형감각 위에 서 있다는 사실은 하나의 축복이다.

그러나 그의 일상과 탈일상이 한 자리에서 모여 있어도 어색하지 않고 오히려 조화롭게 악수할 수 있는 날이 온다면, 아마도 그는 우리가 뒤쫓을 수 없는 승급의 단계로 올라서게 될지도 모른다. 그가 우리는 도달할 수 없는, 도인이면서도 도인이 아닌 탈각의 경지를, 언어가 아닌 실행의 차원에서 열어 보인다면, 어쩌면 다시는 그를 만날 수 없을지도 모르겠다.

:: 새로운 개념 찾아 떠나는 미세한 눈길

삶과 작품세계

류시화는 충북 옥천에서 태어나 경희대 국문과를 졸업했고, 1980년 《한국일보》 신춘문예에 시가 당선되어 문인의 길에 들어섰다. 그 무렵 대략 이태동안 '시운동' 동인으로 활동했으며, 1983년부터는 창작을 중단하고 인도와 네팔 등지를 여행하면서 명상 서적 번역 작업을 시작했다. 그렇게 시인이자 명상가로 살아오는 동안 두 권의 시집과 번역 시집 및 산문집, 명상 서적 등을 지속적으로 상재했고 그중 많은 책들이 베스트셀러로 이름을 올렸다. 지금도 대다수의 서점에서는 류시화의 이름을 달고 나온 책들을 신간 앞자리에 진열하는 것이 하나의 관행으로 통할 정도다.

백 수십 권에 달하는 그의 책들이 류시화의 다양한 이력과 지향점을 말해 주고 있으나, 기회가 있으면 그는 언제나 자신이 근본적으로 시인임을 강변한다. 첫 번째 시집 《그대가 곁에 있어도 나는 그대가 그립다》는 초기 작품들이며 인간과 자연의 순수성에 대한 명상적 시 세계를 보여준다. 두 번째 시집 《외눈박이 물고기의 사랑》은 앞선 시집과 5년 간의 시간적 거리가 있는 만큼, 그 세계가 한결 유장해지고 깊어져서 일상의 언어 개념을 통해 고급한 정신적 체현의 세계를 빚어낸다.

　이 두 권 시집의 제목만 보면, 그것이 '사랑'에 관한 시들인 것처럼 보일 수 있다. 그러나 그에게 사랑은 별 게 아닌 사소한 것이면서 동시에 우주의 삼라만상을 대언하는 모든 것일 수 있다. 시집의 표제에 복속된 그리움과 사랑은, 그러므로 인간의 정신과 그 진화에 대한 곡진한 명상의 다른 이름이며 인간 근본과 존재 의식에 대한 치열한 탐구의 다른 이름이기도 하다. 한 사람의 시인이기 이전에 한 인간으로서 이러한 내면의 문제를 시로 표현하기로 한다면, 그 과제 자체가 어렵고 고통스러우며 발화하는 시적 언어 또한 그와 유사한 빛깔을 띠게 마련 아닐까. 하지만 그래 가지고는 문학적 대중과 화해롭고 조화롭게 만나기란 무망한 노릇이다. 여기에 류시화식 방략이 있다면, 시인 스스로 이 문제에 이르는 해답을 미리 찾아 두는 일이 아닐까.

　시인 자신에게 일정한 수준의 깨달음이 있다면, 그 말과 시가 쉬워질 것이다. 인간과 세계, 자열과 우주에 대한 각성이 선행되었을 때, 굳이 어려운 말로 시를 써야 할 필요가 없을지도 모른다. 그러한 차원에서 본다면 류시화의 시는, 먼저 알고 먼저 익히며 먼저 도달한 자의 노래이기에, 쉽고 자유롭고 반복적일 것이다.

　이 길지 않은 난에서 필자는, 두 권의 시집에 실린 류시화의 시들을 가져다 분석하고 의미를 부여하는 일은 사양한다. 그것은 다른 비평가들이 벌써 감당하기도 했거니와, 그것이 류시화의 시를 포괄적으로 규모 있게 말하는데 크게 유익하지 않을 것으로 보이는 연유에서다. 무엇보다도 지금까지 그가 써서 간직하고 있는 시는, 필자의 짐작으로 두 권 시집의 분량을 훨씬 상회할 것이다. 그의 시 작법이 순식간의 영감에서 시작하건 끈기 있는 조탁에서 시작하건, 궁극적으로는 한 편 한 편을 오래도록 가슴에 품고 음송하며 마침내 주의 깊게 밖으로 내어놓는 산통의 소산임이 분명하다면, 류시화론은 여러모로 새롭게 다시 씌여야 옳다.

그의 시가 쉽다고 해서 그냥 쉽게 생각하는 오류가 통용되어 온 것은 사실이다. 인간의 심층을 짚어 보이거나 이국의 정취를 걷어 들일 때에도, 그의 시는 매우 쉬운 시어들과 반복적인 리듬으로 꾸려진다. 그 바깥 길을 따라 쉽게 흘러가며 시를 읽는 사람은, 그의 시에서 많이 얻어 갈 것이 없다. 하지만 그 속길을 헤집고 행간에 묻힌 의미를 뒤쫓는 사람은, 그의 시 처처에 숨은 깊은 사유의 보석들을 발견할 것이다. 시의 문면이 표방하는 '의미'는 쉬워 보이나 그 웅숭깊은 내부에 잠복해 있는 '의미화'의 영역은 결코 쉽지 않은, 그리고 그렇게 시를 쓸 수 있는 아주 드문 시인이 류시화다.

이를 두고 '대중적 취향에 편승한 가벼운 글쓰기', 또는 '대중성의 가면을 둘러 쓴 세속적 글쓰기'라고 비아냥거리는 어투는, 자칫 문학의 다기한 범주에 대한 이해 부족이거나 문학이 허여할 수 있는 명성에 대한 콤플렉스이기 십상이다. 그동안의 류시화는, 중고생이 가장 좋아하는 작가, 평소 좋아하는 시인, 20세기의 위대한 시인 등 여러 통계에서 수위를 기록했으며, 21세기에 주목할 시인 1위로 꼽혔다. 현역 시인 가운데 이 통계들에서 류시화를 앞설 자가 없다. 이처럼 강력한 대중친화력을 인물의 이미지와 유명세, 탈일상적 신비주의 등의 도구를 써서 비판하는 것은 별반 설득력이 없다.

한 시인이나 작가가 누리는 대중성은, 그것 자체로서 중요한 가치가 아니다. 다만 왜 그와 같은 수용자들의 집단적 쏠림 현상이 나타나느냐 하는 원인 규명은 문학의 지경을 넘어 한 시대의 사회사적 현상으로도 주목해야 마땅하다. 그 대목에서 긍정적 평가가 산출된다면, 이때의 대중성은 작품성 못지않게 주요한 요소로 부상할 수 있다. 좀 더 다른 각도에서도 생각해 보자. 오늘날 우리가 불세출의 화가라 인정하는 빈센트 반 고흐는, 자기 당대에 대중성의 곁가지와도 인연이 없어 일생을 가난과 굶주림에 허덕였다. 고흐는 세기의 명작을 빵 한 조각에 팔아야 했다. 그렇게 본다면 류시화는, 많은 것을 누리고 있는 행복한(?) 시인이다.

그의 글쓰기와 삶의 방식이 사뭇 '전략적'이라 할지라도 이를 비난할 자격은 누구에게도 없다. 그토록 철저한 자기 관리와 시간을 쪼개어 쓰는 작업들, 끊임없이 새로운 개념을 찾아 떠나는 몸과 마음의 여행, 세계를 보는 대범하고도 미세한 눈길 등을 거느린 류시화는, 애써 강작할 전략이 전혀 없거나 살아 있는 모든 순간에 전략이 적용되는 경계 무화의 경지에 이른 것으로 보인다. 그런데 이건 어떨까? 필자가 짧은 붓 끝으로 마음껏 토설한 이 변호의 말들이 아무런 방벽이 되지 못한다고 보는 시각이 개재할 수 있다는 사실 말이다. 글쎄, 류시화 정도의 '도인'이라면 이 답안을 이미 알고 있지 않을까? 그리고 그와 같은 여러 부류의 비판에 아랑곳하지 않고 묵묵히 '흰 구름의 길'을 갈 것이다. 거기 류시화의 존재 값이 있다.

대담 전 풍경

조금은 긴장감이 흘렀다고 해야 옳을 것이다. 그가 대담이니 인터뷰니
통 그런 걸 하지 않는다고 알려져 있기 때문이기도 하고, 그가 이른바
문단이라는 것과는 거의 인연이 없는 때문이기도 할 것이다. 그것보다
그의 유명세 때문에 더 그랬을 수도 있다. 시집이 1백 쇄를 찍은 것이
여러 해 전이고, 그가 번역하는 책들도 최근 수년간 베스트셀러의 목록
에서 빠진 적이 없다. 그가 누구인가. 바로 류시화다. 근현대문학 백년
사의 최고 베스트셀러 시인이라고 칭해지는 류시화.

정확한 시간에 그가 나타났다. 이문재 시인과 함께, 사진에서 보던 그
대로 긴머리에 선글라스 차림으로. "제가 생각했던 것보다 너무 이렇
게……" 그는 좌담 장소인 '시와시학사'가 벌여놓은 '판'의 정황을 보
고 그렇게 말했다. "내가 좀 보고 싶었어. 하도 오랜 세월 못 봐서. 대학
다닐 때는 두 분을 포함해서 몇몇 시 쓰는 사람들을 종류와 질이 나쁜
사람이라고 생각했거든" 경희대학교 선배인 김종회 선생의 다정한 인
사가 아니었대도 류시화 시인이 딱히 그 자리를 거북스러워 했다고는
생각지 않는다.

그는 자신의 작업실이 시와시학사 바로 옆에 있으며 집도 바로 앞이라고 했다. 자리는 금방 동문회처럼 되었다. 한참 동안 경희대 시절의 얘기가 오고 갔다(류시화 시인과 이문재 시인은 경희대 동기이고 김종회 선생은 몇 해 선배라고 한다).

김종회 선생은 대학 시절 자신이 류시화 시인을, 물론 그때는 류시화가 아니고 안재찬으로 불렸는데, 많이 괴롭혔다면서 오늘은 편안하게 얘기를 하자고 했다. 그러면서도 이 자리가 문단에서 류시화 시인의 시세계를 집중적으로 조명해 보자는 의미를 띄고 있다는 말을 덧붙였다. 이문재 시인은 이 자리가 어떤 자린가 잠깐 생각해 봤다면서 이 대담의 의미를 정리해 주었다.

80년대 중반에 《문예중앙》에서 동인지들을 다룬 적이 있었는데, 그때 80년대 동인지 시대를 대표하는 시인들이 모여서 좌담회를 한 적이 있다고 했다. 그때 류시화 시인이 시운동 대표로 참석했다. 그 이후로 문예지에 공식적인 대담을 한 적이 없고, 문예지에 시를 발표한 적도 거의 없는 것 같다고 했다.

류시화 시인도 이런 자리는 처음이라면서, 그동안 자신에 대해 쓴 글들 중에는 기자들의 대단한 창의력을 보여주는 것도 있다고 말했다. 자신을 만나지도 않고 자기가 사적으로 말한 것처럼 쓰는 경우도 있었다는 것이다. 이문재 시인은 류시화 시인 본인은 어떻게 생각할지 모르지만 이 자리가 그래서 더 각별한 자리라고 말했다. 그러면서 그동안 글 쓰면서 느낀 점, 또 문단이란 것을 멀리서 바라보면서 느낀 점, 시를 어떻게 써 왔는지를 말해 주면 류시화를 좋아하는 독자들뿐 아니라 동료선, 후배 시인들한테도 상당한 의미가 있을 것 같다고 주문 아닌 주문을 했다.

딱히 어디서부터가 좌담의 시작인지 종잡기 어려운 분위기였지만 "우리도 이제 안재찬이라고 부르지 말고 류시화로 얘기하자"는 김종회 선생의 말 이후를 본격적인 좌담이라고 볼 수 있을 것 같다. 그 이후로 김종회 선생은 류시화 시인에게 말을 높이기 시작했으니까. 물론 워낙 가까운 사이다 보니 대담은 간혹 '동문회'처럼 되었다간 다시 공식적인 자리로 돌아오곤 했다. 그러나 그것은 그러지 않는 것이 오히려 더 이상했을 것이라고 생각한다.

영혼의 문제에 심취한 시절

김종회(이하 김) 고향 이런 건 잘 안 밝히나요?

류시화(이하 류) 그런 건 밝히고 안 밝히고가 없잖아요. 객관적인 사실이지.

김 58년? 아니면 59년 이렇지요?

류 저는 59년입니다.

김 고향은?

류 옥천입니다.

김 정지용 고향 아니에요? 한명희 선생, 정지용 선생을 배출한 곳 아닙니까?

한명희(이하 한) 그렇군요. 지용제 때 정지용 생가에 가 본 적이 있는데, 옥천이 문인을 많이 내는 고장인 모양이네요.

류 정지용 선생 생가에서 멀지 않아요.

이문재(이하 이) 그러니까 '넓은 벌 동쪽 끝'이죠.

류 옥천은 내가 시를 쓰게 된 배경이죠. 초등학교 3학년 때 어느 교사가 새로 왔는데, 교사가 글을 좋아하는 사람이었어요. 전교생에게 시를 한 편씩 써 내라고 했는데, 그때가 내가 인생에서 '시'라는 단어를 처음 들은 때죠. 시가 뭔지도 몰랐는데, 내 작품이 장원으로 뽑혔어요. 그때 내가 시로서 나를 표현하는 방법이 있구나 하는 것을 알았어요. 그것은 세상의 어떤 것도 줄 수 없는 즐거움이었어요.

그래서 그때는 매일 시를 썼어요. 매일. 그 선생님한테 매일 보여주면 그 선생님이 너무 놀라서 그 시를 각 교실마다 돌아다니면서 읽어 주고 그랬어요. 그러니까 내가 전혀 생각하지 않았던 세계에 문을 열고 들어갔는데 그곳에 나하고 딱 맞는 그런 새로운 세계가 있었던 거죠. 바람을 보든, 나무를 보든, 어떤 사물을 보든 그것이 시가 되어 나왔어요. 시가 무엇인지 배워 보지도 않았던 상태에서 시가 나온 거죠.

우리 집 앞에 금강이 흐르죠. 강에 나가면…… 사람들이 자꾸 나를 신비주의자라고 하는데, 신비주의라는 게 제가 알기로는 희랍어로는 '미

스테스'라고, '입을 닫고 비밀을 지킨다'는 의미거든요. 그 신비라는 것이 자기가 일부러 입을 닫고 말을 않는 게 아니고 자기의 선택과는 상관없이 말을 못하게 하는 거죠. 어떤 압도하는 경험 때문에요.

저녁에 금강에 나가서 풀밭에 앉았다가 그런 걸 경험했어요. 나를 가득 채우는 어떤 것을요. 그것이 내가 최초로 신비를 체험한 순간이었다고 봐요. 저는 그 체험에 대해 비밀을 지키는 것이 아니고 어떻게든 표현하려고 했어요. 그것이 지금까지 나를 이끌어 왔다고 생각해요. 그 체험의 연장선상에서 지금까지 써 왔다고 생각해요.

김 그럼 혹시 부모님이나 가족들 중에 문학적 감수성에 영향을 미친 사람은 없었나요?

류 전혀 없었죠. 그러니까 가족이나 그 시골에서 나는 굉장히 이질적인 사람이었어요. 나의 이런 체험은 누구하고도 소통을 할 수 없는 거죠. 초등학교 때 그 선생도 다른 데로 가 버렸어요. 그리고 나는 시 쓰는 것에 흥미를 잃었죠. 나중에 다시 쓰지만.

김 가족관계는 어때요?

류 할머니, 할아버지가 있는 대가족이었는데, 형제도 많고…… 지금에 와서는 가족관계가 다 끊어졌어요. 어떤 문제가 있어서 그런 건 아니고 그냥 그렇게 되었어요. 저는 어려서부터 우리 가족 안에서도 대단히 이질적인 존재였어요. 내가 경험하는 것이 가족 구성원과 공유가 안 되니까요.

부모나 형제는 내가 태어날 수 있는 과정이었다는 생각이 들어요. 또 내가 초등학교 6학년 때부터 혼자 서울에 와서 살았기 때문에 부모 형제는 그런 역할을 하고 끝났던 것 같아요.

한 초등학교 6학년 때 서울에 혼자 오게 되었다고요?

류 초등학교 때 교장 선생님이 제가 공부를 잘한다고 시골에서 썩히고 싶지 않다고 서울로 보내지 않겠냐고 했어요. 자기가 학비를 좀 대주겠다고. 그때 제가 어린 마음에도 기꺼이 가겠다고 그랬죠.

김 초등학교는 어디를 다녔나요?

류 신설동 초등학교. 중학교는 경희중학교.

김 고등학교도 경희고등학교를 나왔나요?

류 아니요. 대광고등학교.

김 그 학교가 기독교 학교인데?

류 기독교 학교인데, 제가 대광고등학교에서 주는 '모교를 빛낸 동문상'을 받았어요. 모교를 빛낸 동문들이 대게 장로, 목사거든요. 내가 자꾸 인도 철학을 소개하고 그러니까 나한테 이걸 줄 수 있느냐 없느냐 하다가 주겠다고 그래서 기쁘게 받았습니다. 제가 상을 받으러 가서 선생님들을 만났더니 기독교 학교지만 선생님들이 굉장히 열려 있고, 또 제가 그동안 낸 책들도 많이 읽으셨고…… 또 저 자신도 대광에서 종교적 교육을 받은 것이 저에게 큰 영향을 미쳤다고 생각해요.

릴케가 이런 말을 한 것으로 기억이 나요. "시는 인간 존재의 자연스런 기도다." 저는 시가 영혼의 목소리라는 것을 믿어요. 그 영혼의 존재를 일깨워 준 것은 고등학교였죠. 지금은 물질적인 사회, 더 나아가서 유물론적인 사회가 되어 버렸죠. 이런 속에서 영혼을 얘기한다는 것이 낯설 수도 있지만. 브레히트가 그런 말을 했죠. "어두운 시대에도 시가 가능한가, 노래가 가능한가."

그렇게 묻고 스스로 대답하기를 "시가 가능하다. 어두운 시대에 대한 시가 가능하다"고 했죠. 똑같이 우리가 이제 영혼이라는 존재가 낯설어진 시대에 영혼의 목소리인 시를 쓰는 것이 얼마만큼 가능한가 물을 수 있겠죠.

저는 고등학교 때 그런 영혼의 문제에 굉장히 심취해 있었어요. 그것이 꼭 기독교적이거나 불교적인 형태를 띠지 않아도 늘 영혼의 입장에서 생각했어요. 저는 인도와 관련된 명상서적들을 많이 보는데, 문라 낫수루딘의 우화에 이런 게 있어요.

기차를 타고 가는데 검표원이 와서 표를 보여 달라고 하죠. 이 사람이 표를 찾기 시작하죠. 가방도 뒤지고, 주머니도 뒤지고, 옆에 있는 사람 가방도 뒤지고…… 지켜보던 검표원이, 다른 사람들은 모두 오른쪽 주머니를 확인하는데 당신은 왜 거기를 확인하지 않느냐고 물어요. 낫수루딘이 "그 얘기는 하지 마라. 만일 거길 확인해서 표가 없으면 나는 아무런 희망이 없다"고 말을 하죠.

시에 대해서도 저는 그런 생각을 하거든요. 아침에 일어나 글을 쓰는 작업실로 걸어가면서 하는 생각이 이런 거죠. 시는 영혼의 목소리인데 이제는 영혼 속에 시가 있는가 없는가를 묻는 것이 굉장히 위험에 처해졌거든요.

1백여 권이 넘는 번역서 이야기

김 시인이나 작가들하고 앉아서 대화하면서 별로 배운다는 생각을 안 했는데, 오늘은 많이 배우는 느낌이에요.

류 죄송합니다. 제가 잘난 척을 해서.

김 아니, 그 얘기가 아니고, 우리가 알고 있으면서도 그냥 넘어가는 것, 그것이 분명한데도 깨우치지 못한 것들이 지금 얘기 속에 있거든요. 아마 류시화 시에 독자들이 감동하는 이유 중에는 그런 것도 있을 거예요.
고등학교 때 친했던 친구가 없죠?

류 고등학교 때만이 아니고 대학교 때도 유일한 친구가 이문재 시인이에요. 제가 가끔 문단을 얘기하는 경우가 있어요. 저에게는 문단이 바로 이문재 시인이죠. 저에게는 가장 알맞은 문단이죠.
선배님하고도 대학을 잠시 같이 다녔지만 대학에서도 저는 굉장히 이질적인 사람이었어요. 내가 지금까지 시를 쓰고 있지만 내 시가 어디서 나오는지는 모르겠어요. 내가 왜 시를 쓰게 되었는지도 모르겠어요. 그것은 굉장히 어려운 문제인 것 같아요. 우리가 우리 내면을 샅샅이 다 탐구하기 전에는 그 시가 어디에서 나오는지 알 수 없을 것 같아요. 내면을 다 탐구하고 나면 시를 안 쓰겠죠.

대학교 때, 시적 비유로 말하면 내 안에 파닥이는 새가 있는 것 같았어요. 그 새를 내보내야 된다는 느낌을 받았어요. 나는 그것이 시를 쓰는 동기라고 봐요. 내 안에서 그 새를 내보내는 것이 시를 창작하는 행위겠죠. 어떤 새는 날개가 다쳐서도 나오고, 죽어서도 나오고, 그럼 그건 졸작이 되는 거겠죠.

대학 시절에 늘 그런 문제가 있었기 때문에 학교에 출석한다든지 교수님들이나 친구들과 관계하는 것이 중요하지 않았죠. 그래서 제가 낙제까지 했잖아요. 전혀 시험을 보지 못하고…….

김 나도 기억이 나는데, 그때도 지금처럼 머리가 길었고…… 지나가다 류시화 시인과 마주치면 선배라고 하는 사람들이 하는 얘기가 "재찬아 머리 깎아", 그것밖에 없었어요.

류 내가 현실 속에 한 인간으로, 또 사회의 일원으로 살아가면서도 나한테 중요한 것이 다른 데 있었기 때문에 그 관계들이 지속되지를 못했어요. 부모 형제도 그렇고, 친구들과의 관계도 그렇고. 대학 시절 나를 지배했던 것은 그거였던 것 같아요. 그런데 대학은 나에게 자유를 줬잖아요. 경희대학이 갖고 있는 그 문학적인 분위기는 제가 아무리 평가를 높이 해도 부족하죠. 그 분위기 속에서 내가 성장할 수 있었고, 그 토양 속에서 옥수수처럼 잘 자랐다고 생각해요.

김 그때 같이 대학을 다닐 때는, 재찬이는 왜 저렇게 머리는 안 깎고 땅만 보고, 혹은 하늘만 보고 다닐까, 왜 이문재는 수업 시간에 만날 뒷줄에 앉아서 수업은 안 듣고 호주머니에서 종이를 꺼내서 뭘 적었다 집어넣었다 이럴까, 왜 김정숙(김형경)이는 병아리 우장 같은 점퍼를 둘러쓰고 수업 시간에 고개를 숙이고 있을까, 저 인물들이 문학을 해서 어떻게 할 건가하고 나처럼 시니컬하게 보는 사람도 있었어요.

내가 언론사로 갔더라면 그것을 이해를 못했을 텐데 문학을 하면서 여러 가지 껍질이 깨어지다 보니까 그때 그 사람들이 귀한 사람들이었다는 알게 돼요. 그런데, 한 선생님, 우리 류시화 시인이 대학을 다니던 그 무렵에는 우리 경희대학교 국문과 한 클래스의 거의 절반이 문인이었어요.

한 그랬군요. 저도 얼마 전에 '경희문학상' 시상식에 가서 경희대학교 출신 문인들의 힘이라는 것이 얼마나 대단한 것인지 잘 느끼고 왔습니다만, 오늘 이 자리에서도 경희대의 분위기가 얼마나 자유롭고 문학적이었는지 짐작하게 되네요.

김 그때 같이 대학 다닐 때, 이 두 분 하고 하재봉 시인하고 세 사람이 '시운동' 을 했죠.

류 처음엔 이문재, 하재봉하고 저였죠. '시운동' 전신이 있었어요. '청삼靑衫'이라고요. 하재봉 씨는 내가 대학을 들어가서 만났어요. 하재봉 씨가 그 후에는 소설도 쓰고 영화 평론도 하지만 나는 아직도 하재봉 씨를 시인이라고 생각해요. 하재봉 시인과 저는 아까 비유를 들었듯이

233

밖으로 나오려는 새를 서로 발견한 사이죠. 이 사람에게도 그것이 있구나, 그것이 나오려고 하고 있구나, 그런 아주 중요한 만남이었어요.

처음 얼굴이 마주치고 잠시 몇 마디 나눈 다음에 동인을 하기로 결정을 했죠. 원래 둘이서 시작을 하려고 했는데 둘이 그러면 동성연애를 하는 게 아닌가 오해를 받을 것 같아서. (김종회, 한명희 웃음) 다른 사람을 물색하던 중에 시운동 1집에 박덕규 씨가 가담을 하게 됐죠. 이문재 씨는 그때 군대를 가게 됐고, 그 이듬해 하재봉 씨하고 저하고 신춘문예로 등단을 하게 됐죠. 도를 추구하는 세계에서는 '도반'이라는 게 있는데요, 하재봉 씨는 그 시절에 나한테는 굉장히 중요한 도반이었죠.

13세기 아랍의 시인 중에 루미라는 사람이 있는데, 루미가 대단히 유명한 학자였어요. 온갖 책을 다 읽고 코란에도 정통한 학자였는데 따브리즈라는 신비주의 시인을 만나서 자기 지식을 버리고 아랍을 대표하는 시인이 됐죠. 셰익스피어를 빼고는 영국 문학이 없듯이 아랍 문학에서는 루미를 제외하고서는 아랍 문학이 없을 정도죠. 하재봉 시인과 저는 그런 만남이었다고 생각해요.

김 루미의 시가 영어로 번역되어서 미국에서는 많이 읽혔는데, 국내에서는 거의 안 알려졌지요?

류 제가 루미의 시를 집대성해서 곧 내려고 해요. 근 10년간 제가 번역을 해 왔어요. 아침에 한 편씩 번역하자, 그래서 매일 한 편씩 번역을 해서 이제는 거의 다 번역을 됐어요. 곧 책으로 낼 계획으로 있습니다.

김 루미가 페르시아의 시인이죠? 내가 왜 루미를 아냐면, 이성열이라는 재미 시인이 그의 시를 번역해서 출판을 했는데, 그 과정에 관련이 있었어요. 물론 그 분은 영어를 가지고 우리말로 번역을 했어요.

류 그건 그렇게 밖에 할 수 없어요. 미국에서도 루미 시를 번역해서 유명해진 사람들이 있어요. 이 사람들조차도 아랍어를 이해하지 못하기 때문에 아랍학자들과 공동작업을 했어요. 저의 경우도 영어를 텍스트로 하고 해마다 인도에 가서 그 사람들하고 같이 뜻을 새기곤 해요. 루미 시는 다들 외우고 있으니까 같이 듣고 같이 뜻을 새기고 그러죠.

김 이성열 시인의 그 번역 원고를 내가 거들어서 출판을 하기는 했는데, 처음에는 이 시집을 내주겠다는 곳이 없었어요.

류 그건 번역의 문제도 있다고 생각해요. 루미 시가 굉장히 상징적이고…… 인류 역사상 가장 신비주의적인 시인이라고 생각해요. 국내에 내놨을 때 널리 읽히리라고 전 봐요.

김 시집을 내기는 했는데, 좀 잘 읽혔으면 좋겠어요.

류 시를 선정하는 것이 일차적인 작업이죠. 저는 제 눈으로 선정을 하니까. 제가 이해할 수 있고, 내 시 작업과 맥락이 닿는 것을 택하죠. 미국에서는 루미의 시가 굉장히 에로틱한 시로 많이 번역이 됐어요. 왜냐면 계속해서 러브에 대해서 얘기를 하고 있으니까. 루바이야트 같이요. 그러나 중세 시대에는 '신'이라는 말을 쓰지 않고 **'Be Loved'** '연인'이라고 했죠. 한국말로는 '님'이죠.

우리는 지금 신을 믿는다고 하잖아요. 잘못된 거잖아요. 옆에 나무가 있을 때, 왜 나무를 믿겠어요. 그냥 보는 거지. 중세 시대에는 신을 믿고 안 믿고의 문제가 아니라 신을 사랑하는 거죠. 신은 있는 것이고. 그래서 루미가 사랑에 대한 시를 많이 썼어요.

제가 번역한 시 중에 〈봄의 정원으로 오라〉는 시가 있는데, "이곳에 술에 촛불과 양탄자가 있으니 만약 당신이 오지 않는다면 이것들이 무슨 의미가 있는가. 그리고 만일 당신이 온다면 이것들이 또한 무슨 의미가 있겠는가." 대단히 좋은 시라고 생각해요. 좋지 않은가요? 인간의 사랑으로도 해석할 수 있지만, 우리가 가진 많은 것들이 신이 온다면 무슨 소용이 있겠어요?

루미의 시를 얘기하는 자리는 아니지만, 제가 지난 10여 년 동안 해 온 작업 중의 하나가 루미와 인도 시인 까비르의 시를 번역하는 거였어요. 이런 작업들이 사실은 문단과는 맞지 않는 것이지요. 제가 문단과 거리를 둔다든가 하는 것은 아니고, 영미 문학이나 프랑스 문학을 주로 읽고 소개할 때 나는 우리나라에서 아무도 이름을 알지 못하는 루미나 까비르 이런 사람들에게 끌렸고…….

김 십수 년 전에 말이죠?

류 그렇죠. 그런 차이일 뿐이죠.

시집을 내지 않는 이유는

김 얘기 중간에 잠깐 정리하고 넘어가면, 여러 자료들에 류시화 시인 이 본인의 시집이나 산문집 외에 명상서적을 이른바 '기획' 했다고 되어 있는데, 본인이 그 서적들을 기획을 한 건 아니죠? 그냥 좋아서 번역을 했다고 봐야죠?

류 음, 저뿐만 아니라 많은 사람이 살면서 여러 가지 명칭을 가질 수 있 다고 생각해요. 우리는 버스를 타면 버스 운전을 하는 사람을 버스 운 전사라고 하잖아요. 사실은 버스 운전사라는 명칭은 그 사람에게 전혀 안 어울릴 수 있거든요. 그것은 하나의 직업일 수 있잖아요. 제가 하는 행위도 기획자, 혹은 번역자라고 할 수 있겠죠. 그것을 부인할 수는 없 겠죠. 뭐 명상 서적을 100여 권 넘게 번역했으니까. 그런 걸 거부하는 게 아니고, 그것은 내가 아니라는 거죠. 그것은 내가 아니고 나는 시인 일 뿐이죠.

김 내가 읽은 자료에 의하면 《지금 알고 있는 것을 그때도 알았더라면》 을 번역하는 데 13년이 걸렸다고 하고, 《하늘 호수로 떠난 여행》도 10 년을 준비했다고 하더군요. 지금 루미의 시도 10여 년 전부터 읽고 번 역하고 있다고 하면, 이를테면 한국에서 문학을 하는 사람으로서 이런 장거리 경주를 하는 경우는 거의 없지 않았을까요? 이문재 시인 어때 요?

이 시인으로는 없겠지요.

류 어려서부터 내가 가지고 있는 세계나 내 의식이 자꾸 쏠리는 세계가 남들과 다르다고 느꼈기 때문에, 견디는 것이 나한테는 힘이었어요. 그래서 그것에는 익숙해져 있는 것 같아요.

김 지금까지 얘기를 들은 것은 문학의 출발의 바탕에 관한 것이고, 그 다음에 신춘문예로 등단한 것은 널리 알려져 있으니까 넘어가기로 하고, '시운동' 얘기를 좀 더 들을까요?

류 하재봉, 이문재 시인하고 저하고 '청삼' 동인을 한 1년하고, 우리가 같이 등단하고 나서 '시운동' 동인을 시작하게 됐어요. 처음 시작할 때 이름을 뭘로 할까 하다가 내가 'movement' '운동'으로 하자고 하니까 하재봉 씨가 거기에 '시' 자를 하나 덧붙이자고 해서 '시운동'이 된 것입니다. 매우 힘든 시기였지요. 다른 것이 어려웠던 게 아니라 그 당시 사회 상황이 박정희, 전두환 이런 시대였기 때문에 그런 시대도 어려웠고, 또 오로지 그 시대에 알맞은 문학을 해야 한다는 압력이 가해지는 일 자체도 우리한테는 어려웠어요. 그게 '시운동'의 운명이었습니다.

한 그 무렵, 류시화 아니 안재찬 시인의 시에 대한 비판이 많았던 것도 그런 사회적인 분위기와 무관하지 않았다고 봐야겠지요.

김 80년대라고 하는 것이 시대적으로도 상당히 어려워서…… 내 기억으로는 평론가 박철화가 안재찬으로 시를 발표했을 때와 류시화로 발표했을 때의 시의 차이에 대해 썼던데…… 평론가 채광석은 '외계인'이라는 매우 극단적인 표현을 썼고요.

류 그런데, 그런 평가는 대단히 정확했다고 봐요. 그 사람은 나를 비난하려고 대단히 부정적인 의미로 썼지만, 나는 내가 어디서 왔는지 아직도 모르고 있고, 우리 모두가 외계에서 왔을 수도 있지요. 그러니까 나쁜 지적이라고 생각하지 않아요.

김 그래서 우리가 사는 이 땅도 '지구별'이고…….

류 그럼요.

김 '외계인'이라는 말도 매우 포괄적인 의미를 가지고 있지만, 채광석이라는 평론가도 그 계열에서는 매우 명민한, 그리고 논리정연한 비평가였어요. 아깝게도 일찍 세상을 떠났지만요. 채광석으로 대표되는 그런 시각이 시인 류시화에게 집중되는 것은 어떤 면에서 당연한 거였거든요. 그 시각에서는.
그 외에도 문단에서 요구하는 방식과 다른 측면에 대한 비판이랄까, 다른 말로 하면 문단이 시대, 역사적인 상황을 수용하는 면을 두고 얘기하는 것일 수도 있겠지요. 또 하나는 자기들이 본격 문학이라고 이름붙여 놓고 있는 문학에 대한 정통파적인 견해의 측면, 문학의 일반론적인 측면을 류시화 시인이 좀 넘어가 있지 않나 하는 부정적인 평가가 분명히 있다고 봐야겠지요. 그런 문제에 얽매여 살아온 것은 아니겠지만 이런 비판들에 대한 생각은 어떤지 궁금하네요.

류 제가 번역자로서 혹은 구도자로 살아간다고 사람들에게 일컬어지지만 저 자신은 시인이라는 것만 가지고 살아왔어요. 지금도 그렇고요. 시인은 예술가인데, 그 예술가가 사회로부터 또 외부인으로부터 어떻게 좋은 평가만 받겠어요. 예술가는 그런 비난을 감수하고 출발한 사람이죠. 저에 대한 비난이든 평가절하든 있을 수 있는 일이라고 생각해요.

나뿐만 아니고 다른 사람의 작품에 대해서 얘기할 때도 그 사람의 대표작을 얘기해야 한다고 생각해요. 그 사람의 가장 훌륭한 작품을 놓고 평가를 해야 된다고 생각해요. 그런데 어떤 사람이 나에 대해서 "이 사람은 대중시인이야"라고 얘기를 하려면 대중적인 작품을 고르겠죠. 그건 그 사람의 선택이며 역량일 것입니다.

한 내 시 중에서 나쁜 작품 말고 좋은 작품으로, 내 시 세계를 얘기해 달라고 하시는 건데요, 류 선생님의 경우 대표작으로 생각하는 작품이 있나요, 있다면 어떤 건가요?

류 있습니다. 그것은 나의 대표작이죠.

한 그러니까 구체적으로 어떤 작품을 대표작으로 꼽으시나요?

류 나의 경우는 〈시월 새벽〉이나…… 그렇게 시작하는 시가 있어요. "시월이 왔다. 새벽이 문지방을 넘어 차가운 손으로 이마를 만진다. 언제까지 잠들이 있을 것이냐고. 개똥지빠귀가." 또 〈구월의 이틀〉이나 〈길 위에서의 생각〉, 이런 것은 나를 가장 잘 표현한 시라고 생각을 해요.

내가 낸 두 권의 시집 속에는 유치한 시도 있고 덜 익은 시도 있어요. 그런 시들을 갖고 얘기를 하면 나는 형편없는 시인이 되는 거죠. 그것은 지금까지 살아오는 모든 시인에게 해당되는 얘기라고 봐요. 단, 차이는 뭐냐면 내 시집이 너무 많이 팔렸다는 데 있습니다. 문제는 내 시집이 둘 다 1백만 부 이상 팔렸다는 데 있어요.

내가 드러내 놓고 무슨 연애시나 삼류시를 쓰지 않았는데 이 시가 1백만 부가 넘게 팔린 것이 이런 소란이랄까 문제 제기의 원인이 되고 있는 거죠. 내가 처음 시집을 냈을 때 나는 내 시를 파는 것이 싫어서 이문재 시인에게도 거짓말을 하고 자비출판을 하겠다고 그랬어요.

그 당시 우리는 형식적으로 책 뒤에 평론을 싣잖아요. 내가 데뷔하고서 갑자기 사라졌다가 10년 만에 나타나서 시집을 내겠다고 하니까 관심이 굉장히 높아졌어요. 그래서 주변의 여러 평론가들이 내 원고를 가져가서 자기들이 평론을 쓰겠다고 그랬어요. 이건 높이 평가받아야 될 시라고 그랬죠. 그런데 저는 그게 싫었어요. 왜 내 시에 평론을 실어야 하나. 그건 너무 매너리즘이 아닌가.

그래서 저는 같이 문학 공부를 해 온 이문재 씨한테 써 달라고 그랬죠. 왜 평론가가 써서 평가받게 하지 않느냐는 말도 많았지만 나는 평가받고 싶지 않다고 했죠. 어렸을 때 내가 신비체험을 통해서 시를 쓰게 되었을 때 평가를 원한 것이 아니니까요. 내가 이것을 어떻게 표현하는가가 문제지 평가가 문제가 아니죠. 그래서 이문재 시인이 쓰게 됐죠.

시집이 나와서 일주일 만에 베스트셀러가 되었는데, 평론을 쓰겠다고 하던 사람들이 정반대의 입장에서 작품을 얘기하는 현상이 일어났죠. 나는 그것은 가능한 일이라고 생각했어요. 나조차도 시집을 1천 부를 찍을지 2천 부를 찍을지 고민했었으니까요.

다른 시 전문 출판사들이 시집을 내자고 했는데 나는 이것이 싫었어요. 그 출판사들이 시집을 50권 100권을 냈는데 왜 시집이 다 똑같은가 하는 거였어요. 왜 시집은 표지를 똑같이 하고 똑같은 자리에 사진을 넣고…… 나는 그것을 견딜 수 없었어요. 그것은 나라는 사람에 대한 말살이다, 그것을 지금까지 가정에서 사회에서 그것을 견뎌 왔는데 왜 시집을 내면서까지 그것을 요구 당해야하는가 하는 생각이 들었어요.

그래서 나는 그것을 요구했어요. 내 시집은 내가 만들게 해 달라. 테니슨인가가 자기가 자기 시집을 만든 경우가 있었죠. 딜란 토머스 같은 경우도 첫 시집을 두 권 만들어서 하나는 애인에게 주고 하나는 자기가 가졌다고 그러죠. 정확한 기억인지는 모르겠지만요. 왜 내 시집을 내가 만들겠다는데 그것을 건방지고 일탈하는 행위로 보느냐는 생각이 들었어요. 그래서 그 당시 아무 이름도 없지만, 시집을 내주겠다는 출판사를 선택한 거거든요.

내 시집이 많이 팔리는 것이 내 시를 이야기할 때 기준이 된다면 그것은 그것을 얘기하는 사람들의 마음속에 시를 오해하는 부분이 있는 거죠. 시는 돈 주고 살 수 있는 게 아니에요. 나는 그걸 믿어요. 어떤 사람이 돈을 내고 시집 한 권을 샀다고 해서 그 시를 샀다고 하면 그건 착각입니다.

시는 잠시 멈추고 듣는 거죠. 자기 걸음을 멈추고, 자기 삶을 멈추고, 자기 생각을 멈추고 시인이 하는 그 몇 줄의 말에 귀를 기울이는 것입니다. 나는 이런 걸 꿈꿉니다. 내가 서울의 어느 거리에 앉아서 지나가는 사람에게 시를 한 편씩 주는 것을 상상해요. 나뿐만 아니고 나와 같은 시인들이 거리에 나와서 시를 주는 겁니다. 왜냐하면 그렇게 시를 줄때 그것을 읽는 사람은 멈추게 돼요. 그것은 그 사람의 영혼과 닿을 수 있는 일입니다.

내가 원했든 원치 않았든 시집이 많이 팔렸는데, 이 시집은 이런 형편

없는 시 때문에 팔리는 거야 이렇게 얘기하는 것은 이상하지요. 시는 돈 주고 살 수 있는 것은 아닙니다. 다른 예술도 마찬가지 아닐까요? 돈이라는 건 하나의 매개체요 접점이지요.

김 이런 얘기를 공식적으로 해 보지는 않았을 것 같은데요.

류 해 본 적이 없어요. 이문재 씨 만나도 그런 얘기 할 필요가 없으니까요. 오늘 얘기 또한 우리 선배님이 질문을 하니까, 내가 나이도 어리고 후배 되는 입장에서 어디 그런 쓸데없는 질문을 하느냐 나무랄 수도 없고 해서 성실하게 답변을 하느라고 이렇게 스토리를 만들어서 얘기를 하는 것이지, (류시화 시인 빼고 모두 웃음) 저하고는 별개 문제입니다.

저는 그렇습니다. 1년에 4~5개월 여행을 하고요. 지난 10여 년간 인도, 네팔, 티베트를 그렇게 다녔습니다. 그리고 돌아와서는 작업실에서 내가 발견한 좋은 책을 번역합니다. 나는 출판사에서 어떤 책을 번역해 달라고 해서 번역한 적이 없습니다. 나는 번역가가 아니니까. 그리고 사회의 도구가 아니니까요.

내가 사회적으로 이름이 나고 많은 사람이 내 작품을 보지만 나는 전화도 안 받아요. TV도 안 보고, 신문도 안 봐요. 아침에 집에서 6시 반이나 7시쯤에 나와서 저녁 8시까지 작업실에서 있어요. 작업실에서 벗어나서 누구를 만나는 것이 1년에 두세 번 정도예요. 여행을 많이 다니고, 여행 가서 너무 많은 사람을 만나기 때문에 작업실을 벗어난 적이 거의 없어요. 그 작업실이 춘원이 잠시 살던 오래된 고택인데 거기서 혼자 지내요.

내 책이 얼마가 팔린다 이런 것은 몇 년이 지나서 겨우 알고 그런 것이지, 그런 것은 나의 목표가 아닙니다. 그냥 사회로부터 대단히 단절된 상태에서 살아요. 문단에서 회의를 해서 나를 축출했는지는 모르겠지만, (김종회 한명희 웃음) 저는 문단도 모릅니다. 또 사람은 본질적으로 서로 연결되어 있으며 형식적으로 연결되어 있지 않다고 해서 그것이 서로 다른 사람이라고 보지 않아요. 문단과 활발하게 교유하고 있는 사람이든 나처럼 1년에 한두 번 밖에 밖으로 안 나가는 사람이든 우리는 본질적으로 같은 사람이죠.

류시화와 그의 친구들

한 아까 류 선생님이 〈시월 새벽〉 〈구월의 이틀〉 〈길 위에서의 생각〉을 대표작으로 꼽으면서 그 시들이 '나를 잘 표현한다고 생각한다'고 말했는데, 그렇다면 좋은 시는 나 자신을 잘 표현한 시라고 해도 될까요?

류 그렇죠. 내가 내 안에 갇혀서 나오려고 하는 새를 가장 온전하게 내보내는 거죠. 그런데 우리는 자꾸 덧칠을 하잖아요. 새의 날개를 내가 달기도 하고, 맘에 안 들면 어떻게 하기도 하고, 그런데 그 시들은 그 자리에서 내가 쓴 시들이거든요. 〈길 위에서의 생각〉 같은 경우도 북인도 들판에서 길을 잃고서 하루 종일 기차역을 향해서 가다가 그냥 나온 것이죠.

김 그 시가 우리 대학 곳곳에 붙어 있어.

한 어디 경희대뿐이겠어요. 적어도 젊은 세대에서는 류시화 시인을 모르는 거의 사람이 없다고 봐야겠죠. 요즘 시인들이 쓰는 시를 잘 안 읽는다고 하시니까, 아니 읽을 시간이 없다고 하셨죠? 현재 우리 시단을 어떻게 보는지 물을 수가 없게 되었네요. 대학 시절에도 우리 시를 잘 안 읽었나요? '시운동' 동인 시절에는 어떤 시를 주로 읽었는지 궁금해지네요.

류 우리는 외국시를 많이 읽었죠. 파블로 네루다나 잉게보흐 바흐만, 이런 사람들의 영향을 많이 받았고 또 그 영향이 저의 습작기엔 중요한 역할을 했죠. 빈센트 알렉산드레라든가 하는 시인들의 시에 하재봉 씨나 제가 영향을 많이 받았죠.

한 아까 하재봉 시인 얘기를 하면서 '도반'이라고 했었죠? 류 선생님과 하재봉 시인이 서로 잘 통했다는 것은 제 방식대로 어떻게 이해를 해 볼 수가 있겠습니다. 그런데 이문재 시인과 류 선생님은 서로 색깔이 많이 다르지 않나요? 어떻게 이렇게 친한지 모르겠네요. 듣기로는 류시화 시인을 만나려면 이문재 시인을 통해야만 된다고 하던데요. 심지어 주소까지도 '이문재 시인 전교' 이렇게 한다면서요?

류 인제선사 말에 이런 게 있어요. 죄송합니다. 자꾸 무슨 거창한 얘기를 해서. 제가 늘 그 체계 속에서 살아 놔서. 인제선사가 그런 말을 했어요. "길에서 검객을 만나거든 너의 칼을 보여주고 그가 시인이 아니거든 너의 시를 보이지 말라." 제가 굉장히 좋아하는 구절인데, 이문재 시인과는 우리가 처음 만났을 때부터 서로가 시인이라는 것을 알았죠.

그랬기 때문에 늘 서로 시를 보여주고, 미완성인 시도 보여주고, 불과 두 세줄 밖에 안 되는 시도 보여줄 수가 있었죠. 그 시절에 내가 쓴 시를 보여준 사람은 하재봉, 이문재 두 사람밖에 없어요. 하재봉 씨는 1, 2년 나랑 동인 하다가 멀어졌고 이문재 씨는 유일하게 길에서 시를 만나서 시를 보여준 인연이죠. 검을 다루는 솜씨는 저보다 훨씬 나아서…….

이 경희대 국문과에 들어가지 않았으면 시를 안 썼을 거고 또 경희대 국문과에 안재찬이란 동문이 없었으면 그 불씨를 못 만났을 거예요. 그 날짜와 시간을 정확히 기억하고 있는데, 1978년 4월 4일 오후 4시에 101 강의실에서 경희문학회 신입회원 모집을 했어요. 갔더니 그다음 주에 시든 수필이든 한 편씩 써 오래요. 그때 '기린보다 높은 사람'이 와가지고 악수를 하면서 같이 시를 같이 쓰지 않겠냐고 그랬어요. 저는 그때까지는 시에 대해 생각을 안 했어요. 예비고사 점수가 낮아서 국문과를 들어갔으니까요.
그때 제가 쓴 시가 〈총〉이라는 시였는데, 그게 3행짜리 시예요. 3행. 길게 쓰기도 그렇고…… 안 써 봤으니까요. 그런데 그걸 보고 와서 같이 한번 해 보자고 했죠. 그래서 경희문학회를 조금 다녔는데…… 매주 금요일에 합평회를 하는데 시를 한 편씩 칠판에 써 놓으면 선배들이 난도질을 해요. 너무 살벌했죠. 그게 싫어서 저는 문학회는 안 나갔어요. 1학년 2학기 때는 연극부를 했죠. 1, 2학년 때는 둘이 같이 신나게 놀았어요. 지금은 많이 문명화돼서 이렇지…….

김 옛날에는 수염도 안 깎고 다니고 그랬지.

한 이문재 선생님도 그러셨어요?

김 이 두 분이 성향이 비슷해요. 그 성향이라는 것이 어떤 거냐면 본질적인 문제에 반응하는 형태라든지 아닌 것을 그렇다라고 인정하지 못하는 방식이라든지, 아무튼 원론에 있어서 비슷한 기질을 가진 분들이에요. 제가 알기로는.

이 제가 많이 배웠죠. 학교는 같이 들어갔는데 군대 때문에 졸업은 달랐죠. 졸업을 하고 나서 저는 홍대 앞에 살았는데 먹을 게 없고 그러면 이 친구한테 가는 거예요. 가서 얻어먹고. 그때 완벽한 거지였으니까.

김 류시화 시인은 군대 안 갔죠?

류 왜 저 군대 안 갔다 온 것 같아요? (다같이 폭발적으로 웃음)

이 갔다 왔어요.

김 육군 갔다왔나요?

류 네. 전혀 그렇게 안 보이죠?

한 그 긴 머리를 깎고 군대를 가셨단 말씀인가요?

김 머리 깎고 가야지 그럼. (몇 사람 웃음)

김 여기 집에서 혼자 사나요?

류 아닙니다. 집사람이 있어요. 내가 이렇게 사니까 많이들 혼자 사는 것으로 보는데, 집사람이 경희대 동문이에요. 대학 다니면서 만났어요. 미륵이라고 미국 가서 공부하고 있는 아들이 있어요. 열네 살인데. 그 아이도 어려서부터 내가 히말라야를 계속 데리고 다녀서 한국 사회나 교실이 답답하겠죠. 자기가 여기서 중학교 1년 다니고 나서 미국에 보내 달라고, 그래서 보냈습니다.

김 번역할 때는 주로 영어로 된 것을 하나요?

류 물론이죠. 일본어도 한두 번 해 봤는데…… 저는 영어도 '야매'로 배웠어요. 문학 활동을 하다가 나에게 어떤 한계가 왔던 것 같아요. 학교에서 배운 것, 남의 시에서 배운 것을 떨쳐 버려야겠다는 생각이 들었어요. 내가 어려서 체험했던 외부 세계와 내가 하나가 되는 체험, 이 것이 없이는, 바람이 불고 있다고 시를 써도 바람 부는 것을 잘 못 느낀다고 느꼈어요.

대학을 졸업하면서 나라는 존재가 무엇인가, 인간이란 존재가 무엇인가를 탐구하게 되었는데 국내에는 책이 많지 않았죠. 그래서 외국에 있는 책을 한 권씩 얻어다가 읽기 시작했는데 사전을 끌어안고 살다시피 했죠. 지금도 언어 실력은 형편없어요.

인간 탐구 위한 여정을 떠나다

김 이렇게 하죠. 류시화 시인에게 너무 시간을 많이 요구해도 안 될 것 같으니 방향을 좀 바꾸지요. 그동안은 문학적 바탕이라든지 문학관에 대해 얘기를 해 봤는데, 이번에는 여행이라든가 직접적인 체험과 더불어 독서체험도 좀 얘기를 해 주면 좋겠는데요.

류 책 읽기는 내 인생에서 여행과 마찬가지로 중요한 부분이죠. 영어로 된 명상서적 중에 미국에서 발간되는 것만 해도 매년 2, 3백 종이 돼요. 저는 1년에 1백 권 정도를 원서로 읽어요. 지금도 매일 읽죠. 매일 불 켜 놓고 얼굴에 책을 덮어쓴 채 잠들어요. 매일 우리 집사람이 들어와서 불을 꺼 줍니다. 그것은 예외가 없어요. 그래서 결혼 생활도, 내가 책을 읽다 자야 되니까 늘 내 방에서 수도자처럼 혼자 자고……
원서를 1년에 1백 권을 읽다 보니까 국내 서적은 거의 읽을 수가 없게 됐어요. 그래서 이렇게 자꾸 단절이 됐던 것 같아요. 국내 시라든가 문학 잡지나 이런 걸 안 읽게 됐고, 문학 잡지에 시를 발표하지 않게 된 것도 마찬가지일 겁니다. 처음에는 자꾸 청탁이 왔는데, 그걸 제가 거부하게 됐고…….
거부한 것은 문단과 멀어지기 위해서가 아니고, 저는 지금도 시를 종이에 쓰지 않거든요. 다 외워서 써 버리니까 시간이 오래 걸리고…… 여러 시들이 내 안에서 자기를 다듬어 달라고 외치는 거죠. 어떤 시는 지금도 아침에 일어나서 중얼중얼하는데 거의 1년 정도에 걸쳐서 한 줄씩 덧붙여지는 경우도 있거든요.
1년에 4, 5개월 여행하는 것을 매년 한다는 것은 말처럼 쉬운 일이 아니거든요. 더군다나 오지를 다니니까 메모를 하는 것은 불가능하고 다 외워서 쓰게 됐어요. 나에게 주어진 시간이 많지 않기 때문에 대부분의 시간을 책 읽기에 바치고, 오전에는 글을 쓰거나 번역하거나 그렇게 하고 있어요. 어떤 책들이 시간이 오래 걸리는 데는 내가 많은 자료를 갖고 작업을 하기 때문이기도 하지만 자꾸 여행을 가니까 그것이 오래 가게 됐죠.

국내에서 나와 같은 시간대와 공간대를 살아가는 사람들이 어떤 시를 쓰고 있는가 하는 생각이 들어서 읽고 싶지만 가끔 책방에 가서 보면 나는 너무 멀리 와 버렸구나 하는 생각을 갖게 돼요. 나는 이해할 수 없는 언어를 이 사람들이 쓰고 있고, 또 이 사람들이 들여다보지 못하는 세계를 나는 또 갖고 있구나 하는 생각을 갖게 되어요.

김 미국도 자주 가고, 인도나 티베트도 자주 가는데 인도를 선택한 데는 특별한 이유가 있나요?

류 그것은 문학을 하다가 존재의 본질에 대한 회의를 느꼈고, 그것을 해결하지 않고 내가 문학을 하는 것은 시인 행세를 하는 것에 불과하겠구나, 그리고 잡지사 기자밖에 못하겠구나 하는 생각이 들었고, 그래서 문학 공부를 잠시 중단하고 인간의 본질에 대한 공부를 하고 싶었기 때문입니다. 그러다 보니 자연스럽게 인도로 귀결이 된 거죠. 심지어 동방 원정에 나섰던 알렉산더 대왕도 처음에는 영토 확장의 동기에서 인도로 갔지만 나중에는 인도의 사두들, 탁발승들도 대화를 나누지 않습니까.

나도 그렇게 인도로 귀결이 되었고 지금까지 해마다 가게 되었어요. 그건 아직도 내가 도상에 나와 있으니까 되는 거겠지요. 저는 유럽은 한 번도 못 가 봤습니다. 중국도 한 번도 가보 질 못했고……. 미국은 명상 센터가 많고 인도의 스승들이 미국으로 가니까 따라서 가게 된 거죠. 지금까지 살아온 내 짧은 생을 거기에 바쳤다고 생각해요. 단순한 취미 라든가 신기한 세계에 대한 동경으로 여행을 간 것은 아니에요.

저는 시를 쓰는 행위가 어쨌든 세계와 연결되는 거라고 생각해요. 15년 동안 해마다 이런 여행을 다녔지만 여행도 전체와 연결되는 굉장히 인상 적이고 직접적인 방법이겠지요. 그렇지만 저에게 더 기쁨을 주는 것은 여행보다 시를 통해서 세상과 연결되는 것이에요. 시를 쓰는 행위는 사 실은 시인 스스로 세상과 떨어져서 홀로 있는 것을 선택하는 거잖아요.

한 줄곧 인도, 티베트 쪽에 관심을 가져 오셨고 연전에는 인디언들의 삶의 방식에 대해서도 자세히 소개를 하신 셈인데, 한국적인 것에는 관 심이 없으신가요. 요새 우리나라에선 단전호흡이니 선이니 이런 것들 도 많이 합니다만.

류 제 성향이 신비주의라고 하던데 그 신비주의와 그런 쪽은 다르죠.

이 지금 이 대담과 관련이 있을지 없을지 모르지만 신비주의나 명상, 이런 쪽에 대해서 많은 사람들이 오해를 하고 있어요. 그게 워낙 스펙 트럼이 넓어서요. 그쪽에 대해서 간단하게 좀 정리를 하죠.

류 그건 뭐 내가 말할 게 아닌 것 같아요. 나는 명상이나 이런 쪽을 얘 기를 안 하거든요. 명상을 하면 하는 거고 안 하면 안 하는 거지요. 다른 명상법이나 이런 것에 대해서 얘기하는 사람들도 있지만, 저한테는 여행이 곧 명상이고, 또 시를 쓰는 것만큼 명상이 어디 있겠어요? 자기 혼자 자기 방 안에 앉아서 명징한 세계에 도달하려는 노력이잖아요.

연애 시인이라는 오해

한 류 선생님의 시 중에서 많은 것들이 연애시로 읽히곤 합니다만, 이 문제는 어떻게 생각하세요?

류 저는 제가 낸 내가 낸 시집 두 권을 연애시로 읽는 것은 시의 독해 방법에 문제가 있는 거라고 생각해요. 제가 공부해 온 루미나 까비르 시의 연장선상에서도 봐 줘야지 그것을 마치 사춘기 소년 소녀가 주고받는 얘기로 이해하는 것은…… 다른 시인들도 나름대로의 길과 사명이 있겠지만 저의 길은, 제가 이해하는 바로는, 시인의 사명은 관계를 되살리는 데 있다고 생각해요. 사람과 사람, 사람과 사물의 관계를요. 예를 들어 내가 감자에 대한 시를 쓰면 그 시를 읽는 사람은 감자와의 관계가 되살아나겠지요. 우리가 살아가는 데 있어서 단절, 그것을 극복하는 연결, 이것이 중요하다고 봐요. 이것은 어려서 제가 체험한 신비적인 것과 같은 맥락이기 때문에 그것이 가장 큰 사명이라고 생각해요. 그래서 제목도 '그대가 곁에 있어도 나는 그대가 그립다' 라는 표현을 썼는데 그것이 너무 많이 팔리다 보니까 연애시처럼 돼 버렸죠.

김 그동안 책이 많이 팔리고, 번역 작업을 해서 나온 책도 많고 그런데,

정작 류시화 시인의 시집은 두 권 밖에 없거든요. 전체적인 분량으로 보면 엄청나게 과작인데요.

류 그것은 저도 이 사회에서 이 상황에서 살기 때문에 상황에 영향을 받죠. 저는 여행을 가든 번역 작업을 하든 하루에 한 줄이라도 시를 안 쓴 날이 없거든요. 그런데 내 시집을 낼 수가 없어요. 시집이 너무 팔리고 그것에 반발하거나 부정적으로 보는 경우가 너무나 많고…… 내가 어떤 역작을 내놔도 상업적인 작품으로 평가를 할 거예요. 그러니까 내 시집을 낼 수가 없어요. 그래서 내게 시집을 내자고 할 때마다 내 시집이 베스트셀러에서 떨어지면 그때 내겠다고 하죠.

그런데 내게 있어 더 중요한 것은 내가 시인의 눈을 간직하는 것, 시인의 영혼을 갖고 사는 것입니다. 그것이 시인으로서 명성을 얻는 것보다 훨씬 더 중요해요. 내가 몇 권의 시집을 내는가가 중요한 것이 아니고 내가 내 주위의 사물들을 어떻게 보고 있는가, 또 삶이 어떻게 흘러가는가를 어떻게 보고 있는가가 중요한 것입니다.

나는 내 삶이 공기 속을 걸어가는 나뭇잎이라는 생각이 들고, 어떤 순간에도 떨어질 수 있다고 생각해요. 나는 천성적으로 시인이지 구도자는 못 된다고 봐요. 장자나 노자 같은 사람은 될 수가 없는 것이지요. 무심할 수가 없는 것이지요.

김 이문재 선생, 어떻게 생각해요? 우리 류시화 시인 세 번째 시집 내야하는 것 아니예요?

이 (그냥 웃기만 함)

김 한명희 선생은 어떻게 생각해요?

한 글쎄요. 저도 그런 생각을 하고 있었습니다만, 오늘 류시화 시인의 얘기를 들으니까 시인의 뜻을 존중해 주고 싶다는 생각도 드네요.

류 사실은 제가 올해 봄에 세 번째 시집을 내야겠다고 마음을 먹고 시를 추려서 만들어 놨습니다. 그런데 또다시 내 마음을 돌아보게 만든 것은 그래도 내가 좀 자제해야지 하는 생각이 들어서였어요. 외부의 평가 때문이라기보다 저 자신이 시를 써서 유명해지거나 시를 써서 돈을 벌어야겠다고 생각해 본 적이 없거든요. 내 시집이 나가서 그렇게 많은 사람들이 읽는 것이 저한테는 굉장한 부담입니다.

시는 사실 부산물 아닙니까? 선배님은 어떻게 생각하십니까? 시를 결과물로 보기도 하지만 저 자신은 시는 결과물이 아니라고 생각해요. 시는 시적인 혼, 시적인 눈을 가질 때 나오는 부산물에 불과하다고 봐요. 제가 좀 심각하죠, 말하는 게? 제가 이런 얘기를 가끔 해 봤으면 덜 심각해질 텐데, 하도 이런 얘기를 안 해 봐가지고…….

김 아니, 아니야. 나는 질문을 하면 한두 마디 선언적인 대답만 하고 입을 딱 다물어 버릴 줄 알았는데…… 이 얘기들을 인상적으로 듣고 있어요. 보통 이런 자리에서는 마무리할 때 앞으로 계획을 어떤 계획을 가지고 있습니까 하고 물어보게 마련인데 오늘은 그렇게 하면 안 될 것 같네요. 이것 한 가지는 나하고 생각이 좀 달라요. 그럼에도 불구하고 시집은 좀 내어야 할 것 같아요.

류 우리 시단에 저 같은 사람이 있는 것도 재미있을 것 같고, 제가 그렇게 독특한 존재는 아니지만 제 나름대로의 방식을 가지고 살아가는 것이 우리 문단에 크게 장애가 될 것 같지는 않습니다. 저는 앞으로도 그냥 이렇게 살아갈 것이고요. 친구 이문재 시인의 청을 받고 이 자리에 왔지만, 저는 개인적으로 이렇게 나라는 존재에 관심을 가져 주는 것에 대해서 아주 고맙게 생각합니다.

오늘 제가 인터뷰를 두 번째 하는 겁니다. 첫 번째는 인도 대사관에 가서 인도 영사하고 비자 인터뷰를 한 거고, 두 번째가 이겁니다. (다 같이 아주 크게 웃음) 여기 오기 전에 우리 집사람한테 인터뷰한다고 했더니 깜짝 놀라더군요.

제 마음속에는 항상 이런 생각이 있습니다. 제가 여행을 너무 오래 해서 그런지, 여행은 늘 흘러가는 거거든요. 갠지스 강도 흘러가지만 기차도 흘러가고 풍경도 흘러가고 나도 흘러가고, 늘 그 흘러가는 것들 속에서 지난 15년을 보내서 그런지 내 시에 대한 평가라든가 나에 대한 독자들의 관심 같은 것은 저한테는 중요하게 다가오지 않는 것 같습니다. 그걸 내가 어떻게 바꾸기는 힘들 것 같아요.

김 사실은 우리가 이렇게 같이 앉아서 얘기를 하기로 한 것은 우리 이문재 시인의 얘기를 좀 많이 들으려고 한 거였는데…….

이 저도 생각을 많이 했는데요, 저까지 너무 말을 많이 하면 동창회 하는 것 같잖아요. 나중에 따로 얘기할 기회가 있겠죠.

류 여러 가지 좋은 질문을 하셨는데 제가 너무 추상적이고 심각한 대답을 해서 죄송하네요.

김 이문재 시인, 한명희 시인, 나와 줘서 고맙습니다.

이 새로운 얘기를 많이 들었습니다.

한 저도 유익한 시간이었습니다.

류 고맙습니다. 제대로 답변 못 해 드려 미안합니다.

이 여러 선생님, 그리고 친구한테도 고맙습니다.

대담 후 풍경. 그리고…….

대담이 끝나고 김재홍 선생이 들어왔다. 인사가 오간 후 류시화 시인은 이렇게 말했다. "단순한 질문은 해 줘서 굉장히 쉬웠습니다. 시에 대한 철학을 얘기하라면 곤란할 거라고 생각했는데……." 그 말에 우리 모두가 크게 웃었다. 사진작가 김경옥이 사무실을 나서자 그는 "사진을 다 찍으셔서 이제 가시나 보죠. 제가 어떤 각도에서 보면 멋있거든요" 해서 우리를 웃게 했다.
그 자신은 자기의 말들이 너무 심각한 얘기라고 몇 번 말했지만 결국 우리를 웃게 만든 것은 그였다. 그는 자신의 집에서 작업실로 가는 길에 시와시학사가 있다면서 여기를 지날 때마다 간판을 보면서 늘 '시인의 자세를 잃지 말자' 고 다짐한다고 했다. 물론 우리는 그때 다시 한 번 웃었다.

류시화 시인의 인지도를 감안해 볼 때(물론 여기에는 좋은 쪽도 나쁜 쪽도 다 포함되어 있다) 나에게 류시화 시인이 어떻더냐고 물어 올 사람도 한 둘 쯤은 있을 것 같다. 그 사람을 위해서 내가 받은 인상도 기록해 두려고 한다. 그는 우선 말을 굉장히 잘, 그리고 정확하게 했다. 내가 그의 말을 글자로 옮기는 데 별로 어려움을 느끼지 않았다면 이해가 될지 모르겠다. 누군가 자유롭게 한 말을 녹음해서 다시 틀어 놓고 그것을 글로 옮기려면 애를 먹지 않을 수 없다. 말이란 글과 달라서 주어니 서술어니 문법에 맞추어서 하지 않는 경우가 더 많으니까.

우선 내가 한 말들을 들어 보니 그랬고 죄송하게도 김종회 선생과 이문재 선생의 말들도 그러했다. 그러나 류시화 시인의 말은 대부분 그대로 옮겨 적으면 되었다. 물론 어미는 조금 변형을 하기도 했지만. 시를 늘 외워서 쓰는 방식 때문이 아닐까 짐작해 본다. 그리고 류시화 시인은 대화 중에 오른손 제스처를 많이 썼다. 때로는 양손을 같이 움직이기도 했지만 오른손을 휘젓는 포즈가 많았던 것 같다. 그리고 말하면서 고개를 많이 끄덕였다. 그런 행동들은 그의 분위기와 무척 잘 어울렸다.

그리고 하기 아까운 얘기도 여기서 해야겠다. 류시화 시인이 무척 미남이며 키도 180은 훨씬 넘을 것이라는 얘기. 이것은 나의 주관적인 판단만이 아니고 그를 본 네 명의 여성과 김재홍, 김종회 선생도 모두 공감했던 바다. 그와 이문재 시인이 나가고도 우리는 한참동안 그에 대해 얘기했던 것이다.

인도의 바라나시에 가니 인도 사람들이 한국 사람만 보면 류시화가 내 친구라고 하더라는 건 내가 한 얘기였고, 류시화 시 〈길 위에서의 생각〉

이 국어 교과서에 실려 있다고 얘기한 건 김재홍 선생이었다. 김종회 선생은 대학교 때의 류시화 시인에 대해서 얘기해 주었다. 류시화 시인의 맨발도 잠시 화제가 되었는데 아깝게도 나는 그의 맨발은 보지 못했다. 신발이 아니고 양말을 신지 않은 맨발. 영하 8도라는 날씨에 맨발이라니……

그는 내일모레 히말라야로 떠난다고 했다. 그가 좋은 시를 가슴 가득 담아서 건강하게 돌아오기를 기다리는 사람이 한 사람 더 있다는 것이 그에게는 아무런 의미도 없을 것이다. 그러나 나는 그가 좋은 시를 써서 건강하게 돌아오기를 기원한다. 같이 좌담을 했다는 이유만으로도 그 정도쯤은 빌어 줄 수 있는 것이 아닐까?

류시화 시인 | **이문재** 시인, 경희사이버대 교수 | **한명희** 시인, 강원대 교수
김종회 문학평론가, 경희대 국문과 교수

대중문화와 영웅신화

초 판 1쇄 발행 2010년 10월 30일
초 판 6쇄 발행 2014년 12월 15일

지은이 ㅣ 김종회
발행인 ㅣ 강봉자 · 김은경

펴낸곳 ㅣ (주)문학수첩
주 소 ㅣ 경기도 파주시 회동길 192(문발동 513-10) 출판문화단지
전 화 ㅣ 031) 955 - 4445(마케팅부), 031) 955 - 4453(편집부)
팩 스 ㅣ 031) 955 - 4455
등 록 ㅣ 1991년 11월 27일 제16 - 482호

홈페이지 ㅣ www.moonhak.co.kr
이메일 ㅣ moonhak@moonhak.co.kr

ISBN 978 - 89 - 8392 - 375 - 2 03810

* 파본은 구매처에서 바꾸어 드립니다.